El honor del silencio

DANIELLE STEEL

EL HONOR DEL SILENCIO

Traducción de
Gemma Moral Bartolomé

PLAZA & JANES

Título original: *Silent Honor*
Diseño y fotografía de la portada: Método, S.L.

Primera edición U.S.A.: Junio, 1997

© 1996, Danielle Steel
© de la traducción, Gemma Moral Bartolomé
© 1997, Plaza & Janés Editores, S.A.
 Enric Granados, 86-88. 08008 Barcelona.

Printed in Mexico - Impreso en México

ISBN: 0-553-06070-8
Distributed by B.D.D.

Para Kuniko,
una mujer extraordinaria
que lo vivió.

Y para Sammie,
que pensó en ello
y a quien quiero de todo corazón.

Con todo mi cariño,

D. S.

1

La familia de Masao Takashimaya llevaba cinco años, desde que él cumpliera los veintiuno, buscándole una esposa adecuada. Sin embargo, pese a sus esfuerzos por hallar una mujer joven que le conviniese, él las rechazaba a todas nada más conocerlas. Quería una chica especial, que no sólo le sirviera y respetara, como aseguraban los casamenteros de las novias propuestas, sino con la que también pudiera intercambiar opiniones. Quería a alguien que no se limitara a escucharle y obedecer, sino una mujer con quien pudiera compartir ideas. Hasta entonces, ninguna de las chicas presentadas se acercaba siquiera a su ideal. Hasta que apareció Hidemi. Sólo tenía diecinueve años y vivía en un *buraku*, una pequeña aldea, cerca de Ayabe. Era una bonita joven, delicada y menuda, y de una cortesía exquisita. Su rostro parecía tallado en marfil, sus ojos negros eran como ónice resplandeciente. Apenas habló con Masao la primera vez que lo vio.

Al principio Masao pensó que era demasiado tímida, igual que todas las anteriores. Él se quejaba de que las chicas eran demasiado anticuadas; no quería una esposa que le siguiera como un perro, con miedo en la mirada. Aun así, las mujeres que conocía en la universidad tampoco le atraían. Ciertamente eran muy pocas. En 1920, cuando Masao empezó a dar clases, sólo había allí hijas y esposas de profesores y extranjeras, y la mayoría carecía de la absoluta pureza y la dulzura de una joven como Hidemi. Masao lo esperaba todo de una esposa, las antiguas tradiciones mezcladas con sueños de futuro. No esperaba que supiera muchas cosas, pero sí que tuviera el mismo afán de conocimiento que él. A los veintiséis años, tras haber dado clases en Kioto durante dos años, por fin la había encontrado. Era perfecta, delicada y razonablemente tímida, y parecía fascinada por todo lo que él decía. Varias veces, durante la conversación a través de la casamentera, le había hecho preguntas inteligentes sobre su trabajo, su familia e incluso sobre Kioto, sin alzar apenas la vista. Sin embargo, él la había visto mirarlo una vez con dulce timidez y le había parecido encantadora.

Seis meses después de conocerse, se hallaba junto a él con los ojos bajos, vistiendo el pesado quimono blanco que había llevado su abuela, con el mismo *obi,* o faja de seda dorada de brocado de la que colgaba una pequeña daga con la que, según mandaba la tradición, se quitaría la vida si Masao decidía rechazarla. Y sobre sus cabellos cuidadosamente peinados llevaba el *tsunokakushi,* que le cubría la cabeza, pero no la cara, y le hacía parecer aún más menuda. Bajo el *tsunokakushi* colgaban los *kan zashi,* los delicados adornos que pertenecieran a su madre. Ésta le había dado también una borla de princesa confeccionada con hilos de seda y gruesos bordados. La había empezado cuando nació Hidemi y la había ido bordando a lo largo de los años, rezando para que Hidemi fuera cortés, noble y sabia. La borla de princesa era el regalo más preciado que podía darle su madre, un símbolo exquisito de su amor y sus plegarias, y de sus esperanzas para el futuro.

Masao vestía el quimono negro tradicional, y sobre él una capa con el emblema de la familia, que portaba orgullosamente. Ambos tomaron solemnemente tres sorbos de sake de tres tazas, y la ceremonia sinto continuó. Ese mismo día habían acudido al templo sinto para una ceremonia privada y en ese momento realizaban el matrimonio formal público que los uniría para siempre ante sus parientes y amigos, mientras el maestro de la ceremonia contaba anécdotas sobre las dos familias, su historia y su relevancia. Además de los familiares de ambos, se hallaban presentes varios colegas de Masao en la universidad. Sólo faltaba su primo Takeo, cinco años mayor que Masao y su mejor amigo, ya que se había ido a Estados Unidos el año anterior para dar clases en la

Universidad de Standford, California. A Masao le hubiera gustado tener una oportunidad semejante.

La ceremonia fue extremadamente solemne y muy larga, y ni una sola vez Hidemi alzó los ojos para mirarlo, o al menos sonreír, mientras se convertían en marido y mujer según las venerables tradiciones sinto. Tras la ceremonia, por fin ella levantó los ojos con vacilación, y cuando hizo una profunda reverencia a su marido una leve sonrisa iluminó su mirada y su rostro. Masao también le hizo una reverencia, y luego la madre y las hermanas de Hidemi se la llevaron para cambiar su quimono blanco por uno rojo para la recepción. En las familias prósperas de la ciudad, la novia se cambiaba de quimono seis o siete veces durante la boda, pero a Hidemi le habían parecido suficientes dos quimonos.

Era un hermoso día estival y los campos de Ayabe tenían el color de las esmeraldas. Pasaron toda la tarde saludando a sus amigos y recibiendo presentes, entre ellos dinero cuidadosamente envuelto que entregaban a Masao.

Hubo música, muchos amigos y docenas de primos y parientes lejanos. El primo de Hidemi de Fukuoka tocó el koto y un par de bailarinas ejecutaron una lenta y grácil *bugaku*. Abundó la comida, sobre todo el tradicional *tempura*, bolas de arroz, *kuri shioyaki*, pollo, *sashimi*, arroz rojo con *nasu, nishoga* y *narazuki*. Las tías y la madre de Hidemi habían dedicado días a preparar esos platos exquisitos. Su abuela había supervisado los preparativos en persona, feliz por la boda de su nieta. Hidemi tenía la edad idónea y tenía una buena educación. Sería una excelente esposa para cualquier hombre y a la familia le complacía la alianza con Masao, pese a que tenía fama de sentir demasiado interés por las ideas modernas. Al padre de Hidemi le divertía, porque a Masao le gustaba hablar de política internacional y de cosas mundanas, pero también estaba versado en las tradiciones. Masao era un joven honorable de una buena familia, y todos los parientes de Hidemi creían que sería un magnífico esposo para ella.

Los novios pasaron su primera noche con la familia de Hidemi y al día siguiente partieron en dirección a Kioto, ella con un precioso quimono rosa y rojo que le había regalado su madre y con el que estaba especialmente encantadora. Se fueron en un moderno Ford T coupé de 1922 que había prestado a Masao un profesor estadounidense de la universidad.

Una vez instalados en Kioto, Hidemi colmó todas las expectativas de su esposo. Tenía siempre la casa inmaculada y observaba todas las tradiciones familiares. Visitaba el altar cercano con regularidad y era cortés y hospitalaria con todos los colegas de su marido que éste invitaba a cenar, además de mostrarse siempre extremadamente respetuosa con él. Algunas veces, cuando se sentía especialmente atrevida, soltaba una risita, sobre todo cuando Masao le hablaba en inglés. Él creía que era muy importante que su esposa aprendiera otra lengua, y le hablaba de muchos temas: de los británicos en Palestina, de Gandhi en la India, e incluso de Mussolini. En el mundo estaban ocurriendo cosas que en su opinión Hidemi debía conocer, y su insistencia la divertía. Era amable, bueno y considerado con ella, y a menudo comentaba que tendrían muchos hijos. Ella sentía una terrible vergüenza cuando hablaba de tales cosas, pero un día reunió valor y le susurró que esperaba honrarlo con muchos hijos varones.

—Las hijas también son un honor, Hidemi-san —dijo él afablemente, y ella lo miró asombrada. Se sentiría avergonzada si sólo le daba hijas. Conocía la importancia de parir hijos varones, sobre todo siendo de una comunidad campesina como Ayabe.

Era una joven dulce y en los meses siguientes se hicieron buenos amigos al tiempo que aprendían a quererse. Masao se sentía conmovido por la infinidad de detalles delicados de su esposa, que siempre preparaba comidas deliciosas y disponía perfectos arreglos florales, en especial en el *tokonoma*, la alcoba donde se guardaba el pergamino que era el adorno más importante y honrado de su hogar.

Hidemi aprendió qué le gustaba a su marido y qué no, y ponía cuidado en evitarle la menor molestia. Era la esposa perfecta en todos los sentidos y Masao se alegraba de haberla encontrado. Seguía tan tímida como al principio, pero poco a poco se sentía más cómoda con Masao y su mundo. Hidemi había aprendido incluso unas cuantas frases en inglés para complacerle. Él le hablaba a menudo de su primo Takeo, que era feliz en California y acababa de casarse con una *kibei*, una joven nacida en Estados

Unidos de familia japonesa, que había sido enviada a Japón para completar su educación; se llamaba Reiko, era enfermera, y su familia procedía de Tokio. Masao soñaba con llevar a Hidemi a California para conocerlos, pero de momento sólo era un sueño. Tenía un trabajo en la universidad y, pese a su muy respetable carrera, muy poco dinero.

Hidemi no dijo nada a su marido cuando quedó embarazada y, siguiendo la tradición y la educación recibida, se vendó el estómago en cuanto empezó a notársele. Masao no se enteró hasta principios de la primavera. Lo descubrió una noche mientras hacían el amor, muy discretamente, como siempre, pues en ese aspecto Hidemi seguía siendo muy tímida, y se lo preguntó directamente. Ella se sintió cohibida y no respondió. Volvió el rostro en la oscuridad, ruborizándose, y asintió.

—¿De verdad, pequeña mía?... ¿De verdad? —Suavemente la tomó por la barbilla para volverle el rostro y le sonrió, abrazándola—. ¿Por qué no me lo habías dicho antes?

Pero Hidemi no podía responder. Sólo podía mirarle y rezar para no incurrir en el deshonor de darle una hija.

—Yo... yo rezo cada día, Masao-san, para que sea varón —susurró, conmovida por la ternura de su marido.

—Me sentiría igual de feliz con una hija —replicó él, soñando ya con su futuro. Le encantaba la idea de tener hijos, los hijos de Hidemi, que era tan dulce y hermosa y no imaginaba nada más encantador que una niña igual a su madre.

Ella, por el contrario, pareció escandalizarse por sus palabras.

—¡No debes decir eso, Masao-san! —Temía que el hecho mismo de pensar en una niña en ese momento hiciera que tuvieran una—. ¡Has de tener un hijo varón!

Tan inflexible parecía que causó el regocijo de Masao. Era un hombre poco frecuente en Japón, al que no le importaba que su bebé fuera varón o niña, y pensaba que la obsesión tradicional por los hijos varones era una estupidez. Le entusiasmaba la idea de tener una hija a la que educar con nuevas ideas y opiniones, libre del peso de las tradiciones ancestrales. Le encantaban las ideas conservadoras de Hidemi, pero también que a su mujer le divirtiera y tolerara su pasión por las ideas y artilugios modernos y su fascinación por el desarrollo de la vida social y política en el mundo. A ella no le preocupaban demasiado esas cosas, pero siempre escuchaba con interés a su marido. La idea de educar a un hijo o una hija en las nuevas ideas agradaba mucho a Masao.

—Tendremos un hijo moderno, Hidemi-san. —Sonrió.

Ella apartó la vista, volviendo a ruborizarse. Algunas veces, cuando era demasiado franco con ella, se sentía cohibida, pero le amaba más de lo que podía expresar con palabras. Hidemi creía que su marido era el hombre más refinado e inteligente del mundo. Incluso le gustaba cuando le hablaba en inglés, pese a lo poco que entendía.

—¿Cuándo nacerá? —preguntó Masao.

El año había tenido un interesante comienzo, sobre todo en Europa, donde el ejército francés había ocupado el Ruhr como represalia por la demora en recibir unas compensaciones que debían pagar los alemanes. Pero en ese momento las noticias internacionales perdían interés ante la llegada de su primer hijo.

—A principios del verano —respondió ella en voz baja—. En julio, creo. —Sería exactamente un año después de casarse, y una época preciosa para tener un hijo.

—Quiero que lo alumbres en el hospital —dijo él.

Ella frunció el entrecejo. Pese a tolerar sus ideas modernas, en algunos aspectos Hidemi no estaba dispuesta a abandonar las tradiciones. Y cuando se trataba de asuntos familiares, se aferraba a ellas con férrea determinación.

—No necesito ir al hospital. Mi madre y mi hermana vendrán a ayudarme. El bebé nacerá aquí. Llamaremos a un sacerdote si es necesario.

—No necesitas un sacerdote, pequeña mía, necesitas un médico.

Hidemi no respondió. No deseaba ser irrespetuosa con su marido, pero tampoco le haría caso.

Se acercaba el momento del parto, y lloró amargamente cuando él discutió con ella. Su madre y su hermana mayor llegaron en junio y se instalaron en su casa. A Masao no le importaba, pero seguía queriendo que su mujer fuera a ver a un médico y que tuviera a su hijo en el hospital de Kioto. Sin embargo, Hidemi temía ambas cosas. Masao intentó en vano razonar con ella y convencer a su suegra de que era lo mejor, pero la madre de Hidemi se limitó a sonreír y tratarle como a un excéntrico. Ella misma había parido seis veces, pero sólo vivían cuatro de sus hijos. Uno había muerto al nacer y el otro de difteria cuando aún era un bebé. En todo caso, sabía qué hacer, al igual que la hermana de Hidemi, que tenía dos hijos y había ayudado a otras parturientas.

A medida que pasaban los días, Masao comprendió que no iba a convencerlas, y observó cómo Hidemi engordaba y se cansaba cada vez más a causa del calor. Cada día, su suegra la obligaba a seguir las tradiciones que harían más fácil el parto. Iban a rezar al altar, comían alimentos ceremoniales, y por la tarde daba largos paseos con su hermana. Por la noche, cuando Masao volvía a casa, encontraba a Hidemi aguardándole con sabrosos platos preparados por ella, ansiosa por estar en su compañía, atender sus necesidades y escuchar las nuevas, pero lo único que preocupaba entonces a Masao era su mujer. Hidemi le parecía muy frágil y pequeña y el bebé demasiado grande, lo que le inquietaba.

Antes estaba impaciente por tener hijos con ella, pero ahora le aterraba pensar que el parto pudiera matarla. Al final Masao habló de ello con su propia madre y ésta le aseguró que las mujeres estaban hechas para tales menesteres y que sin duda Hidemi saldría con bien sin acudir a un hospital moderno o a un médico. La mayoría de mujeres de todo el mundo seguía pariendo en su casa, pese a la insistencia de Masao en las ventajas del progreso.

La preocupación de Masao fue en aumento. Un día de finales de julio llegó a casa y la halló desierta. Hidemi no le esperaba fuera como de costumbre, y tampoco estaba en el dormitorio ni junto a la pequeña cocina de ladrillo. No se oía absolutamente nada, de modo que llamó suavemente a la puerta de la habitación que ocupaban su suegra y su cuñada y allí las encontró. Hidemi llevaba horas padeciendo dilataciones y yacía sufriendo en silencio con un palo entre los dientes, mientras su madre y su hermana la sujetaban. En la habitación había vapor e incienso, y un gran recipiente de agua. La hermana enjugaba la frente de Hidemi.

Masao se asomó un momento, temeroso de entrar. Hizo una profunda reverencia, se dio la vuelta para no ofenderlas, y preguntó cómo estaba su esposa. Le dijeron que iba muy bien. La suegra se acercó a la pantalla de *shoji* que servía de puerta, se inclinó ante él y la cerró. Hidemi no había pronunciado palabra ni sonido alguno, pero por lo poco que había vislumbrado Masao, tenía un aspecto horrible. Mil terrores lo asaltaron mientras se alejaba. ¿Y si el dolor era insoportable? ¿Y si se moría de dolor? ¿Y si el bebé era demasiado grande? ¿Y si la mataba? O, ¿y si vivía y no le perdonaba jamás aquella experiencia traumática? Tal vez no volviera a dirigirle la palabra. Este pensamiento lo sumió en la angustia. La quería tanto y anhelaba tanto ver su rostro dulce y perfectamente moldeado que deseó entrar en la habitación y ayudarla, pero sabía que todas se pondrían histéricas ante la mera mención de algo tan ofensivo. En un parto no había sitio para un hombre.

Masao se paseó nerviosamente por el jardín, luego se sentó, a la espera de noticias, olvidándose de comer y de todo lo demás. Había anochecido cuando su cuñada se acercó silenciosamente y se inclinó ante él, ofreciéndole un plato de *sashimi* y arroz. Masao se sobresaltó al verla. No comprendía cómo había podido abandonar a Hidemi para ocuparse de él, e incluso la mera idea de comer le repugnó. Hizo una reverencia y agradeció la amabilidad de su cuñada, pero enseguida preguntó por Hidemi.

—Está muy bien, Masao-san. Tendrás un precioso hijo varón antes del amanecer. —Aún faltaban diez horas para eso y a Masao le apesadumbraba que su mujer tuviera que sufrir tanto.

—Pero ¿cómo está? —insistió.

—Muy bien. Muy contenta por estar a punto de darte el hijo que deseas. Éste es un momento muy feliz para ella.

Masao sabía muy bien que no era así, y le molestaba aquel fingimiento. Hidemi estaba sufriendo lo indecible, y él enloquecía de pena.

—Será mejor que vuelvas con ella. Por favor, dile que me siento honrado por lo que está haciendo.

La hermana de Hidemi se limitó a sonreír e hizo una reverencia, y volvió al dormitorio.

Masao se paseaba por el jardín con nerviosismo, sin haber tocado la cena que le había preparado su cuñada. En realidad hubiera querido que ésta dijera a Hidemi de su parte que la quería, pero eso era algo impensable.

Permaneció sentado en el jardín toda la noche, pensando en su mujer y en el año que habían convivido, en lo mucho que significaba ella para él, en lo amable y buena que era y en cuánto la amaba. Bebió una buena cantidad de sake y se acabó un paquete de cigarrillos. Al contrario de lo habitual en esos casos, no salió con sus amigos ni se acostó. La mayoría de hombres se hubieran retirado, satisfechos con oír la buena noticia por la mañana, pero él siguió allí, levantándose de vez en cuando, y en una ocasión volviendo sigilosamente al dormitorio, donde creyó oír gritar a su mujer. Cuando volvió a ver a su hermana, le preguntó si debía llamar a un médico.

—Por supuesto que no —replicó ella, y le hizo una leve reverencia para alejarse con aire ajetreado.

Al alba, la suegra de Masao fue en su busca. Para entonces él había bebido bastante y tenía aspecto desaliñado mientras fumaba un cigarrillo y contemplaba la salida del sol. Se asustó cuando vio la expresión de su suegra, una expresión de pesar y de decepción que le cortaron la respiración. De repente todo pareció moverse a cámara lenta. Quería preguntar por su mujer, pero se limitó a esperar.

—Las noticias no son del todo buenas, Masao-san. Lo lamento.

Masao cerró los ojos, intentando hacer acopio de valor. El feliz acontecimiento se había convertido en una pesadilla. Había perdido a ambos.

—Hidemi está bien. —Masao abrió los ojos y miró fijamente a su suegra, con un nudo en la garganta y las lágrimas de las que muchos hombres se hubieran avergonzado a punto de anegar sus ojos.

—Pero... ¿y el bebé? —balbuceó. Hidemi estaba viva. No todo se había perdido. Y cuánto la amaba.

—Es una niña. —Su suegra bajó los ojos con pesar, avergonzada por el fracaso de su hija.

—¿Es... una niña? —preguntó él, boquiabierto—. ¿Está bien? ¿Está viva?

—Por supuesto. —La madre de Hidemi pareció sorprenderse por la pregunta—. Pero lo siento muchísimo... —se disculpó.

Masao se levantó de un brinco y le hizo una reverencia con alegría incontenible.

—Yo no lo siento en absoluto. ¡Soy muy feliz! Por favor, dígale a Hidemi... —empezó, pero se lo pensó mejor y echó a correr por el jardín, donde el cielo pasaba ya del color melocotón al naranja, y el sol estallaba como una hoguera.

—¿Adónde vas, Masao-san? No puedes...

En realidad sí podía. Aquélla era su casa, su esposa y su bebé, y él era la ley. Aunque ver a su mujer en aquel momento sería impropio, Masao no lo pensó siquiera y subió de un salto los dos escalones del dormitorio y llamó en las pantallas de *shoji* que lo separaban de ella. La hermana las abrió al instante. Masao le sonrió, mientras ella le dirigía una mirada inquisitiva.

—Quiero ver a mi esposa.

—No puedes... Está... Muy bien, Masao-san —cedió finalmente, haciéndole una profunda reverencia y apartándose tras su breve vacilación.

Desde luego Masao se comportaba de un modo insólito, pero la hermana sabía cuál era su lugar en aquella casa y se marchó a la cocina para preparar un té a su cuñado y reunirse con su madre.

—¿Hidemi? —llamó Masao en voz baja al entrar en la habitación. Su mujer yacía arropada en mantas y temblaba un poco. Estaba pálida, con los cabellos estirados hacia atrás y se la veía absolutamente encantadora. En los brazos, tan tapada que sólo asomaba su rostro diminuto, tenía la niña más perfecta que él había visto en su vida. Parecía tallada en marfil, como una estatua en miniatura, y era igual que su madre, aunque más hermosa, si cabía.

—Oh... es tan hermosa, Hidemi-san... Es perfecta... —Miró a su mujer y comprendió lo mucho que había sufrido—. ¿Estás bien?

—Sí, esposo mío —respondió ella, que de repente parecía muy sabia y mucho mayor. Había cruzado las montañas que separan a la joven de la mujer adulta, y el viaje había sido más arduo de lo esperado.

—Deberías haberme dejado que te llevara al hospital —repuso él, pero ella sacudió la cabeza. Era feliz estando en casa, con su madre y su hermana, y su marido esperando en el jardín.

—Siento que sea sólo una niña, Masao-san —dijo con pesar y lágrimas en los ojos.

—Yo no lo siento en absoluto. Ya te lo había dicho. Quería una hija.

—Eres muy tonto —dijo ella, atreviéndose por una vez a mostrarse irrespetuosa.

—Y tú también si crees que tener una hija no es un regalo de los dioses... quizá mayor incluso que un hijo varón. Un día hará que nos sintamos orgullosos de ella. Ya lo verás, Hidemi-san. Hará grandes cosas, hablará varias lenguas, visitará otros países... Podrá ser lo que quiera e ir a donde le apetezca.

Hidemi soltó una risita. Algunas veces su marido decía verdaderas tonterías, pero le amaba. Masao le cogió la mano y se inclinó para besarla en la frente. Luego se quedó sentado durante largo rato contemplando a su hija con orgullo.

—Es tan hermosa como tú... ¿Cómo la llamaremos?

—Hiroko. —Hidemi sonrió. Era un nombre que siempre le había gustado y, además, el de su hermana fallecida.

—Hiroko-san —dijo él alegremente, mirando a ambas con embeleso—. Será una mujer moderna.

Hidemi volvió a reír. Empezaba a superar el dolor.

—Pronto tendrá un hermano —prometió. Quería intentarlo cuanto antes y no fallar la segunda vez. Por mucho que dijera Masao, sabía que lo más importante en la vida era darle hijos varones al marido.

—Ahora deberías dormir, pequeña mía —musitó él cuando la hermana entró con el té en una bandeja.

La hermana sirvió el té y volvió a dejarlos solos, pero Masao se fue unos minutos más tarde. Hidemi estaba muy cansada y la hermana tuvo que ocuparse de la niña, que no dejaba de moverse, inquieta.

La suegra volvió a la habitación y colocó el biombo *fusama* para dividir la habitación y proporcionar mayor intimidad a Hidemi.

Masao se paseó por el jardín, sonriendo para sí. Tenía una hija preciosa que un día sería muy inteligente, aprendería muchas cosas, hablaría inglés y quizá francés y alemán, y estaría al tanto de los acontecimientos internacionales. Ella cumpliría todos los sueños de su padre y, tal como le había dicho a su mujer, sería una mujer moderna.

Masao sonrió al sol del nuevo día, pensando en que era un hombre afortunado. Tenía todo cuanto deseaba en la vida: una bella esposa, y ahora una preciosa niña. Quizá un día también tuviera un hijo, pero eso podía esperar. Cuando por fin entró en su dormitorio, se tumbó en el futón y sonrió pensando en ellas... Hidemi y su pequeña hija Hiroko...

2

El terremoto que asoló Tokio y Yokohama la primera semana de septiembre de ese año también llegó a Kioto, pero no de manera tan desastrosa. Hiroko tenía siete semanas de edad y Hidemi la aferró, aterrorizada, cuando notó el temblor. Masao volvió a casa a toda prisa para reunirse con ellas. La ciudad había sufrido daños considerables, pero su casa resistió bastante bien. Más tarde se enteraron de que Tokio había sido devastado: la mayor parte de la ciudad estaba en ruinas, proliferaban los incendios y durante semanas la gente vagó por las calles muriéndose de hambre y sed.

Fue el peor terremoto en la historia de Japón, y Masao pasó días hablando de abandonar el país y trasladarse a California como su primo Takeo.

—En California también hay terremotos —le recordó Hidemi. No tenía ningún deseo de irse de Japón por grande que fuera el riesgo. Además, en la universidad acababan de ascender a Masao.

Pero él no quería que su familia corriera peligro.

—No se producen tan a menudo como aquí —replicó nervioso por todo lo sucedido. Había pasado mucho miedo por su mujer y su hija.

En las semanas siguientes, les llegaron terroríficas historias sobre familiares y amigos de Tokio, Yokohama y las poblaciones de los alrededores. La mujer de Takeo, Reiko, había perdido a sus padres en Tokio, y otros amigos también habían perdido a familiares. Parecía que todo el mundo en Japón había resultado afectado de una u otra manera.

Sin embargo, superada la excitación inicial, Masao volvió a interesarse por las noticias internacionales y olvidó su idea de trasladarse a California. Proseguía la guerra en China. En octubre hubo problemas en Alemania, y en noviembre el joven líder nacional socialista Adolf Hitler intentó un golpe de Estado, fracasó y fue detenido. A Masao le intrigaba aquel joven radical alemán y le dedicó varias clases de su curso de ciencias políticas. Estaba convencido de que ese hombre no tardaría mucho en cambiar la escena política alemana.

En enero murió Lenin, lo que provocó nuevas discusiones entre los expertos en ciencias políticas. Y en febrero Hidemi volvió a estar embarazada. El bebé nacería en junio y ella iba al altar a diario para pedir un hijo varón, aunque Masao insistió en que sería igualmente feliz con una hija. Hiroko tenía siete meses de edad e Hidemi había comenzado ya a hacer la tradicional borla de princesa para ella. Cuando no la llevaba sujeta a la espalda, la niña gateaba por todas partes, haciendo las delicias de su padre. Masao le hablaba en un inglés bastante fluido. También Hidemi era capaz ya de mantener una sencilla conversación en inglés, lo que enorgullecía a su marido, que escribía a su primo de California hablándole de ella y alabándola. A menudo incluía fotos de su pequeña hija. La niña, plena de vitalidad, empezó a andar a los nueves meses.

Hidemi estaba embarazada de siete meses cuando Hiroko dio sus primeros pasos. Su vientre estaba aún más abultado que en el primer embarazo, y Masao volvió a decirle que fuera a un hospital.

—La primera vez fue bien, Masao-san, y ésta también irá así. —Hidemi se mantuvo firme. Su hermana también volvía a estar embarazada, pero su madre acudiría a ayudarla.

—La gente ya no tiene los hijos en casa, Hidemi-san —insistió él—. Estamos en 1924, no en el siglo pasado. En un hospital será más seguro para ti y el bebé.

A Masao le encantaba leer revistas médicas estadounidenses, así como el material que tenía relación con la política para sus clases de la universidad. Tras haber leído varios artículos sobre las complicaciones obstétricas, la idea de que su mujer diera a luz en casa le horrorizaba. Sin embargo, Hidemi era más tradicional que él, y extremadamente obstinada.

La madre de Hidemi llegó a principios de junio para quedarse hasta que naciera el niño a final de mes. Ayudaba a su hija a cuidar a Hiroko, lo que permitía a Hidemi pasar más tiempo con su marido. Incluso pudieron pasar un día completo en Tokio, donde contemplaron las tareas de reconstrucción tras el terremoto.

Cinco días después de esa visita, Masao e Hidemi estaban tumbados una noche en sus respectivos futones, cuando él se dio cuenta de que Hidemi se levantaba y salía al jardín. Al cabo de un rato también él salió al jardín y le preguntó si había llegado el momento. Hidemi vacilaba, pero acabó asintiendo. Un año antes no le hubiera dicho nada, pero después de dos años de matrimonio era menos tímida y más abierta con él.

Hacía tiempo que Masao había perdido la batalla del hospital, de modo que preguntó a su mujer si quería que fuera a buscar a su madre. Hidemi tuvo una reacción extraña: meneó la cabeza y luego cogió la mano de su marido como si quisiera decirle algo.

—¿Te ocurre algo, Hidemi-san? Debes decírmelo. —Masao temía que su mujer, por modestia, no le dijera nada cuando estaba enferma o si le pasaba algo a ella o al bebé—. No debes desobedecerme —añadió, detestando aquellas palabras, pero sabedor de que eran la clave para obligarla a hablar—. ¿Ocurre algo malo?

Hidemi negó con la cabeza mirándole, y luego volvió la cara para ocultar su emoción.

—Hidemi-san, ¿qué tienes?

Ella volvió a mirarle con aquellos grandes ojos negros que él tanto amaba y que le recordaban a su hija.

—Tengo miedo, Masao-san...

—¿De dar a luz? —Masao sintió tanta lástima por ella que casi lamentó haber contribuido a ponerla en aquella situación. Esperaba que al menos no sufriera tanto como la primera vez.

Pero ella volvió a negar con la cabeza y lo miró con infinita tristeza. Tenía veintiún años pero en ocasiones aún parecía una niña, así como en otras se mostraba como una mujer hecha y derecha. Masao era siete años mayor y sentía que debía protegerla como si fuera su padre.

—Tengo miedo de que no sea un varón... A lo mejor estamos condenados a tener sólo hijas. —Miró a su marido con desesperación y él le rodeó los hombros cariñosamente.

—Entonces las tendremos... A mí eso no me preocupa, Hidemi-san. Yo sólo quiero que tú estés bien y que no sufras. Seré igualmente feliz con hijos o con hijas... No debes volver a hacer esto por mí, si no lo deseas. —En ocasiones Masao pensaba que su mujer se había apresurado a quedarse embarazada para darle el hijo con el que creía que debía honrarle.

Cuando la madre de Hidemi llegó para llevársela, ella miró a su marido, reacia a la separación. Le gustaba estar con él y, por extraño que pareciera, no quería dar a luz alejada de su marido. En muchos aspectos su relación era diferente de la que tenían la mayoría de parejas japonesas. A Masao le gustaba estar con ella, ayudarla y jugar con Hiroko, y siempre era amable y respetuoso. Hidemi deseaba estar con él incluso en el momento del parto, pero su madre se hubiera escandalizado al oír semejante cosa. Ni ella ni nadie comprenderían sus sentimientos.

Hidemi yació durante horas en la habitación de su madre, pensando en su marido. Esta vez, por las contracciones, supo que el bebé nacería antes del amanecer. Había tenido dolores toda la tarde, pero había preferido estar con Masao y su hija. Sin embargo, ahora había llegado el momento de parir y mordía en silencio el palo que le había dado su madre para que no deshonrara a su marido gritando.

Sin embargo, el tiempo pasaba y el bebé no parecía moverse, y cuando su madre miró por fin, no vio nada, ni cabeza ni movimiento alguno. Llegó la mañana e Hidemi desfallecía de dolor.

Como si presintiera que algo malo ocurría esta vez, Masao se acercó a las pantallas de *shoji* varias veces para preguntar por su esposa. Su suegra se inclinaba siempre cortésmente y le aseguraba que Hidemi estaba bien, pero con las primeras luces Masao advirtió que incluso la anciana estaba asustada.

—¿Cómo está? —preguntó con rostro ojeroso y macilento. Había pasado la noche en vela. La primera vez había una atmósfera de calma mientras las dos ajetreadas mujeres entraban y salían de la habitación. Esta vez sólo estaba la madre y Masao se dio cuenta de que no le complacía cómo evolucionaba su hija—. ¿No llega el bebé? —preguntó, y ella vaciló antes de menear la cabeza—. ¿Puedo verla? —añadió Masao, para conmoción de su suegra.

Estaba a punto de decirle que eso era imposible, pero vio tan resuelto a su yerno que no se atrevió. Dudó un momento en la puerta y luego se apartó. Lo que vio Masao cuando se acercó a su esposa le aterró. Hidemi estaba medio inconsciente y gemía, tenía el rostro ceniciento y había mordido el palo con tanta fuerza que casi lo había destrozado. Masao se lo quitó con suavidad de la boca, notó el vientre de su mujer tenso bajo su mano y le hizo algunas preguntas, pero ella no podía oírle. Al cabo de un par de minutos Hidemi perdió el conocimiento y respiraba con dificultad. Él no era médico y nunca había estado en un parto, pero comprendió que ella se estaba muriendo.

—¿Por qué no me ha llamado? —recriminó a su suegra, aterrado ante los labios y los dedos ligeramente azulados de su mujer. Masao dudó que el bebé siguiera vivo.

—Es joven y lo logrará por sí misma —se justificó su madre, pero su voz no sonaba convincente.

Masao salió corriendo en dirección a la casa de los vecinos, que tenían teléfono. También él quería ponerlo desde hacía tiempo, pero Hidemi insistía en que no lo necesitaban y que en una emergencia podían usar el de los vecinos. Una vez allí, llamó al hospital. Enviarían una ambulancia lo antes posible, pero Masao se recriminó no haberla llevado al hospital desde un principio.

La espera fue interminable. Masao se sentó en el suelo y acunó a su mujer en sus brazos como si fuera una niña. Notaba que se le iba entre las manos, y su vientre no dejaba de endurecerse. Incluso la madre parecía resignada tras haber probado todos los trucos y remedios caseros sin resultado. Cuando llegó la ambulancia, Hidemi tenía los ojos cerrados y el rostro gris, y apenas respiraba. El médico que llegó con la ambulancia se asombró de que aún viviera.

Masao pidió a su suegra que se quedara con Hiroko mientras

metían a Hidemi en la ambulancia. Ni siquiera se detuvo a hacerle una reverencia antes de marcharse con su mujer. El médico habló muy poco a Masao en la ambulancia, ocupado en atender a Hidemi. Por fin, cuando ya llegaban al hospital, levantó la vista y meneó la cabeza.

—Su esposa está muy grave —dijo, confirmando los temores de Masao—. No sé si podremos salvarla. Ha perdido mucha sangre y está en estado de shock. Creo que el bebé viene de nalgas y ella ha pasado muchas horas intentando dar a luz. Ahora está muy débil.

A Masao no le sorprendió nada de lo que decía, pero escuchaba sus palabras como si fueran una condena a muerte.

—Tiene que salvarla —replicó fieramente con el aspecto de un samurai en lugar del hombre afable que era—. ¡Tiene que salvarla!

—Haremos cuanto podamos —dijo el médico, intentando tranquilizarle.

Masao parecía un poseso con los cabellos enmarañados y la expresión desencajada.

—¿Y el bebé? —Había sido un estúpido permitiendo que su mujer se quedara en casa. Era una costumbre anticuada que sólo seguían los ignorantes. Masao estaba convencido de que las viejas costumbres eran peligrosas, o incluso funestas.

—Aún se oye su latido —explicó el médico—, pero muy débil. ¿Tiene más hijos, señor?

—Una hija —contestó Masao mirando a Hidemi con los ojos desorbitados por la desesperación.

—Lo siento.

—¿No puede hacer nada? —quiso saber Masao. Su mujer parecía respirar con mayor dificultad. La vida se le escapaba y él no podía evitarlo. La rabia y la desesperación le embargaron.

—Nada hasta llegar al hospital. —Si aún vivía, pensó el joven médico. Dudaba también que pudiera sobrevivir a la operación necesaria para salvarla a ella y al bebé.

Por fin, tras un trayecto que a Masao se le antojó interminable, llegaron al hospital. Se llevaron a Hidemi en una camilla a toda prisa. Masao se preguntó si volvería a verla con vida. Mientras aguardaba, pensó en sus dos años de matrimonio. Hidemi había sido tan buena con él que no podía creer que todo fuera a acabar en un instante, y se odió a sí mismo por haberla dejado embarazada.

Esperó dos horas hasta que por fin una enfermera se acercó y le hizo una reverencia antes de hablar, lo que provocó en Masao ganas de estrangularla. No quería tratamientos ceremoniosos, quería saber cómo estaba su mujer.

—Tiene usted un hijo, Takashimaya-san —le dijo la enfermera—, rozagante y sano. —En realidad estaba un poco morado al nacer, pero se había recuperado con rapidez, al contrario que la madre, que seguía en grave estado y con pocas esperanzas.

—¿Y mi esposa? —preguntó Masao, conteniendo la respiración en una silenciosa plegaria.

—Está muy grave —dijo la enfermera, volviendo a inclinarse ante él—. Sigue en el quirófano, pero el doctor deseaba que le informara del nacimiento de su hijo.

—¿Se pondrá bien?

La enfermera vaciló y luego asintió con la cabeza, pues no quería ser ella quien le dijera que era improbable.

—El doctor vendrá a verle pronto, Takashimaya-san. —Volvió a hacerle una reverencia y se fue.

Masao miró por la ventana. Tenía un hijo varón, pero toda la alegría de ese acontecimiento quedaba borrada por el terror de perder a su esposa.

Pasó una eternidad antes de que llegara el médico. De hecho, era casi mediodía, pero Masao no tenía noción del tiempo. El bebé había nacido a las nueve de la mañana, y habían tardado tres horas más en salvar a la madre. El médico explicó a Masao con tono pesaroso que no podría tener más hijos, pero estaba viva. Hidemi necesitaría un largo período de convalecencia, pero era joven y sin duda recuperaría la salud y sería útil a su marido.

—Gracias —dijo Masao, haciendo una profunda reverencia, con lágrimas en los ojos y un nudo en la garganta—. Gracias —repitió, dirigiéndose al médico y a todos los dioses a los que había rezado.

Masao no abandonó el hospital en todo el día. Llamó a los

vecinos para que le dijeran a su suegra que Hidemi estaba bien y que tenía un hijo. Después fue a verlo. Era un querubín regordete al que meses antes Hidemi había decidido llamar Yuji. Hidemi no había querido elegir un nombre de niña por temor a que eso significara que lo necesitaría.

Al acabar el día, permitieron a Masao ver a su mujer. Jamás había visto a una mujer viva tan pálida. Todavía necesitaba transfusiones y medicamentos vía intravenosa y estaba medio inconsciente por los calmantes, pero reconoció a Masao enseguida y le sonrió cuando él se inclinó para besarla. Masao hubiera deseado que se ruborizara para ver algo de color en sus mejillas, pero al menos sonreía.

—Tienes un hijo —dijo ella con voz exhausta. A qué precio había conseguido la gloria.

—Lo sé. —Masao sonrió—. Y también una esposa. Me has dado un susto de muerte, pequeña mía. Ya ves qué peligroso es mantenerse tan apegado a las tradiciones.

—El próximo lo tendremos aquí —musitó ella, y él se limitó a sonreírle. Era aún demasiado pronto para contárselo todo. Tener sólo dos hijos, además, no era ninguna tragedia para él. Hidemi había cumplido con su deber y podía retirarse con honor.

—Tengo bastante contigo y con Hiroko y Yuji —dijo. Era agradable pronunciar su nombre.

—¿Cómo es el niño? —preguntó ella con voz débil, apretando la mano de Masao, sin imaginar lo cerca que había estado de la muerte.

—Parece un pequeño samuray, como mi padre —dijo Masao.

—Ha de ser atractivo y sabio como tú, Masao-san —dijo ella, deslizándose lentamente en brazos de Morfeo, pero sujetando aún, débilmente, la mano de Masao.

—Y dulce y bueno como su madre —susurró él, sonriendo.

—Tienes que enseñarle inglés —dijo ella, y él se rió de sí mismo—. Y lo llevaremos a California a visitar a su primo —añadió Hidemi, aletargada por los medicamentos pero planeando ya el futuro de su hijo.

—Quizá vaya a la universidad allí —dijo Masao—. O quizá vaya Hiroko... La enviaremos a Standford con Takeo.

—Sólo es una niña... —repuso Hidemi, parpadeando y abriendo los ojos—. Ahora tienes un hijo.

—Será una niña moderna —susurró Masao, acercándose más a su mujer—. Hará lo mismo que haga Yuji.

Su mujer rió quedamente. Le consideraba un excéntrico a causa de sus ideas, pero lo amaba igualmente.

—Muchas gracias, Masao-san —dijo en un torpe inglés, y se durmió sin soltarse de su mano.

—De nada, pequeña mía —respondió él, también en inglés, y se sentó en una silla para seguir contemplándola.

3

—¡No! —exclamó Hidemi con vehemencia. Era una vieja discusión en la que ella se negaba rotundamente a ceder—. Es una mujer, no un hombre. Su lugar está aquí, con nosotros. ¿De qué servirá que la mandemos a California?

—Ya casi tiene dieciocho años —explicó Masao pacientemente por enésima vez—. Habla muy bien inglés, y será muy beneficioso para ella que estudie un año en Estados Unidos, o incluso más. —Él quería que hiciera toda la carrera allí, pero sabía que Hidemi no estaba dispuesta a considerar esa posibilidad—. Mejorará su educación, abrirá su mente, ampliará sus horizontes. Y mi primo y su mujer cuidarán de ella. —Takeo tenía tres hijos y vivía en Palo Alto, pero aun así Hidemi seguía negándose.

—Envía a Yuji el año que viene —dijo obstinadamente.

Masao la miró preguntándose si alguna vez conseguiría hacerla ceder. Era algo que deseaba para Hiroko de todo corazón. Su hija era muy tímida y muy tradicional, pese a las avanzadas ideas de su padre, y Masao creía que le haría bien marcharse de Japón durante un tiempo. En realidad era Yuji, que tanto se parecía a su padre, quien quería irse, el que ansiaba levantar el vuelo.

—Podemos mandar a Yuji también, pero para Hiroko sería una experiencia muy provechosa. Estará a salvo allí, en buenas manos, y piensa en todo lo que aprendería.

—Un montón de bárbaras costumbres americanas —repuso Hidemi con ceño.

Masao suspiró. Tenía una esposa maravillosa, pero con ideas

inmutables sobre los hijos, sobre todo las hijas. Hiroko había aprendido todas las tradiciones ancestrales antes de que muriera su abuela el año anterior, y la propia Hidemi las perpetuaba con meticulosa precisión. Sin duda esas tradiciones eran muy importantes, pero Masao quería que Hiroko aprendiera otras cosas que en su opinión eran más importantes, en especial para una mujer. Quería que tuviese las mismas oportunidades que Yuji.

—Puede aprender inglés aquí, como yo —añadió Hidemi con firmeza.

Masao sonrió.

—Me rindo. Que se haga monja budista. O llama a una casamentera y que le encuentre marido. Tanto da. No vas a dejar que haga nada por su vida, ¿verdad?

—Por supuesto que sí. Puede ir a la universidad aquí. No es necesario que vaya a California.

—Piensa en lo que le estás negando, Hidemi. Hablo muy en serio. ¿De verdad no te remuerde la conciencia? Piensa en las experiencias que viviría allí. Bien, dejemos los cuatro años de universidad. Deja que vaya un año. Un año académico. Sería una época que recordaría durante el resto de su vida. Haría amigos, conocería personas de diversas culturas, descubriría nuevas ideas, y luego iría a la universidad aquí.

—¿Por qué tienes que hacerme responsable a mí de que pierda una oportunidad? ¿Por qué ha de ser culpa mía? —protestó Hidemi.

—Porque tú eres la que quiere que se quede aquí. Quieres que siga con su cómoda vida, oculta entre tus faldas, a salvo en nuestro pequeño mundo, tímida y maniatada por todas esas inútiles tradiciones que le enseñó tu madre. Déjala volar en libertad como un hermoso pajarillo. Volverá a nosotros... Pero no le cortes las alas, Hidemi, sólo porque sea chica. No es justo. El mundo ya es bastante duro para las mujeres.

Su esposa no compartía plenamente estas ideas. Hidemi estaba totalmente satisfecha con su suerte y, de hecho, como esposa de Masao disfrutaba de muchas libertades. Lo cierto es que también ella lo sabía y no era completamente sorda a lo que le decía Masao ni a la voz de su propia conciencia.

Masao necesitó un mes más de persuasión y discusiones, pero al final Hidemi cedió. Un año, o más si a Hiroko le gustaba de verdad, pero en principio iría por un año a San Francisco. Takeo la inscribió en una facultad femenina de Berkeley, pequeña pero excelente, llamada St. Andrew's. Hidemi acabó por admitir a regañadientes que era una oportunidad de oro para su hija, aunque no comprendiera por qué las mujeres tenían que ir a la universidad, y menos a una tan lejana. Ella no había ido nunca y tenía una vida maravillosa con su marido y sus hijos.

Yuji creía que era una gran idea, y estaba impaciente por irse al año siguiente, a Standford, si era posible. Mientras tanto, consideraba que su hermana era realmente afortunada. La única que no compartía su entusiasmo, aparte de Hidemi, era Hiroko.

«¿No estás contenta de que tu madre haya accedido?», le preguntaba Masao, encantado con su victoria, pero Hiroko callaba, aunque afirmaba que le estaba muy agradecida. Parecía una muñeca de facciones diminutas y gráciles miembros. Era más encantadora aún que su madre, pero también más tímida y, al contrario que su padre, era anticuada por naturaleza. Se sentía cómoda con las viejas costumbres y tradiciones que amaba. Su abuela le había enseñado a respetarlas. Era una japonesa tradicional hasta la médula y no mostraba el menor interés por las ideas modernas de Masao, que Hidemi había llegado a respetar con el paso de los años. Lo último que Hiroko deseaba en el mundo era pasar un año en California. Lo hacía sólo por complacer a su padre. Era un alto precio para demostrarle su respeto, pero jamás hubiera osado desafiarle.

—¿No estás emocionada? —preguntó él, y su hija intentó parecer entusiasmada sin conseguirlo. Masao se sintió consternado. Conocía bien a su hija y la quería con todo su corazón, y prefería morir que hacerla desgraciada—. ¿No quieres ir, Hiroko? —preguntó con tristeza—. Puedes ser sincera conmigo. Esto no es un castigo. Lo que queremos es darte el mejor futuro posible.

—Realmente era un gran sacrificio financiero para ellos, que dependían de su salario como profesor, pero valía la pena.

—Yo... —Hiroko temía desobedecer a su padre, bajó los ojos y se debatió en un mar de emociones contradictorias. Quería tanto a sus padres y a su hermano que no soportaba la idea de abandonarlos—. No quiero separarme de vosotros —dijo al fin, con lágrimas en sus grandes ojos—. América está muy lejos. ¿Por qué no puedo ir a estudiar a Tokio? —Miró a su padre, y éste casi se echó a llorar al ver su expresión de pesar.

—Porque allí no aprenderías nada que no puedas aprender aquí. De hecho, aquí estás mejor que en la gran ciudad. Pero América... —dijo, con la mirada ensoñadora. Durante toda su vida había deseado ir a América, que conocía por las cartas que su primo Takeo le había enviado durante veinte años. Era un regalo que quería hacer a sus hijos, el único que él hubiera querido para sí mismo—. Sólo tendrás que estar un año, Hiroko. Un año académico. Eso es todo. Si no te gusta, puedes volver. Un año pasa muy deprisa. Y quizá te guste. Si te quedas, es posible que Yuji se reúna contigo. Así estaríais juntos.

—Pero tú no... ni mamá... ¿Qué haré sin vosotros? —preguntó Hiroko con labios temblorosos, bajando los ojos por respeto a su padre.

Él la abrazó, sorprendiéndose como siempre de su esbeltez.

—Nosotros también te echaremos de menos, pero te escribiremos y estarás con tío Tak y tía Reiko.

—Pero no los conozco.

—Son unas personas estupendas —Takeo les había visitado nueve años atrás, pero Hiroko apenas lo recordaba, y la tía Reiko no había podido acompañarle porque estaba embarazada de Tamiko, la hija pequeña—. Te encantarán, y ellos te cuidarán como a su propia hija. Por favor, Hiroko, inténtalo. No quiero que pierdas esta oportunidad. —Masao había estado ahorrando durante años, el mismo tiempo prácticamente que había tardado en convencer a su esposa, y ahora Hiroko le hacía sentir como si la castigara.

—Lo haré, papá. Por ti —dijo ella haciéndole una reverencia.

Masao sintió irritación. Quería que abandonara las viejas costumbres. Su hija era demasiado joven para estar tan embebida de tradiciones.

—Quiero que lo hagas por ti misma —dijo—. Quiero que seas feliz allí.

—Lo intentaré, papá —asintió Hiroko, pero las lágrimas resbalaban por sus mejillas.

Masao la abrazó. Se sentía como un desalmado por obligarla a marcharse, pero estaba convencido de que, una vez en California, aquello acabaría gustándole.

Sin embargo, la mañana de la partida, la tristeza se apoderó de todos. Cuando salieron, Hiroko echó una última mirada a su casa y lloró. Se detuvo un momento en el pequeño altar e hizo una reverencia, luego siguió a su madre hasta el coche y subió al asiento trasero junto a ella para el trayecto hasta Kobe. Yuji y su padre charlaban delante, pero Hiroko permanecía callada mirando por la ventanilla mientras su madre la contemplaba. Hidemi quería decirle que fuera valiente, que lo lamentaba si estaban equivocados, pero no sabía cómo decírselo, de modo que guardó silencio. Masao las miraba por el espejo retrovisor de vez en cuando, preocupado por su silencio. No se oían los típicos sonidos femeninos de excitación o asombro. Hiroko no comentaba nada sobre el barco, o América, o sus primos. Se limitaba a ir allí, sentada y pesarosa, como si la arrancaran de su tierra natal, y cada casa y cada árbol que veía no hacía más que acrecentar su angustia.

Su madre había empaquetado todas sus cosas en un solo baúl que habían enviado con antelación a la compañía de navegación NYK de Kobe. El viaje de hora y media hasta el puerto pareció interminable. Ni siquiera los esfuerzos de Yuji por animar el ambiente consiguieron dibujar una sonrisa en el rostro de su hermana. Hiroko era una joven adusta, que raras veces hacía las bromas o travesuras que cometía Yuji. Sin embargo, y pese a las diferencias naturales entre ellos, estaban muy unidos y era evidente que se querían mucho. Yuji le habló en un inglés sorprendentemente fluido, mejor que el de ella. Tenía talento para los idiomas y para muchas otras cosas, sobre todo la música y los deportes, y aunque era aficionado a las diversiones, también era un estudiante brillante. Hiroko era más lenta en todo. No se precipitaba en ningún proyecto, ni en ideas o amistades nuevas. Abordaba las cosas con cuidado, tras largas reflexiones y mucha precisión, pero lo que hacía, lo hacía bien. Tocaba el piano y el violín, y practicaba con esmero. Había practicado menos el inglés, y aunque lo hablaba bien, siempre se sentía incómoda con él.

—En California aprenderás a bailar el *jitterbug* —dijo Yuji, orgulloso de sus conocimientos sobre la cultura estadounidense. También conocía a todas las estrellas del béisbol y le encantaba aprender el argot americano—. Tendrás que enseñarme cuando vaya —bromeó.

Hiroko sonrió, pensando que era un tonto, pero no imaginaba la vida sin él. Sabía que sus primos tenían un hijo de una edad parecida, dieciséis años, que se llamaba Kenji, y dos hijas más jóvenes, pero ninguno de ellos podría ocupar el mismo lugar en su corazón.

Localizaron el muelle de embarque de la NYK fácilmente. El *Nagoya Maru* aguardaba allí mientras llegaban los pasajeros con sus acompañantes, que subían a los camarotes para despedirlos. Había gente charlando y riendo por todas partes cuando ellos subieron a bordo y buscaron el camarote de Hiroko. Sus padres se alegraron al comprobar que compartía camarote de segunda clase con una mujer bastante mayor, una estadounidense que acababa de pasar un año estudiando el arte japonés y volvía a Chicago. Entablaron una agradable conversación hasta que ella salió a cubierta en busca de unos amigos, dejándolos solos con Hiroko, pues había comprendido que la suya no era una despedida fácil. Masao miró a su hija, que había palidecido, y notó que estaba a punto de entrarle el pánico.

—Tienes que ser valiente, hija mía —le dijo cariñosamente, mientras Yuji entraba con el baúl y su madre le indicaba dónde ponerlo—. Sé fuerte. Viajarás sola en el barco, pero luego estarás con tus primos. —Masao había elegido a propósito un barco que viajara directamente hasta San Francisco. Era una larga travesía, pero les había parecido preferible a la que hacía escala en Honolulu. Hiroko estaba muy nerviosa pensando en que viajaría sin sus padres, y desde luego no quería bajar a tierra sola. Jamás había ido sola a ningún sitio hasta entonces—. Muy pronto volverás a casa —añadió su padre con tono bondadoso, y ella miró alrededor. El camarote era diminuto, casi claustrofóbico—. Un año pasa enseguida.

—Sí, padre —dijo ella, haciéndole una reverencia y suplicándole en silencio que no la obligara a marcharse. Hiroko se sometía a sus deseos sólo por respeto, pero hubiera dado cualquier cosa por no ir a California. Al igual que su madre, no comprendía qué bien podía hacerle. Sabía que era importante ver mundo, pero en realidad no estaba segura del porqué. Le parecía mejor permanecer en casa, rodeada de personas y lugares familiares. De hecho, no se había convertido en la mujer moderna con la que había soñado su padre, pero Masao estaba convencido de que ese viaje la cambiaría.

Sonó la sirena del barco y se oyó el gong que anunciaba a los acompañantes que debían bajar a tierra. Hiroko parecía aterrorizada y le temblaban las manos cuando tendió una flor a su madre del pequeño ramo con que la NYK obsequiaba a sus pasajeros. Su madre la cogió también con manos temblorosas y luego abrazó a su hija. No se dijeron nada. El gong volvió a sonar y Masao tocó el hombro de su mujer. Era hora de marcharse.

Hiroko los acompañó fuera en silencio. Vestía un quimono de brillante color azul que le había dado su madre. Masao había insistido en que llevara también ropas occidentales, seguro de que le resultarían más cómodas y útiles. Hiroko prefería el quimono, como su madre, pero llevaba la ropa occidental porque así lo había querido su padre.

Toda la familia se hallaba en cubierta bajo una brisa cálida y agradable. Era un día perfecto para navegar. La mayoría de pasajeros mostraba su excitación mientras se oía música y el aire se llenaba de globos, pero Hiroko parecía una huérfana abandonada.

—Pórtate bien —le dijo Hidemi solemnemente—. Ayuda a tus primos siempre que estés con ellos. —Los ojos se le llenaron de lágrimas, y de pronto la idea de separarse de su hija le pareció insoportable—. Escríbenos... —Quería decirle que no les olvidara, que no se enamorara y se quedara en San Francisco, pero todo lo que pudo hacer fue mirarla y añorar el tiempo en que era una niña y vivía a salvo en su casa de Kioto, y todo lo que Hiroko pudo hacer fue llorar mientras miraba a su madre.

—Cuídate mucho, hermanita —le dijo Yuji en inglés, e Hiroko sonrió entre las lágrimas—. Saluda a Clark Gable de mi parte.

—No persigas a demasiadas chicas —le dijo ella en japonés, bromeando. Abrazó a su hermano y luego se volvió hacia su padre. En cierto modo, dejarlo a él era lo más difícil, porque sabía que Masao esperaba mucho de ella.

—Diviértete, Hiroko. Aprende muchas cosas. Abre los ojos y míralo todo, y luego vuelve a casa y cuéntanoslo.

—Lo haré, padre —dijo ella, volviendo a hacer una profunda reverencia y prometiéndole en silencio que haría cuanto él deseaba. Sería valiente y sabia e inquisitiva. Aprendería muchas cosas y volvería hablando un inglés perfecto. Cuando alzó la mirada de nuevo hacia su padre, se sorprendió de ver que también él tenía lágrimas en los ojos.

Masao la abrazó con fuerza y luego se separó lentamente, apretó las manos de su hija una última vez, y dio media vuelta para conducir a su mujer y su hijo a tierra, mientras Hiroko los contemplaba con tristeza infinita.

Hiroko se acercó a la barandilla para decirles adiós con la mano, sintiéndose más sola que en toda su vida, y terriblemente asustada por lo que le aguardaba.

Mientras los veía desaparecer, pensó en cada uno de ellos, en lo mucho que significaban para ella, y rezó para que el año pasara deprisa. Contempló luego las montañas de Japón desvaneciéndose lentamente, y siguió en cubierta durante un buen rato, viendo cómo su patria se encogía en el horizonte.

Cuando Yuji y sus padres regresaron, la casa parecía dolorosamente vacía sin Hiroko. Ella siempre se movía en silencio, mientras realizaba sus tareas y ayudaba a su madre, pero uno notaba siempre su presencia. De repente, sin ella, Yuji se dio cuenta de que iba a sentirse muy solo y fue a reunirse con sus amigos para no tener que pensar en ello.

Masao e Hidemi se quedaron mirándose el uno al otro, preguntándose si se habían equivocado, si Hiroko era demasiado joven para ir a California. Masao, sobre todo, empezaba a arrepentirse, y en ese momento hubiera devuelto a su hija a casa, pero esta vez era Hidemi la que creía que habían hecho lo mejor para ella. Hiroko sólo tenía un año menos que ella cuando se casó con Masao, pero ella aprendería muchas cosas, haría muchos amigos y luego volvería a casa y soñaría con el año pasado en California. Masao tenía razón: el mundo había cambiado, y en ese nuevo mundo ya no sería importante saber hacer arreglos florales ni servir el té. Un día, ese mundo pertenecería a los jóvenes como Hiroko y Yuji, y ella tenía que estar preparada para ese momento. Pensando en ello, miró a su marido y sonrió.

—Has hecho lo correcto —dijo generosamente, consciente de que su marido necesitaba apoyo. Masao no hacía más que recordar la mirada de desesperación de su hija cuando la dejaron en cubierta y bajaron la pasarela apresuradamente.

—¿Cómo puedes estar tan segura? —preguntó con tono desdichado, pero agradeciendo sus palabras.

—Porque eres un hombre muy sabio, Masao-san —dijo Hidemi, inclinándose.

Masao la cogió de la mano y la atrajo hacia sí. Llevaban juntos diecinueve años y habían sido felices. Su amor, basado en un mutuo respeto, se había fortalecido con los años, capeando los temporales.

—Será feliz allí —añadió Hidemi, segura de que todo lo que le había dicho siempre Masao era cierto.

—¿Y si no lo es? —dijo él, sintiéndose viejo y, de repente, muy solo.

—Entonces se hará fuerte. Será bueno para ella.

—Eso espero —repuso él en voz baja.

Salieron al jardín cogidos de la mano. No se veía el mar desde allí, pero miraron en su dirección, y mientras pensaban en su hija, ésta hizo una profunda reverencia al horizonte en la cubierta del *Nagoya Maru.*

4

El *Nagoya Maru* atracó en San Francisco el 1 de agosto tras un viaje de dos semanas. La travesía había sido tranquila en un mar en calma con buen tiempo, y para la mayoría de pasajeros careció de incidentes.

En general se trataba de familias y de personas mayores que no habían querido tomar la ruta vía Honolulu, más animada. Sobre todo eran japoneses, muchos de los cuales continuarían viaje hasta Perú o Brasil, pero también había unos cuantos estadounidenses, como la compañera de camarote de Hiroko. Ésta era una mujer reservada y hablaba muy poco con los otros pasajeros; y con Hiroko, sólo cuando se hallaban en el camarote vistiéndose o se cruzaban para ir al cuarto de baño. Hiroko no tenía nada que decirle, ni a ella ni a nadie. Estaba paralizada por la tristeza y la añoranza de su hogar, y además se mareó durante el viaje.

Varios jóvenes habían intentado hablar con ella, todos ellos japoneses, pero Hiroko los había eludido cortésmente. Cuando llegaron a San Francisco, no había hablado con nadie salvo algún breve «buenos días» o «buenas noches». En el comedor, no hablaba con nadie de su mesa, mantenía los ojos bajos y parecía absolutamente inabordable; además, vestía sus quimonos más oscuros y discretos.

Antes de que atracaran, cerró su baúl y su pequeña maleta y miró un momento por la portilla. Vio el puente Golden Gate, justo delante de ellos, y la ciudad que aparecía deslumbrantemente blanca bajo el sol y sobre las colinas. Era preciosa, pero ella la sintió completamente ajena. Hiroko no pudo evitar preguntarse qué le aguardaba allí. Iba a vivir con unos primos a los que sólo conocía de oídas. Esperaba que fueran tan buenos como su padre creía.

Los funcionarios de inmigración llegaron en un remolcador. Revisaron su pasaporte y lo sellaron cuando le tocó el turno en la cola que a tal efecto se había formado en el comedor principal. Luego Hiroko salió a cubierta y se alisó la larga cabellera negra que había llevado recogida en un esmerado moño. Vestía un quimono de color azul cielo, el más bonito desde que abandonó Kioto, y se acercó a la barandilla. Se la veía muy menuda e increíblemente encantadora.

El barco hizo sonar la sirena y el remolcador lo condujo hasta el muelle 39, donde atracó. Instantes después, los pasajeros que habían pasado por los trámites de inmigración empezaron a desembarcar. La mayoría tenía prisa por bajar a tierra para reunirse con amigos y familiares, pero Hiroko descendió la pasarela lentamente. Se movía con gracia y sus pies apenas parecían tocar el suelo. No estaba segura de poder reconocer a sus parientes ni de dónde encontrarlos. ¿Y si habían olvidado ir a buscarla? ¿Y si no la reconocían o, de reconocerla, no les gustaba? Esos pensamientos cruzaron por su mente cuando llegó al muelle y se vio rodeada de una multitud de desconocidos. La gente se abría paso a empujones, moviéndose con celeridad para recuperar sus equipajes y llamar a los taxis. Hiroko se sentía perdida en medio de aquel bullicio, en el que se respiraba casi una atmósfera de fiesta al son de la música de un barco de la Dollar Line que zarpaba en un muelle cercano. El griterío y el estrépito, con las notas de *Deep in the Heart of Texas* sonando a todo volumen, resultaban ensordecedores. Por fin, cuando Hiroko desesperaba ya de que hubieran ido a buscarla, se encontró mirando de repente un rostro que le recordó el de su padre. Era un hombre un poco mayor y no tan alto, pero resultaba vagamente familiar.

—¿Hiroko? —preguntó el hombre, mirándola de hito en hito, aunque estaba seguro de la respuesta. Hiroko era exactamente como la fotografía que le había enviado Masao, y cuando ella alzó los ojos, él vio una timidez y una gentileza que le conmovieron. Hiroko sólo pudo asentir en silencio. Estaba tan abrumada y había pasado tanto miedo de no hallar a sus parientes, que ni siquiera pudo expresar su alivio al ser encontrada—. Soy Takeo Tanaka. Tu tío Tak. —Hiroko volvió a asentir, sobresaltada porque su tío le hablaba en un inglés sin el menor acento—. Tu tía Reiko está en el coche con los chicos.

Mientras él hablaba, Hiroko hizo una reverencia, inclinándose cuanto le fue posible, para mostrar su respeto hacia él. Takeo se sorprendió tanto como ella se había sorprendido al oírle hablar en inglés. Vaciló un instante y luego se inclinó brevemente, comprendiendo que no hacerlo supondría una ofensa, no sólo hacia ella, sino también hacia su padre, pero él ya no lo hacía nunca, salvo con los mayores, nunca con los jóvenes o los de su misma edad. Conociendo a Masao, había esperado una joven menos tradicional, pero recordó que en su breve encuentro en Japón, Hidemi se había mostrado muy formal.

—¿Sabes dónde está tu equipaje? —preguntó.

Los baúles y maletas se entregaban por orden alfabético en diferentes áreas del muelle, donde los agentes de aduanas examinaban el contenido. Hiroko señaló la T y su tío empezó a preguntarse si hablaba inglés, porque de momento no había pronunciado palabra, sólo le había hecho una reverencia y le había mirado una vez con cautela, para bajar enseguida los ojos tímidamente.

—Creo que estarán allí —contestó Hiroko despacio, respondiendo también a la pregunta no formulada sobre su inglés. Lo hablaba despacio y claro, pero era evidente que no se sentía cómoda—. Sólo tengo un baúl —añadió, y ella misma se dio cuenta de que su inglés era tan balbuceante como el de Hidemi.

—¿Qué tal el viaje? —preguntó Takeo cuando se dirigían al área señalada, donde su baúl aguardaba ya.

Un funcionario de aduanas le dio vía libre con sorprendente rapidez.

Takeo hizo señas a un mozo de cuerda y le indicó dónde tenía el coche, un Chevrolet familiar que acababa de comprar. Era verde oscuro y en él cabía toda la familia cómodamente, incluso la perra, que iba a todas partes con ellos, pero que en esa ocasión se había quedado en casa para dejar sitio para el equipaje de Hiroko.

—El viaje ha sido muy agradable —dijo Hiroko—. Gracias.
—Seguía sin comprender por qué Takeo le hablaba en inglés. Al
fin y al cabo, era japonés. La única razón que se le ocurrió fue que
su padre le había pedido que le hiciera practicar inglés, pero anhelaba hablar en su lengua materna. Le parecía una tontería hablar inglés con quien era tan estadounidense como ella. Sin embargo, Takeo llevaba veinte años viviendo en San Francisco y su
mujer y sus hijos habían nacido allí.

Takeo avanzó por entre la multitud, seguida de Hiroko y del
mozo de cuerda con el baúl. Al cabo de unos minutos llegaban al
coche. Reiko, que llevaba un vestido rojo, bajó del coche rápidamente y abrazó a Hiroko mientras Takeo ayudaba al mozo a meter el baúl en el maletero del Chevrolet.

—Oh, qué guapas eres —exclamó Reiko, sonriente. Era una
mujer atractiva, más o menos de la edad de Hidemi pero con el
cabello corto, el rostro maquillado y un vestido espectacular a
ojos de Hiroko. Ésta le hizo una profunda reverencia para demostrarle su respeto—. Aquí no es necesario que hagas eso —dijo
Reiko, sonriendo aún, y cogiéndola de la mano se volvió hacia sus
hijos y los presentó como Ken, Sally y Tami.

Hiroko siempre había oído hablar de ellos como Kenji, Sachi-
ko y Tamiko. Ken tenía dieciséis años y era sorprendentemente
alto para un japonés, y Sally tenía catorce, pero parecía mayor
con sandalias, falda gris y un suéter rosa de cachemir; era una
guapa muchacha, muy parecida a su madre. Tami era adorable;
tenía ocho años de edad, era pequeña y alegre, y antes de que
Hiroko pudiera decirle nada, le rodeó el cuello con los brazos y la
besó.

—¡Bienvenida a nuestra casa, Hiroko! —Tami le sonrió alegremente y luego comentó lo pequeña que era Hiroko—. Soy casi
tan alta como tú. —Hiroko rió e hizo reverencias, y sus primos
la observaron con interés—. Aquí no hacemos eso —le explicó
Tami—. Sólo lo hacen las abuelas. Y tampoco tienes que llevar
quimono, pero el tuyo es muy bonito.

A todos les pareció que Hiroko era una especie de muñeca.
Tami insistió en sentarse atrás con ella y con Ken, mientras que
Sally pasó delante con sus padres.

Emprendieron la marcha al cabo de unos minutos. Los chicos abrumaron a Hiroko con su charla y sus risas. Se lo contaron todo sobre sus colegios y sus amigos, y Tami le habló de su casa de muñecas. Reiko intentó calmarlos, pero estaban demasiado excitados para hacerle caso. Hiroko era hermosa y menuda, y tenía una preciosa cabellera. Sally le dijo que se parecía a una muñeca que le había regalado su padre y quiso saber si tenía ropa occidental.

—Alguna. Mi padre pensó que la necesitaría para la facultad —explicó.

—Buena idea —dijo Reiko—. Y Sally puede prestarte cualquier cosa que necesites, Hiroko.

Tía Rei, como ella quería que la llamara, aunque en realidad eran primas, intrigó a Hiroko. Parecía una auténtica americana, no tenía acento, y en realidad había nacido en Fresno, donde unos primos de su padre tenían un floreciente negocio. Los padres de Reiko se habían reunido con ellos antes de que ella naciera. Después la habían enviado unos años a estudiar a Japón, lo que la convertía en una *kibei,* pero Reiko no se había sentido a gusto en Japón. Era ciento por ciento americana y había vuelto a Estados Unidos para estudiar en Standford con una beca. Allí había conocido a Tak y un año después se habían casado. Al año siguiente los padres de Reiko se habían jubilado y regresado a Japón. Ambos murieron durante el gran terremoto, justo después de que naciera Hiroko. Sus primos seguían dirigiendo el negocio familiar de Fresno. Eran los únicos parientes vivos de Reiko, aparte de su marido y sus hijos.

—Sé cómo te sientes, Hiroko —dijo—. Cuando mis padres me enviaron al colegio en Japón, me parecía estar en otro planeta. Todo era muy diferente a lo que yo estaba acostumbrada. Mi japonés no era muy bueno entonces, y ninguno de nuestros parientes hablaba inglés. Todos me parecieron muy raros y anticuados.

—Sí, igual que tú. —Sally señaló a Ken y todos se echaron a reír.

—Pero sé que no es fácil. Seguramente todos te parecemos muy extraños. —Reiko sonrió a Hiroko, que bajó la vista y sonrió, cohibida. Apenas tenía valor para mirarlos, y en el momento en que le hablaban bajaba la vista y parecía turbada. Era la persona más tímida que Sally había conocido en su vida. Lo que más increíble resultaba para Hiroko era que todos pareciesen tan americanos. De no ser por sus rasgos orientales, no hubiera dicho que eran japoneses. No hablaban ni actuaban ni se movían como auténticos japoneses. Era como si no tuvieran ningún vínculo con la educación y cultura japonesas.

—¿Te gusta la comida americana? —preguntó Sally, que sentía una gran curiosidad por su prima, con la que iba a compartir habitación. Estaba impaciente por preguntarle si tenía novio. Ken se preguntaba lo mismo. Él salía con Peggy, la vecina de al lado.

—Nunca los he comido —contestó Hiroko, vacilante, y Tami soltó una risita.

—La, no los. ¿Quieres decir que nunca has comido hamburguesas ni batidos? —Tami la miró como si fuera un marciano.

—No, pero he leído sobre ellos. ¿Son sabrosos?

Tami volvió a reír. Tendrían que hacer algo con el inglés de Hiroko.

—Son fantásticos —respondió—. Te encantarán.

Esa noche habían planeado una cena auténticamente norteamericana para Hiroko, una barbacoa en el jardín a la que estaban invitados unos cuantos vecinos, tanto americanos como japoneses. Takeo sería el cocinero; comerían hamburguesas y *hot-dogs*, filetes y pollo. Reiko pensaba preparar mazorcas de maíz, puré de patatas y ensalada. Sally hacía un pan de ajo buenísimo, y Tami se había pasado toda una mañana ayudando a su madre a hacer galletas de chocolate, pastelillos y helado casero.

El trayecto hasta Palo Alto duró una hora. Tío Tak les llevó por la University Drive para que Hiroko pudiera ver la universidad. Era muy diferente a como ella la había imaginado. La arquitectura parecía española o mejicana, y los edificios estaban rodeados de suave césped, muy verde y bien recortado.

—Yuji quiere venir el año que viene —dijo, pasando sin darse cuenta al japonés. Sus jóvenes primos se sobresaltaron e Hiroko se dio cuenta de que no la habían comprendido—. ¿No habláis japonés? —preguntó en inglés, mirándolos con asombro. ¿Cómo era posible que sus padres no les hubieran enseñado?

—Ya no lo hablamos nunca —explicó tía Reiko—. Y me temo que desde que se fueron mis padres, lo tengo bastante olvidado. Siempre digo que Tak y yo deberíamos hablarlo, pero no lo hacemos. Y los niños sólo hablan inglés.

Hiroko asintió, intentando no parecer sorprendida. Ella no imaginaba que nadie pudiera olvidar sus orígenes. Al fin y al cabo, Reiko y los niños habían nacido en California, pero el tío Tak no. Aquello hizo que sintiera una nostalgia aún mayor, y se preguntó qué dirían sus padres si vieran a sus primos. Eran gente encantadora, pero habían dejado de ser japoneses e Hiroko era allí una completa extraña.

—Hablas muy bien inglés —la alabó el tío Tak. Tami no estaba de acuerdo con su padre, pero no le llevó la contraria—. Debe de ser obra de tu padre. —Takeo sonrió. Conocía la pasión de Masao por la lengua y la cultura norteamericanas. Él hubiera deseado que su primo fuera a California, pero Masao siempre había temido arriesgar su posición en la universidad, y así los años habían pasado.

—Mi hermano habla inglés mejor que yo —dijo Hiroko, y todos sonrieron. No lo hacía del todo mal, pero se notaba que era extranjera, igual que les hubiera pasado a ellos si hablaran en japonés, con excepción de Tak. En cualquier caso, Hiroko no tendría más remedio que hablar inglés todo el tiempo, por duro que resultara.

Cuando dejaron atrás la Universidad de Standford, enfilaron una bonita calle bordeada de árboles. Hiroko se sorprendió al ver lo grande que era la casa de sus primos. Más pequeña al principio, la habían ampliado tras el nacimiento de Tami. Se hallaba, además, muy bien situada, ya que Takeo era profesor de ciencias políticas en la universidad, como Masao, sólo que él era jefe de departamento. Reiko trabajaba en el hospital universitario como enfermera a tiempo parcial.

La casa era muy bonita, con una generosa extensión de césped tanto delante como detrás, unos cuantos árboles y un patio que habían acondicionado el verano anterior. Allí tendrían espacio más que suficiente para los amigos que habían invitado. Cuando Sally mostró a Hiroko su habitación, a ésta le impresionó la gran cama con dosel y los volantes blancos y de color rosa. A sus ojos era como un dormitorio de revista. A Sally no parecía importarle compartir su gran cama con ella, e incluso le había dejado libre una parte de su armario.

—No he traído muchas cosas —dijo Hiroko, señalando su pequeño baúl. Empezó a sacar sus quimonos, cuando Tami entró en tromba en la habitación para pedirle que fuera a ver su casa de muñecas.

—¿Quieres que te preste algo para esta noche? —le preguntó Sally, cuando Hiroko estaba ya en el pasillo. Le parecía que haría el ridículo llevando quimono en la barbacoa.

Así se lo dijo a su madre cuando bajó a la cocina poco después. Reiko estaba haciendo el puré de patatas.

—Dale una oportunidad —dijo Reiko, más comprensiva—. Acaba de llegar. Seguramente nunca ha llevado otra cosa que quimonos. No puedes esperar que se ponga unas sandalias y una falda plisada a los cinco minutos.

—Ya. Pero ¿no pensará la gente que es rara si va por ahí en quimono todo el tiempo? —insistió Sally.

—Por supuesto que no. Es una hermosa muchacha y es japonesa. ¿Por qué no le das una oportunidad, Sally? Deja que se acostumbre a nosotros antes de pensar en que olvide sus viejas costumbres por las nuestras.

—¡Vaya! —exclamó Ken, que entraba en la cocina y había oído la última parte de la conversación—. ¿Qué quieres que haga, Sal? ¿Que se rice el pelo y se presente a un concurso de *jitterbug* mañana por la noche? Acaba de llegar.

—Eso es precisamente lo que le decía a tu hermana.

Ken se hizo un sándwich de mantequilla de cacahuete mientras escuchaba a su hermana y su madre.

—Sólo creo que parecerá rara esta noche en la barbacoa si va con quimono —insistió Sally. A sus catorce años, formar parte del grupo era importante para ella.

—No parecerá tan rara como tú, idiota. —Ken sonrió a su hermana y se sirvió un vaso de leche para acompañar el sándwich. Luego miró a su madre con ceño. Acababa de pensar en la cena. La comida era importante para él, abundante y casi siempre cubierta de ketchup—. No irás a hacer nada japonés esta noche, ¿verdad, mamá?

Su madre se echó a reír.

—No creo recordar siquiera cómo se prepara —admitió Reiko—. Hace dieciocho años que se fue tu abuela. Yo nunca supe en realidad cómo se hacía.

—Bien. Odio esas cosas. Aggg, pescado crudo y todo eso que se retuerce.

—¿Qué se retuerce? —Tak entró en la cocina desde el jardín en busca del carbón para la barbacoa—. ¿Alguien a quien conozcamos? —preguntó.

Reiko sonrió enarcando una ceja al mirar a su marido. Eran una pareja feliz. Ella seguía siendo guapa a los treinta y ocho años y él era un apuesto cincuentón.

—Estábamos hablando de pescado crudo —explicó Reiko—. Ken temía que cocinara platos japoneses para Hiroko.

—Ni hablar —dijo Tak, abriendo una alacena de la que extrajo un saco de carbón—. Es la peor cocinera japonesa que he conocido. Si no la sacas de las hamburguesas y la carne asada, es la mejor. —Se inclinó y besó a su mujer.

Ken engullía su segundo sándwich y Tami e Hiroko subían de la habitación de juegos del sótano. Tami había mostrado a su prima su casa de muñecas, obra de su padre. Reiko le había tejido las alfombras y confeccionado las cortinas. Incluso la habían empapelado, adornado con unos diminutos cuadros hechos por Tak e iluminado con una exquisita araña que habían encargado a Inglaterra.

—Es preciosa —exclamó Hiroko, observando el ajetreo en la cómoda cocina. La casa era espaciosa y el cuarto de juegos del sótano, enorme—. Nunca había visto una casa de muñecas como la tuya. Podría estar en un museo —añadió. Ken le ofreció la mitad de su último sándwich y ella lo aceptó con recelo.

—Mantequilla de cacahuete —explicó él—, con jalea de uva.

—Nunca he comido esto —dijo ella.

Tami intentó convencerla de que debía probarlo, pero la expresión de Hiroko, aun siendo educada, revelaba cierto sobresalto. No era lo que ella esperaba.

—Está bueno, ¿eh? —preguntó Tami mientras Hiroko se preguntaba si la boca se le quedaría pegada para siempre.

Sally se dio cuenta de lo que le ocurría y le tendió un vaso de leche. El primer bocado de comida americana no había impresionado a Hiroko.

Takeo regresó al patio con el carbón, y al salir él, la perra entró dando brincos en la cocina. Hiroko sonrió; por fin algo familiar. Era un espécimen de una raza japonesa llamada shiba. La perra, además, era muy amistosa.

—Se llama *Lassie* —explicó Tami—. El libro me encanta.

—No es que se le parezca. La auténtica *Lassie* es un collie —dijo Ken, y a Hiroko le recordó a su hermano Yuji. Él también decía esa clase de cosas. En cierta manera era algo reconfortante, pero también le hizo añorar su hogar.

Esa tarde, Ken fue a ver a su novia Peggy, y Sally fue a casa de una vecina sin decir nada. Le hubiera pedido a Hiroko que la acompañara, pero temía que se lo dijera a su madre; aún no la conocía bien. Sally quería visitar a su amiga porque ésta tenía un hermano de dieciséis años especialmente guapo con el que le gustaba coquetear.

Sólo Tami se quedó en casa, pero estaba ocupada en el patio con su padre, e Hiroko se quedó en la cocina ayudando a tía Reiko, a la que impresionó por la rapidez y eficiencia con que lo hacía todo. Hablaba poco y no esperaba elogios, y se movía por la cocina preparándolo todo como un relámpago. Comprendió rápidamente cómo se hacía el puré de patatas, y también ayudó a preparar el maíz y la ensalada. Y cuando Tak pidió a su mujer que sazonara la carne, Hiroko también se dio prisa en aprenderlo y luego salió para ayudar a Reiko a poner la larga mesa. Era la muchacha más reservada y diligente que había visto Reiko en su vida, pese a su timidez.

—Gracias por ayudarme —le dijo Reiko cuando subieron a cambiarse. Estaba segura de que todos iban a disfrutar teniéndola en casa, pero no tenía tan claro que Hiroko fuera feliz con ellos, pese a que le había parecido más contenta por la tarde, cuando tuvo cosas que hacer. Pero ahora volvía a parecer melancólica. Reiko comprendió que echaba de menos a sus padres—. De verdad te lo agradezco —dijo amablemente—. Nos alegramos de que estés aquí, Hiroko.

—Yo también me alegro —dijo ella, haciendo una profunda reverencia.

—Eso no es necesario aquí —dijo Reiko, poniéndole una mano en el hombro.

—No conozco otra manera de demostrarte respeto y darte las gracias por tu amabilidad —repuso Hiroko, y entró en el dormitorio de Sally acompañada por su prima. Había guardado todas sus cosas con pulcritud; el desorden era de Sally.

—No necesitas demostrarnos respeto. Sabemos cómo te sientes. Aquí puedes ser menos formal.

Hiroko inició una nueva reverencia, pero se contuvo con una leve sonrisa.

—En este país todo es muy diferente —admitió—. Tengo muchas cosas que aprender, muchas costumbres nuevas. —Empezaba a comprender lo que quería decir su padre cuando la instaba a conocer mundo. Ella jamás hubiera imaginado cuán diferente podía ser, sobre todo en casa de sus primos.

—Aprenderás muy deprisa —le aseguró Reiko.

Esa noche, durante la barbacoa, Hiroko no estaba tan segura, rodeada por extraños que parloteaban, se acercaban para conocerla, le estrechaban la mano y la saludaban. Ella les hacía una reverencia, y ellos comentaban lo adorable que era y lo encantador que era su quimono, pero aun cuando muchos rostros eran japoneses, todos hablaban inglés y eran o *nisei* o *sansei*, es decir, norteamericanos de primera o de segunda generación. La mayoría había perdido las costumbres y tradiciones japonesas hacía mucho tiempo y sólo sus abuelos hubieran resultado familiares a Hiroko. También había muchos que no eran japoneses, y entre ellos se sentía perdida. Después de ayudar a recoger la mesa, permaneció sola en el jardín durante un rato, contemplando el cielo y pensando en sus padres.

—Debe de sentirse muy lejos de casa —dijo una voz suavemente a su espalda.

Hiroko se volvió sorprendida para mirar al hombre que le había hablado. Era alto y joven, de cabellos castaños y muy atractivo según el modelo occidental, pero Hiroko bajó la cabeza tan deprisa como la había alzado para ocultar sus lágrimas.

—Soy Peter Jenkins —dijo él, tendiéndole la mano.

Ella se la estrechó y lentamente volvió a alzar la vista para mirarlo. Era más alto incluso que Kenji, esbelto, con los ojos azules y un aire de integridad. Parecía muy joven, pero en realidad tenía veintisiete años, y era el profesor auxiliar de Tak en el departamento de ciencias políticas.

—Yo estuve una vez en Japón. Es el país más hermoso que he visto en mi vida. Sobre todo me gustó Kioto. —Peter sabía que Hiroko era de allí, pero su elogio era sincero—. Todo esto debe de parecerte muy extraño. Incluso para mí fue difícil cuando volví de Japón. Imagino lo que ha de ser para ti, que nunca habías estado aquí. —Ver su propia cultura a través de los ojos de ella hizo que incluso a él le pareciera rara, y sonrió. Peter tenía un rostro afable y mirada bondadosa. Aun sin conocerlo, a Hiroko le gustaba. Pero volvió a bajar la vista, llena de vergüenza, sonriendo con vacilación. Él tenía razón; era difícil. Había estado debatiéndose con las nuevas impresiones y experiencias que la asaltaran desde la mañana, pero no tenía a nadie con quien hablar, al menos de momento.

—Me gusta estar aquí —dijo en voz baja, mirándose fijamente los pies, pensando que debería haber hecho una reverencia—. Soy muy afortunada —susurró, intentando mirarlo otra vez, pero incapaz de hacerlo.

Peter sabía que era demasiado tímida. Era como una niña, pero al mismo tiempo toda una mujer. Pese a su edad, no se parecía en nada a las alumnas de Peter. Era más delicada, más reservada y, sin embargo, se notaba en ella una fuerza interior y una aguda inteligencia. Mirándola allí, en el jardín, temblando ante él, Peter Jenkins se sentía desconcertado, pero sabía que Hiroko encarnaba todo lo que le había encantado de las mujeres nativas durante su visita a Japón.

—¿Quieres volver adentro? —preguntó amablemente, dándose cuenta de que ella estaba demasiado cohibida para alejarse de él. Hiroko asintió, mirándole apenas a través de sus gruesas pestañas—. Tak me ha dicho que irás a St. Andrew's en septiembre —dijo, mientras caminaban hacia la casa y él admiraba su quimono. Instantes después encontró a Reiko charlando con dos amigas y dejó a Hiroko con su prima, que le sonrió y la presentó a las dos mujeres.

Hiroko hizo una profunda reverencia para demostrar su respeto por los amigos de los Tanakas, y las mujeres la miraron con leve desconcierto. Al otro lado del patio, Peter comentaba a Tak que acababa de conocer a su prima.

—Es una muchacha muy dulce, la pobre debe de sentirse completamente perdida aquí —dijo Peter con tono de simpatía. Había algo en Hiroko que le hacía desear abrazarla y protegerla.

—Se acostumbrará. —Tak sonrió con su vaso de vino en la mano. La barbacoa había salido muy bien y todo el mundo parecía disfrutar de la fiesta—. A mí me pasó lo mismo. Tú estás fascinado por Japón desde aquel viaje que hiciste.

—No entiendo cómo no lo echas de menos.

Tak afirmaba siempre que adoraba Estados Unidos y era evidente que hubiera adoptado la nacionalidad americana de haber podido. Sin embargo, pese a llevar veinte años viviendo en el país y haberse casado con una norteamericana, la ley no le permitía convertirse en ciudadano estadounidense.

—Me ahogaba allí. Mírala. —Takeo contempló a su joven prima. A sus ojos, ella representaba todo lo que él detestaba de Japón y aquello de lo que había huido—. Está reprimida, atada; tiene miedo de mirarnos a la cara. Lleva el mismo atuendo que se utilizaba hace quinientos años. Se vendará los pechos si llega a tener, y también el estómago si se queda embarazada. Además, seguramente no le dirá a su marido que espera un hijo. Cuando tenga la edad requerida, sus padres la casarán con un hombre al que jamás habrá visto antes y, una vez casada, nunca tendrá una auténtica conversación con su marido, se pasarán la vida haciéndose reverencias y ocultando sus sentimientos. Lo mismo ocurre en los negocios, pero peor. Todo lo gobierna la tradición, todo son apariencias, respeto y costumbre. Nunca puedes expresar lo que sientes ni cortejar a una mujer simplemente porque la quieres. Seguramente jamás podría haberme casado con Reiko en Japón si nos hubiéramos conocido allí. Habría tenido que casarme con la mujer que mis padres eligieran para mí. Sencillamente no pude soportarlo más. Al ver a Hiroko he vuelto a recordarlo todo. Es como un pájaro en una jaula, demasiado asustado incluso para cantar. No, no echo de menos Japón. —Sonrió con pesar—. Pero estoy seguro de que ella sí. Su padre es un buen hombre, y ha conseguido mantener el espíritu vivo a pesar de la represión. Tiene una esposa encantadora y creo que se quieren de verdad, pero nada ha cambiado en el país; es opresivo.

Peter asintió. Ciertamente había visto la represión de que hablaba Takeo, y también las antiquísimas tradiciones, pero había mucho más, y por eso no podía comprender por qué Takeo no amaba su país.

—En Japón tenéis un increíble sentido de la propia historia, por el mero hecho de estar allí, de saber que nada ha cambiado en los últimos mil años y que, es de esperar, nada cambiará en los mil siguientes. A mí me encantó. Y me encanta mirarla a ella, porque me gusta todo lo que representa —explicó Peter con sencillez, mientras Tak lo miraba con aire divertido.

—Que no te oiga Reiko. Ella cree que las mujeres japonesas no tienen las mismas oportunidades que los hombres y que están dominadas por sus maridos. Es tan americana como la tarta de manzana, y le encanta. A ella no le gustó lo más mínimo estudiar en Japón.

—Creo que los dos estáis locos. —Peter sonrió.

Se enzarzó luego en conversación con otros dos profesores de Standford y no volvió a hablar con Hiroko, pero la vio haciendo reverencias al despedirse de algunos amigos de los Tanaka. Pese a todo lo que había dicho Tak, a Peter le parecía que su actitud era digna y graciosa. Lejos de parecerle degradante, le conmovía la costumbre japonesa de hacer reverencias. Cuando Peter se disponía también a partir, sus ojos se encontraron y por un momento hubiera jurado que Hiroko le miraba abiertamente, pero un segundo después había vuelto a bajar los ojos y hablaba con uno de sus primos.

Nadie le había hablado en japonés durante la fiesta, así que Hiroko sonrió cuando Peter se inclinó levemente ante ella al marcharse y le dijo *sayonara*. Alzó la vista para comprobar si se burlaba de ella, pero la mirada de Peter era amable y le sonreía. Le hizo entonces una reverencia formal y le dijo que había sido un honor conocerle. Él replicó lo mismo y se fue con la atractiva rubia con la que había ido. Hiroko lo contempló unos instantes y luego llevó a Tami a su dormitorio, pues no paraba de bostezar. Todos habían disfrutado con la fiesta, incluso Hiroko, aunque no conocía a nadie y todo lo que tocaba, probaba o le presentaban era muy diferente de cuanto conocía.

—¿Te has divertido? —le preguntó Reiko cuando Hiroko bajó a la cocina para ayudarla después de acostar a Tami.

Los Tanaka habían invitado a varios estudiantes de la edad de Hiroko, pero ella era demasiado tímida para hablarles y se había pasado la mayor parte del tiempo apartada o con Tami. Peter Jenkins era el único invitado adulto con el que había llegado a hablar, y porque él había iniciado la conversación. No obstante, la velada le había parecido interesante y los invitados agradables.

—Me ha divertido —afirmó, y Reiko no pudo evitar sonreír, pensando en que Tami se ocuparía del inglés de su prima.

Lassie estaba echada en el suelo meneando la cola, aguardando los restos de la comida. Ken y Tak estaban fuera limpiando la barbacoa y recogiendo vasos. La única que no ayudaba era Sally, que se había encerrado en el lavabo de la planta baja para hablar por teléfono con una amiga, y allí seguía media hora después de prometer que saldría enseguida.

—Has tenido un gran éxito —dijo Reiko—. A todo el mundo le ha encantado conocerte, Hiroko. Y estoy segura de que no ha resultado fácil.

Hiroko se ruborizó y siguió fregando platos en silencio. Su timidez seguía sorprendiéndolos, y sin embargo Reiko la había visto hablar con Peter, que había ido a la fiesta con su nueva novia, una modelo de San Francisco. Y Ken la miraba con aprobación.

—¿Se lo ha pasado bien todo el mundo? —preguntó Tak, entrando del patio con una bandeja llena de vasos—. A mí me ha parecido una fiesta estupenda —dijo a su mujer, y sonrió a Hiroko.

—A mí también —dijo ésta—. Las hamburguesas son fantásticas —dijo, parafraseando a Tami, y los demás se echaron a reír—. Gracias por una fiesta tan bonita —añadió cortésmente.

Ken se sirvió un poco de pollo sobrante. Ken se pasaba el día comiendo, pero estaba en la edad, e iba a empezar a practicar fútbol americano en la escuela a finales de agosto. Poco después subían todos a sus respectivas habitaciones.

Sally e Hiroko se desvistieron y se pusieron el camisón en silencio. Una vez acostadas, Hiroko pensó en el largo viaje realizado, en la gente que había conocido y la cálida bienvenida dispensada por sus primos. Aunque ya no fueran japoneses, le gustaban. Ken, con su malicia, sus largas piernas y su insaciable apetito; y Sally, que tanta afición tenía a las ropas, los chicos, el teléfono y los secretos; y sobre todo le gustaba la pequeña Tami, con su maravillosa casa de muñecas y su empeño en convertirla en una chica americana; y también sus padres, que tan amables eran con ella e incluso habían dado una fiesta en su honor. Le gustaban los amigos de los Tanaka... e incluso *Lassie*. Lo único que deseaba era que sus padres y su hermano hubiesen estado allí con ella. Tal vez entonces no hubiera sentido tanta añoranza.

Se tumbó de lado, dejando tras de sí su larga melena negra en cascada sobre la almohada. Oyó el suave ronquido de Sally, pero ella no podía dormir. Le habían ocurrido demasiadas cosas en su primer día en Estados Unidos. Y le quedaba un año por delante antes de volver a casa con sus padres.

Mientras conciliaba el sueño poco a poco, empezó contando los meses, luego las semanas... y finalmente los días... Contaba en japonés al empezar a soñar, creyéndose de nuevo en casa, con ellos... Pronto, susurró dormida... Pronto... casa... Y en la distancia oyó a un joven decir *sayonara*... no sabía quién era ni lo que significaba, pero suspiró, se volvió y pasó el brazo por encima de Sally.

5

Hiroko pasó su segundo día en Estados Unidos del modo más agradable. Por la tarde fueron todos en el coche familiar a San Francisco. Vieron el Golden Gate Park, tomaron té en el salón de té japonés y visitaron la Academia de Ciencias. La llevaron al centro de la ciudad y vio I. Magnin desde el coche antes de regresar a Palo Alto.

Lassie les aguardaba en el jardín, y meneó la cola al ver a Hiroko.

Tan pronto como llegaron a casa, Sally volvió a desaparecer, igual que Ken. Tami bajó al sótano a jugar con su casa de muñecas, e Hiroko ayudó a tía Reiko a preparar la cena. Después puso la mesa para siete, siguiendo instrucciones de Reiko, preguntándose quién sería el invitado a cenar. Pensó que tal vez sería un amigo de los niños, pero Reiko comentó de pasada que era el ayudante de Tak.

—Creo que lo conociste anoche, en la barbacoa. Se llama Peter Jenkins.

Hiroko asintió y bajó la vista. Era el joven que la había abordado en el jardín y le había contado lo mucho que le gustaba Kioto.

Peter llegó con una botella de vino para Tak y un ramo de flores para Reiko. Se mostró tan agradable como la noche anterior e Hiroko se mostró igual de tímida con él. Peter preguntó cómo había pasado la tarde y se sentó en la sala de estar como uno más de la familia. Hiroko desapareció inmediatamente para ocuparse de la cena en la cocina, no sin antes hacer una profunda reverencia a Peter, que éste le devolvió, para regocijo de Tak.

—Es increíblemente tímida, pobrecita —comentó Tak cuando Hiroko abandonó la habitación. No había visto a ninguna mujer que se comportara así desde que abandonara Japón veinte años atrás, pero esperaba que su prima lo superara durante su año en California.

Hiroko no dijo nada durante la cena y pareció reflexionar sobre las conversaciones que sostenían los demás. Ken y Sally discutían sobre una película que habían visto mientras Tami soñaba despierta, pero Peter, Tak y Reiko charlaban seriamente sobre la guerra en Europa. Era obvio que se estaba produciendo una escalada en el conflicto. Los pobres británicos estaban sufriendo un terrible varapalo, por no mencionar el amenazador tratado entre alemanes y rusos.

—Creo que al final tendremos que entrar en la guerra —dijo Takeo con tono sosegado—. Al parecer Roosevelt lo ha admitido en privado. Sencillamente no hay otra solución.

—Eso no es lo que dice al pueblo americano —replicó Reiko. Su marido era demasiado viejo para ir a la guerra si Estados Unidos acababa interviniendo, pero Ken podría ser reclutado al cabo de dos años, si continuaba, y esa perspectiva aterraba tanto a Reiko como a Takeo.

—Yo pensé en hacerme voluntario de la RAF el año pasado —admitió Peter, e Hiroko lo miró cuatelosamente. Nadie le prestaba atención y le resultó más fácil mirarlo y concentrarse en lo que decían—. Pero no quería abandonar la universidad. Corría el serio riesgo de perder mi trabajo. —Su puesto como ayudante en el departamento de ciencias políticas dependía de la antigüedad y de la ocupación de la plaza. Peter no quería perderlo, ni siquiera por una causa justa, pero sabía que quizá acabaría viéndose obligado. En cualquier caso, a los veintisiete años de edad no tenía deseos de arrojarlo todo por la borda para lidiar una batalla que no era la suya.

—No creo que debas ir a menos que nuestro país decida participar —dijo Takeo pensativamente, aunque sabía que él mismo se sentiría tentado si fuera más joven.

Cuando terminaron de cenar, la conversación derivó hacia otros temas, la clase que Tak preparaba con ayuda de Peter y algunos cambios que quería hacer en el departamento. Sólo entonces se dio cuenta Peter de que Hiroko seguía la conversación atentamente.

—¿Te interesa la política, Hiroko? —preguntó. Estaba sentado frente a ella en la mesa.

Hiroko bajó la vista de nuevo y se ruborizó.

—Algunas veces. Mi padre también habla de estas cosas, pero no siempre las comprendo.

—Tampoco yo. —Peter sonrió, deseando que volviera a mirarle. Hiroko tenía unos ojos que parecían insondables por su brillante negrura—. Tu padre da clases en la universidad de Kioto, ¿verdad? —preguntó.

Hiroko asintió y se levantó para ayudar a Reiko con los platos. No se atrevía a hablar con él, pese a que le parecía muy agradable y creía que su conversación con Takeo había sido interesante e instructiva.

Peter y Takeo se dirigieron al despacho para trabajar. Cuando terminó con los platos, Hiroko bajó al sótano con Tami para ayudarla con su casa de muñecas. Hizo para ella diminutas flores y pájaros *origami*,[1] y pequeñísimos cuadros, entre ellos un paisaje montañoso bajo el ocaso. Reiko se quedó atónita cuando bajó. Hiroko no era sólo una joven de suaves modales sino también con muchos talentos.

—¿Te ha enseñado tu madre a hacer todo esto? —preguntó, fascinada por los pájaros minúsculos.

—Mi abuela. —Hiroko sonrió. Llevaba un quimono verde y azul con una faja de seda azul y estaba encantadora, sentada en el suelo—. Me enseñó muchas cosas... sobre flores y animales, y cómo cuidar una casa y tejer esteras de paja. Mi padre cree que esas cosas son muy anticuadas e inútiles —dijo tristemente.

Ésa era una de las razones por las que se hallaba en California, porque Masao creía que su hija se parecía demasiado a su abuela

---

1. Arte, originario de Japón, de realizar flores, pájaros u otros objetos decorativos doblando papel. Papiroflexia. (*N. de la T.*)

en lugar de ser moderna como él. Sin embargo, así se sentía ella en el fondo de su corazón, amante de las tradiciones y las viejas costumbres. Le encantaba ayudar a su madre a llevar la casa, cocinar y arreglar el jardín. Y le gustaban mucho los niños. Un día sería una buena esposa, aunque quizá no fuera moderna. O tal vez en América aprendería todas esas cosas que su padre creía que le faltaban. Así lo esperaba Hiroko para poder volver a casa y estar con su familia.

Tami mostró a su madre las pinturas de Hiroko. Luego, las dos mujeres subieron a acostar a la niña y fueron a reunirse con Takeo y Peter, que ya habían terminado su trabajo y estaban sentados en la sala de estar con Ken y Sally jugando al Monopoly. Hiroko sonrió al verlos. Los jugadores reían, y Ken acusó a Sally de hacer trampas.

—Tú no tenías un hotel en Park Place. Te he visto, lo has cogido.

—¡No es verdad! —protestó ella, y le acusó de robar la línea de playa.

La pelea continuó mientras los demás reían. Hiroko intentó comprender las reglas del juego. Parecía divertido, sobre todo porque los demás se lo pasaban muy bien. Peter jugaba con ellos como si fuera un niño. Ofreció su sitio a Hiroko, pero ésta rehusó. Su timidez le impedía participar, aunque le recordaba los días en que jugaba a *shogi* con su hermano. También él hacía trampas a menudo y se enzarzaban en interminables discusiones.

Eran las diez cuando Peter se marchó. Reiko prometió invitarle de nuevo durante la semana, porque querían conocer a su nueva novia, pero Takeo le recordó que se iban dos semanas al lago Tahoe el fin de semana siguiente. Habían alquilado una cabaña como todos los años. A Takeo y Ken les encantaba pescar y a Sally le gustaba el esquí acuático, aunque en esa época el agua del lago estaba helada.

—Te llamaré cuando volvamos —dijo Reiko.

Peter se despidió agitando la mano y les dio las gracias por la cena. A Tak y a él les esperaba una semana de mucho trabajo preparando la asignatura para el siguiente trimestre. Ambos querían acabar antes de que Takeo se fuera de vacaciones.

Cuando se iba, los ojos de Peter se encontraron con los de Hiroko una décima de segundo. Se produjo un momento de complicidad y luego Peter se marchó. Hiroko apenas se había atrevido a hablarle, pero lo consideraba muy inteligente e interesante. Le intrigaban sus ideas, pero jamás hubiera osado meterse en la conversación, pese a los esfuerzos de su padre durante años por vencer su reserva con los extraños.

Las vacaciones junto al lago fueron más fáciles para ella, pues hicieron lo mismo que hacía su familia cuando visitaban las montañas en Japón. Hacía muchos años que pasaban las vacaciones de verano en un *ryokan* a orillas del lago Biwa. También le gustaba ir a la playa, pero en las montañas disfrutaba de una paz especial. Hiroko escribió a sus padres cada día y jugó con sus primos. Con Ken jugaba a tenis, y dejó incluso que le enseñara a pescar, aunque siempre se había negado con Yuji. Le escribió bromeando sobre ello, y le dijo que había pescado un enorme pez.

También intentó hacer esquí acuático con Sally, pero el agua estaba tan helada que las piernas se le quedaban entumecidas y no conseguía estirar los brazos lo suficiente para salir del agua. Lo intentó valientemente, y cayó infinidad de veces, hasta que al final se rindió. No obstante, volvió a probar al día siguiente, y al terminar las vacaciones había conseguido incluso hacer un corto trayecto, entre los vítores de todos los de la barca y las risas del tío Tak, orgulloso de ella.

—Gracias a Dios —dijo—. Pensaba que iba a ahogarse y que tendría que decírselo a su padre. Le gustaba mucho Hiroko. Le parecía que tenía mucho valor y una mente despierta. Era una lástima que fuera tan tímida, aunque cuando abandonaron el lago parecía más cómoda entre ellos. Hablaba con mayor desenvoltura y bromeaba con Ken. Incluso un día se había puesto falda y suéter para complacer a Sally, pero seguía llevando sus quimonos la mayor parte del tiempo. Reiko tenía que admitir que le sentaban de maravilla y que lamentaría verla vestida a la occidental cuando fuera a la universidad.

Pero el auténtico cambio operado en ella se hizo patente

cuando Peter volvió a cenar a su casa. Había prometido llevar a su novia, pero ésta no pudo asistir debido a un trabajo de modelo en Los Ángeles, lo que contribuyó a crear un ambiente más relajado. Peter era como de la familia y los chicos lo recibieron con abrazos, chillidos y exclamaciones cuando llegó para cenar el domingo, un día después de que volvieran del lago Tahoe. Hiroko le dedicó una reverencia, como de costumbre. Vestía un brillante quimono naranja con flores rosa pastel que le sentaba muy bien con el bronceado. La melena la llevaba suelta y relucía como satén negro a su espalda. Esta vez, Hiroko miró a Peter y sonrió. En sus dos breves semanas en la montaña se había vuelto mucho más osada.

—Buenas noches, Peter-san —dijo cortésmente, cogiendo las flores que llevaba Peter para Reiko—. ¿Cómo estás? —preguntó, y finalmente bajó la vista.

—Estoy muy bien, gracias, Hiroko-san —dijo él, haciéndole también una reverencia formal y sonrió cuando sus ojos volvieron a encontrarse—. ¿Te ha gusto el lago Tahoe?

—Mucho. He pescado y he aprendido a esquiar sobre el agua.

—Es una mentirosa —dijo Ken al pasar. Hiroko y él eran ya como hermanos—. Ha pescado dos, y eran los peces más pequeños que he visto en mi vida. Pero lo del esquí acuático es verdad.

—Pesqué siete veces —le corrigió ella, como una hermana mayor, sin dejar de sonreír.

Peter rió. Le enternecía ver cómo había florecido Hiroko en las dos semanas transcurridas y cómo resplandecía su rostro al hablar de sus nuevas actividades.

—Al parecer os lo habéis pasado todos muy bien.

—Es cierto —confirmó Reiko, besándole en la mejilla y agradeciéndole las flores—. Siempre nos hace bien ir allí. Deberías venir con nosotros el año que viene.

—Me encantaría... Es decir —miró a su jefe con una sonrisa—, si tu marido no vuelve a dejarme solo para reorganizar todo el curso. —En realidad habían realizado la mayor parte del trabajo antes de que Takeo se fuera, pero Peter había atado los cabos sueltos y Takeo estaba muy satisfecho con los resultados.

Peter le puso al día de los acontecimientos en la universidad, y durante la cena volvieron a hablar sobre Rusia. Luego Peter se volvió hacia Hiroko y le preguntó si tenía noticias de sus padres. A ella seguía sorprendiéndole la facilidad con que todos expresaban sus opiniones, sobre todo Reiko. Le parecía extraordinario que una mujer dijera lo que pensaba libremente. Bajó la vista y contestó a Peter que sí. Luego, haciendo un esfuerzo, levantó los ojos, le sonrió y le dio las gracias por preguntarlo. Le explicó que sus padres le habían contado de una gran tormenta que había asolado la costa japonesa, pero ellos estaban bien.

—¿Cuándo empiezas las clases? —preguntó Peter. Ella siempre la parecía una cervatilla a punto de salir huyendo y él tenía que moverse muy despacio y hablar en voz baja. Sentía deseos de tocarla para demostrarle que no le haría daño.

—Dentro de dos semanas —contestó ella, intentando no sentir miedo de él. Quería ser educada y comportarse como una americana, no ocultar la mirada como una chica japonesa. En el fondo quería ser como Sally o como la tía Reiko, aunque no le resultaba nada fácil.

—¿Te emociona la idea de empezar? —preguntó él, emocionado por haber conseguido mantener una conversación con Hiroko. No sabía por qué, pero era muy importante para él que ella se sintiera cómoda a su lado. Quería llegar a conocerla mejor.

—Quizá tengo miedo, Peter-san —contestó Hiroko, asombrándole por su sinceridad. Pese a su timidez, a veces era muy directa, pero él aún no había aprendido eso de ella—. Quizá no les caiga bien, si soy tan diferente. —Miró a Peter con grandes e inteligentes ojos.

Peter no imaginaba que no le gustara a alguien, y menos a un grupo de chicas de dieciocho años, y sonrió ante la idea.

—Creo que les caerás muy bien —dijo, disimulando apenas su admiración por ella.

Takeo les observaba y por un momento se preguntó si Peter sentía un interés especial por su prima, pero decidió que era una tontería.

—Llevará ropa normal cuando vaya a la universidad —dijo Tami, e Hiroko soltó una risita, sabiendo que a Tami seguía preocupándole que fuese a la universidad con sus quimonos—. ¿Verdad, Hiroko?

—Verdad, Tami-san. Llevaré ropa como la de Sally. —Sin embargo, las ropas occidentales que había traído de Japón estaban pasadas de moda. Ni ella ni su madre habían sabido qué comprar en Kioto, pero al ver a Sally y a Reiko, comprendía que sus adquisiciones eran antiguallas.

—Me gustan tus quimonos, Hiroko-san —dijo Peter—. Te sientan muy bien.

Hiroko sintió tanta vergüenza al oír aquellas palabras que volvió a bajar la vista y no replicó.

Después de cenar, jugaron de nuevo al Monopoly, y esta vez Hiroko se unió a ellos. Comprendía el juego y siempre pillaba a Sally y a Ken cuando hacían trampas, como esa noche.

Takeo y Peter fueron a tomar café a la cocina, donde Reiko seguía ocupada con los platos. Les sonrió y les sirvió una taza. Luego contemplaron las travesuras de los niños. No es que Hiroko fuera una niña ya, ni tampoco Ken, pero había en ellos una maravillosa inocencia.

—Es una muchacha encantadora —dijo Peter pensativamente, y Takeo asintió, recordando a su pesar la advertencia de Masao de que no permitiera que su hija tuviera ninguna aventura sentimental durante su estacia en el St. Andrew's. Había algo en los ojos de Peter que sugería que le gustaba Hiroko. Pero, Peter tenía novia, y Takeo se dijo que estaba siendo demasiado protector. Hiroko era aún muy joven, aunque desde luego también muy hermosa, y su dulzura y su inocencia resultaban muy atrayentes.

—Es encantadora —convino—, pero es una niña.

De repente se dio cuenta de que Hiroko tenía la misma edad que Reiko cuando él la conoció. Takeo tenía entonces treinta años y ella era una de sus alumnas. No era inconcebible que pudiera pasarle lo mismo a Peter. Tak y Reiko se habían casado seis meses después de conocerse, pero Hiroko parecía tan niña en comparación con Reiko que Tak se sintió estúpido por lo que estaba pensando. No obstante, seguía detectando aquella mirada peculiar en los ojos de Peter siempre que miraba a Hiroko. Tak miró a su mujer y sonrió. Habían disfrutado de veinte felices años de matrimonio. Luego volvió a mirar a su joven prima, que seguía divirtiéndose con sus hijos.

Hiroko volvería a Japón al cabo de un año, pues, con toda su modernidad, la idea de que su hija se casara con un norteamericano no entraba en los pensamientos de Masao. De hecho no quería que aún saliera con ningún chico, ni siquiera japonés.

—Carole me gusta mucho —dijo Peter de pronto, como si intentara convencerse a sí mismo, pero ni siquiera a él le sonaron sinceras sus palabras.

Le impresionaban mucho más la belleza y la delicadeza de Hiroko que el llamativo atractivo de su novia rubia y su carrera de modelo. Carole era guapa, pero también superficial, y él era consciente de ello. Extrañamente, la comparación entre las dos mujeres le hizo sentirse incómodo. Cuando volvió con sus anfitriones al salón para contemplar de nuevo la partida de Monopoly, se recordó que Hiroko era muy joven y que era un tonto dejándose encandilar de aquella manera. Pero al mirarla no dejaba de pensar en lo encantadora que era y en lo hermosa que estaba cuando reía. Hiroko bromeaba con Ken y su risa repicaba como campanas celestiales. Peter se sintió turbado al comprobar que no podía apartar la vista de ella. Esperaba que nadie más se diera cuenta y se tranquilizó pensando que, sintiera lo que sintiera, podía pararlo antes incluso de que empezara. Peter no tenía la menor intención de enamorarse de una chica de la edad de Hiroko, ni tampoco quería causarle a ella o a su familia el menor problema.

Cuando por fin se fue aquella noche, Peter estaba muy callado, y a pesar de las risas de antes, Hiroko le hizo una formal reverencia que él le devolvió sin decir nada. De vuelta en su casa de Menlo Park, Peter se sumió en hondas meditaciones. Se sentía como si se hubiera dejado arrastrar por corrientes tan sutiles que ni siquiera había notado, pero al menos lo sabía, y no iba a permitir que Hiroko le arrastrara. Nada iba a ocurrir entre ellos.

Tras la partida de Peter, Hiroko preguntó a su prima si Peter-san estaba enfadado. Se había dado cuenta de que no dijo nada al despedirse.

—¿Enfadado? No. ¿Por qué?

Reiko se sorprendió, pero Takeo comprendió la pregunta.

También él se había dado cuenta de la actitud de Peter y le preocupaba. Le parecía embarazoso interponerse, pero hubiera querido avisar a Peter de que no debía dejarse llevar por sus emociones.

—Estaba muy serio al marcharse —explicó Hiroko, y tío Tak asintió.

—Tiene muchas cosas en las que pensar, Hiroko —dijo—. Y tú también. Pronto empezarán las clases.

Hiroko se preguntó si también su tío estaba enfadado con ella, si se había comportado mal con Peter. Pero Reiko le sonreía y no parecía molesta, de modo que tal vez el tono de Takeo no significara nada. Sin embargo, cuando se acostó seguía preocupada. ¿Había hecho algo malo? ¿Había ofendido a Peter? Aquel nuevo mundo era desconcertante.

Por la mañana, despertó de buen humor y decidió que había sido una tonta. Takeo había explicado el silencio de Peter satisfactoriamente: tenía mucho trabajo. Tanto que no volvió a cenar con ellos en las dos semanas siguientes.

El 7 de septiembre, toda la familia acompañó a Hiroko a St. Andrew's en el Chevrolet familiar.

Era una bonita facultad, de jardines bien cuidados. Estudiaban allí más de novecientas chicas, la mayoría de San Francisco, Los Ángeles u otros puntos de California, pero también había un puñado de otros estados, incluso de Hawai. Había una chica francesa y otra inglesa a las que sus padres habían enviado allí a causa de la guerra.

La recibió una alumna de último curso. Le habían asignado una habitación a compartir con otras dos alumnas. Vio sus nombres en el panel informativo: Sharon Williams, de Los Ángeles, y Anne Spencer, de San Francisco, pero ninguna de las dos había llegado aún.

Reiko y Sally la ayudaron a deshacer el equipaje mientras Ken y Tak aguardaban abajo con Tami. La pequeña se había sentido pesarosa durante todo el día. No quería que su prima Hiroko los dejara.

—No seas tonta —le había regañado su madre—. Vendrá a casa todos los fines de semana y en vacaciones.

—Pero yo quiero que se quede con nosotros —insistía Tami

con tono lastimero—. ¿Por qué no puede ir a Standford con papá?

Sus padres ya lo habían pensado, pero St. Andrew's era una facultad pequeña, exclusivamente para mujeres, y seguramente un sitio mejor para una joven que había vivido siempre tan protegida. En comparación, Standford parecía enorme, y era mixta, lo que había hecho que Hidemi se negara rotundamente a que asistiera su hija.

Pero incluso Hiroko tenía ahora sus dudas, mientras metía sus cosas en uno de los tres pequeños armarios de la habitación. En realidad se trataba de taquillas. De repente se sentía como si volviera a perder a su familia, y al bajar de nuevo las escaleras tenía una expresión tan sombría como la de Tami.

Hiroko llevaba una falda marrón que le había comprado su madre con un suéter beige a juego, y el pequeño collar de perlas que le habían regalado sus padres por su dieciocho aniversario. También llevaba medias de seda y tacones altos, y un pequeño sombrero marrón ladeado sobre su cabeza con aire desenvuelto. Sally pensaba que tenía un aspecto fantástico, mucho mejor que con quimono, pero Hiroko echaba de menos las sedas brillantes que había vestido durante toda su vida y con su nueva ropa se sentía desnuda.

Otra alumna de último curso les guió por los jardines y les mostró el comedor, la biblioteca y el gimnasio. Finalmente, a sus primos no les quedaba nada por hacer y Takeo dijo que debían volver a Palo Alto, porque Peter y Carole irían a cenar a su casa. Hiroko se sintió apesadumbrada al oír la noticia, como si todos la abandonasen.

Tami lloró al despedirse. La abrazó con fuerza y le hizo prometer que la llamaría siempre que pudiera. Quería saberlo todo sobre sus compañeras de cuarto y sobre cualquier chico que conociese. Ken le dijo que estaba a su disposición si necesitaba que pegara a alguien. Tía Reiko le recordó que llamara si necesitaba alguna cosa. Al mirar a tío Tak, Hiroko pensó en su padre, y el nudo de su garganta se hizo tan grande que no pudo hablar cuando se marcharon. Se limitó a agitar la mano mientras el coche se alejaba, y luego volvió a su habitación para esperar a sus compañeras.

La primera llegó a las cinco. Había viajado en tren desde Los Ángeles. Era pelirroja y de personalidad vivaz. Sacó fotografías de una docena de artistas de cine de su maleta y las colocó alrededor del espejo. Hiroko se sintió muy impresionada cuando Sharon comentó que su padre era productor de cine. Según ella, conocía a todas las estrellas y se apresuró a contar a Hiroko cuáles le gustaban y cuáles no.

—¿Tu madre es una estrella de cine? —preguntó Hiroko con ojos muy abiertos. Sin duda Sharon era alguien importante, e Hiroko sabía que a sus padres les hubiera encantado.

—Mi madre está casada con un francés y vive en Europa. Ahora está en Ginebra, por la guerra, ya sabes —explicó Sharon con aplomo, ocultando el hecho de que el divorcio de sus padres había sido no sólo un escándalo en Los Ángeles, sino muy doloroso para ella. Hacía tres años que no veía a su madre, aunque le enviaba preciosos regalos por Navidad y su cumpleaños.

»¿Cómo es Japón? —preguntó, sentándose en su cama. Hiroko le intrigaba. Los únicos japoneses que había conocido eran jardineros y criadas, pero Hiroko decía que su padre era profesor en la universidad de Kioto—. ¿A qué se dedica tu madre?

Hiroko sintió cierta confusión. En Japón, la mayoría de mujeres carecía de profesión.

—Sólo es una mujer —contestó, esperando explicarlo todo con esa frase. Sharon se levantó, miró por la ventana y lanzó un silbido.

—Caray —exclamó admirativamente, mientras contemplaba a una atractiva chica que bajaba de una limusina con ayuda de un chófer uniformado. Tanía piernas largas y esbeltas y cabellos rubios, y llevaba un sombrero de paja y un vestido de seda blanca que parecía hecho para ella en París—. ¿A quién tenemos aquí, a Carole Lombard?

—¿Es una estrella de cine? —Hiroko la miraba boquiabierta.

—No lo creo —rió Sharon—. Seguramente es una de nosotras. Mi padre también tiene un coche como ése, pero no ha querido traerme hasta aquí. Él y su novia iban a pasar el fin de semana a Palm Springs. —No quería contar a Hiroko lo solitaria que era su vida. Con los padres que tenía, cualquiera hubiera envidiado su vida, pero la verdad difería mucho de la imagen que describía a Hiroko, y ésta era demasiado ingenua para comprender las implicaciones de lo que le explicaba Sharon.

Mientras hablaban sobre quién podía ser la recién llegada, llamaron a la puerta y entró en la habitación el chófer uniformado al que acababan de ver, portando una maleta y dos pasos por delante de la señorita Anne Spencer. Era una joven alta y distante, de cabello rubio platino y ojos azules. Miró a ambas con altivez.

—¿Anne Spencer? —preguntó Sharon, y al ver que asentía, señaló uno de los armarios al chófer.

—¿Sí? —dijo Anne. No parecía impresionada por ninguna de las dos, y dejó de prestar atención a Hiroko desde el momento en que la vio.

—Somos tus compañeras de habitación —dijo Sharon, como si ella e Hiroko fueran amigas de toda la vida—. Yo soy Sharon y ésta es Hiroko.

—Me dijeron que tendría una habitación privada —dijo Anne con tono glacial, como si la culpa fuera de Sharon o de Hiroko.

—No podrá ser hasta el curso que viene. Yo también la pedí. Las novatas duermen en habitaciones compartidas. Las de los últimos años copan todas las dobles e individuales.

—Pero a mí me prometieron una —insistió Anne y salió con paso airado, dejando atrás al chófer, que la siguió discretamente.

Sharon se encogió de hombros, esperando que tuviera éxito y le dieran una habitación individual. La perspectiva de compartir la habitación con ella parecía bastante desagradable. Hiroko no sabía qué pensar; sus dos compañeras formaban parte de una nueva y misteriosa vida para ella.

Anne Spencer volvió veinte minutos más tarde con cara de pocos amigos. Ordenó al chófer con brusquedad que abriera su maleta y la dejara junto al armario. Había pensado en llevarse a la doncella para que le deshiciera el equipaje al llegar, pero finalmente desistió. También quería que la acompañaran sus padres, pero se habían ido a Nueva York a ver a su hermana, que acababa de dar a luz a su primer hijo.

Se quitó el sombrero y lo arrojó sobre una silla, luego miró el espejo donde Sharon había colocado las fotos de las estrellas de cine y fue evidente que no le gustaron.

—¿De quién son? —preguntó a Hiroko con tono acusador, incapaz de aceptar que la obligaran a compartir la habitación con la hija de algún jardinero. Así lo había manifestado al bajar a dirección, pero la mujer que estaba a cargo de la residencia le dijo que tendría que hablarlo con el encargado de alojamiento el lunes, y que de momento tendría que conformarse. Anne estaba indignada—. ¿Son tuyas? —Su tono hablaba por sí solo de lo que pensaba sobre su compañera japonesa.

—Son mías —replicó Sharon—. Mi padre es productor de cine.

Anne se limitó a enarcar una ceja. En lo que a ella y a su familia concernía, la gente del espectáculo no era mejor que los orientales. Con todas las chicas que conocía que estudiarían allí, le parecía descabellado que le hubieran tocado dos auténticas indeseables como compañeras de habitación.

Al final despidió al chófer y deshizo su maleta en silencio, mientras Hiroko procuraba pasar inadvertida. Sin embargo, era fácil notar la tensión reinante y la falta de armonía entre ellas. Al menos Sharon era amable, pero pronto se fue a conocer a otras chicas y a hablarles de su padre, el productor. Anne hubiera expresado su absoluta repugnancia cuando se marchó Sharon, pero en su opinión Hiroko era aún peor, y no valía la pena malgastar el tiempo conversando con ella.

«Queridísimos mamá, papá y Yuji, me gusta mucho este lugar —escribió Hiroko en los elegantes caracteres que le habían enseñado de niña en Japón—. St. Andrew's es muy bonito y tengo dos compañeras de cuarto muy simpáticas.» Sabía que eso era lo que sus padres esperaban leer. Además, le hubiera resultado imposible explicar el tono de voz de Anne, o la naturaleza de sus prejuicios contra ella. Era algo con lo que Hiroko no se había tenido que enfrentar hasta entonces, pero percibía que tampoco a Sharon le gustaba demasiado compartir habitación con una japonesa. Lo hablaría con Reiko o con Tak, pero no quería preocupar a sus padres por nada del mundo. «Una es de Los Ángeles —prosiguió—. Su padre trabaja en Hollywood. Y la otra es muy guapa.

Se llama Anne y es de San Francisco.» Mientras continuaba con su carta, Anne la miró con ceño y luego se marchó a cenar dando un portazo.

Los esfuerzos de Anne por cambiar de habitación al día siguiente fueron infructuosos. La administración lamentaba que no le gustara su habitación, y por supuesto tenían muy en cuenta los donativos de su familia y el hecho de que su madre se hubiera licenciado en St. Andrew's en 1917, pero sencillamente no disponían de otra habitación para darle. Anne insistió en que le habían prometido una habitación privada, pero fue inútil. Volvió hecha una furia a la habitación, y se paseaba de un lado a otro echando chispas cuando entró Hiroko en busca de un suéter.

Hiroko tenía siempre frío con las ropas occidentales, que le hacían sentirse insegura.

—¿Qué quieres? —le espetó Anne.

—Nada, Anne-san —replicó Hiroko, haciendo una involuntaria reverencia—. Lamento haberte molestado.

—No puedo creer que nos hayan puesto en la misma habitación. —Anne la contempló con expresión furiosa, inconsciente de su grosería y de que no tenía ningún derecho a hablar así a Hiroko. Podía ser encantadora cuando se lo proponía, pero no creía que Hiroko se lo mereciera—. ¿Qué estás haciendo en esta facultad? —preguntó, sentándose en la cama con aire de frustración.

—He venido aquí desde Japón, porque mi padre así lo deseaba —explicó Hiroko, desconcertada aún por los motivos de Anne para enfadarse tanto porque fueran compañeras de cuarto.

—Y el mío también, pero no creo que tuviera la menor idea de quiénes estudiaban aquí —dijo, expresando los despreciables prejuicios de su clase sobre los orientales. Era la típica niña bonita y consentida, y en su mente, los «japos» eran todos criados, muy por debajo de ella.

Para Hiroko era algo que no comprendía del todo. En su primer día, sin embargo, notó la misma acogida fría por parte de las demás chicas, que no hicieron ningún intento por trabar amistad con ella. Ni siquiera Sharon, que tan efusiva se había mostrado al principio, iba a comer con ella ni le ofrecía sentarse a su lado, pese a que asistían juntas a muchas clases. Al contrario que Anne, se mostraba simpática con ella en la habitación, pero fuera de ella actuaba como si no la conociera. Anne era más sincera y no le hablaba nunca, pero en cierto sentido su frialdad hería menos a Hiroko que la hipocresía de Sharon y su incomprensible actitud desagradable cuando estaban en compañía de otras.

—No lo comprendo —dijo Hiroko a Reiko cuando volvió a Palo Alto a pasar un fin de semana. Le desconcertaba que todas se mantuvieran distantes y que Anne y sus amigas fueran abiertamente groseras y simularan que no existía—. ¿Por qué están enfadadas conmigo, Reiko-san? ¿Qué les he hecho? —Los ojos se le llenaron de lágrimas al preguntarlo.

Reiko suspiró, consternada. Sabía que Hiroko tendría los mismos problemas en cualquier parte, pero al menos Standford era más grande y menos selecto. St. Andrew's era un ambiente muy cerrado y elitista, aunque Reiko sabía que allí Hiroko obtendría una excelente educación, pero se preguntó si tal vez Tak debería escribir a Masao y sugerirle que su hija pidiera el traslado a Standford, o incluso a Berkeley.

—Son prejuicios —explicó Reiko con tristeza—. Esto es California. Aquí las cosas son diferentes. Hay cierta hostilidad hacia los japoneses que no es fácil de superar. Puedes relacionarte con los tuyos —dijo, detestando tener que decirlo. La pobre Hiroko estaba muy turbada por el rechazo de sus compañeras de estudios y de habitación—. Con el tiempo pasará. Si tienes suerte, aprenderán a conocerte y olvidarán sus prejuicios. No todas serán tan malas. —Miró a Hiroko y extendió los brazos para abrazarla. Parecía una niña con el corazón destrozado y le recordó a Tami.

—¿Por qué me odian tanto, Reiko-san? ¿Sólo porque soy japonesa?

—Por esnobismo, racismo, prejuicios... —confirmó Reiko—. Por lo que me dices, parece que esa Spencer se considera demasiado importante para compartir habitación contigo, y seguramente la otra piensa lo mismo aunque no quiera admitirlo. ¿Hay más alumnas extranjeras? —Hubiera sido positivo que hubiese otra chica japonesa.

—Una inglesa y otra francesa, pero no las conozco. Las dos están en el penúltimo curso.

—¿Has hablado de esto con alguien? Tal vez deberías contárselo a uno de tus monitores.

—Temo que con eso sólo conseguiría que se enfadaran más. Quizá sea... —Hiroko buscó la palabra adecuada, pero no la encontró y se decantó por la que aproximadamente expresaba los mismos sentimientos—: Quizá sea responsabilidad mía que no les guste. —Quería decir que era culpa suya.

Reiko lo adivinó, pero lo consideraba improbable. A ella le había ocurrido lo mismo cuando estudió en Fresno, y no parecía que los tiempos hubieran cambiado mucho. Mientras vivieran en una comunidad con numerosos miembros japoneses, estarían a salvo, pero cuando uno de ellos se introducía en otros ambientes, siempre había gente que se sentía amenazada. Era increíble que, pese a los avances de la modernidad, siguiera siendo ilegal que un japonés se casara con un blanco en California. Pero todo aquello era demasiado insidioso para explicárselo a una joven de Kioto de dieciocho años.

—Ellas se lo pierden, Hiroko. Al final harás muchas amigas. Ten paciencia. Y procura mantenerte alejada de las que sabes que no te quieren.

Era lo mismo que había aconsejado a Sally y a Ken. Ambos estudiaban en colegios donde había tanto japoneses como blancos, y de vez en cuando habían topado con la misma clase de prejuicios entre sus compañeros, o los padres de sus amigos, o los profesores. A Reiko le dolía terriblemente enterarse de aquellas injusticias. En cierto sentido, le parecía más fácil que sus hijos tuvieran sólo amigos japoneses, sobre todo ahora que eran ya mayores y existía la posibilidad de que surgieran aventuras sentimentales. Lo que Reiko no sabía era que el chico de su misma calle del que Sally estaba tan enamorada era medio irlandés y medio polaco.

—Puedes venir a casa todos los fines de semana, si quieres —dijo a Hiroko.

Pero ésta tenía una dura lección que aprender e insistió en que habría de enfrentarse a ella con *gambare*, en silencio y con valor. Se había prometido perseverar por hostiles que fueran sus compañeras. No obstante, Reiko seguía muy preocupada cuando se lo contó a su marido después de cenar.

—Lo mismo podría ocurrirle en Standford —dijo él cuando Reiko insistió en que escribiera a Masao para pedirle que le permitiera trasladar a su hija—. No es un problema exclusivo de St. Andrew's, Rei. Al fin y al cabo, esto es California.

—¿Y significa eso que está bien así? —Reiko se enfadó porque su marido lo aceptara sin protestar.

—Significa que así son las cosas. Quieren mantenernos segregados. Quieren creer que somos diferentes. Nuestra cultura diferente, nuestras pequeñas tradiciones, todas esas cosas a las que se aferran nuestros padres y nuestros abuelos son las que les asustan. Eso es en parte lo que nos hace diferentes. —Tak sabía muy bien de qué hablaba, por haberlo experimentado mucho antes que Hiroko, lo que no impedía que sintiera lástima por ella. Pero también sabía, igual que Reiko, que nada podían hacer—. No habrá llevado quimonos allí, ¿verdad? —preguntó. Lo cierto es que con ropa occidental o con quimono, era totalmente japonesa y distinta de las demás estudiantes.

—Lo dudo. Creo que los ha dejado todos aquí.

—Bien.

Tak prometió hablar con Hiroko, y así lo hizo al día siguiente. No obstante, sus consejos no eran mejores que los de Reiko. Sencillamente tenía que resignarse e intentar hacer alguna amiga que no compartiera aquellos prejuicios. Con el tiempo hallaría alguna, y mientras tanto sería bienvenida en Palo Alto.

Pero fue fácil comprender que la situación no mejoraba cuando, un mes más tarde, Hiroko seguía yendo a casa de sus primos todos los fines de semana. Cogía el tren todos los viernes por la tarde de igual forma que cada viernes se presentaba el chófer con la limusina para recoger a Anne Spencer. En las tres últimas semanas Anne le había dirigido la palabra en una única ocasión y sólo para decirle que apartara su maleta.

—Es indignante —exclamó Peter cuando Tak se lo contó.

—No es el centro, son las chicas, y seguramente sólo un puñado, pero supongo que bastarán para hacerle la vida imposible a ella, que es tan tímida. No creo que sepa cómo manejar la situación. Está sacando unas notas excelentes, pero no creo que se divierta mucho. Y viene a casa todos los fines de semana. No es que a nosotros nos importe, claro está, pero nos da mucha pena.

Hiroko, en cambio, era feliz pudiendo pasar con ellos los fines de semana. Se encontraba muy a gusto con sus primos. Jugaba con Tami durante horas, conocía a todos los amigos de Ken, y Sally le había confiado que salía en secreto con un chico de dieciséis años. Hiroko estaba preocupada por ella, porque pensaba que el chico era demasiado mayor, no era japonés, y todo se llevaba de un modo demasiado clandestino, pero de momento había prometido no contárselo a Reiko.

—¿Crees que Hiroko querrá trasladarse a otra universidad? —inquirió Peter. No había visto a Hiroko desde el inicio del curso. Cenaba a menudo en casa de los Tanaka, pero siempre el domingo, cuando Hiroko se había ido ya a St. Andrew's.

Así pues, se echaron de menos mutuamente hasta octubre.

Un sábado por la tarde, Peter la encontró en la lavandería de Palo Alto. Ken había enseñado a su prima a conducir e Hiroko había salido en el coche familiar a hacer recados para Reiko. Hiroko se tambaleaba bajo un montón de ropa; vestía un quimono de color lavanda y el calzado japonés de madera. Peter supo enseguida quién era aunque apenas la veía bajo toda aquella ropa.

—¿Hiroko? —preguntó. Ella asomó la cabeza y, al verlo, esbozó una sonrisa—. Ven, deja que te ayude.

Peter cogió la ropa y sonrió cuando ella le hizo una reverencia. Se alegraba de verlo. Al contrario que en otras ocasiones, le miró directamente a los ojos. Se había vuelto más osada en St. Andrew's y Peter se preguntó si las cosas habían mejorado para ella desde la última vez que hablara con Takeo.

—¿Cómo estás? —preguntó mientras la acompañaba hasta el coche y la ayudaba a poner la ropa en el asiento trasero. Le sorprendió lo que sintió al verla de nuevo. De repente, todo lo que ansiaba era sentarse y hablar con ella, y admirar su encantadora figura con el quimono de pálido tono lavanda—. ¿Cómo van las clases?

En su rostro había una expresión de tristeza y el brillo de las lágrimas en sus ojos.

—Muy bien. ¿Cómo estás tú, Peter-san? —preguntó ella quedamente.

—Muy ocupado. Estamos ahora con los exámenes de mitad

de trimestre. —Peter pensó que le hubiera gustado tenerla como alumna. Quería preguntarle por sus problemas, pero no quería ponerla nerviosa ni confesar que Takeo se lo había contado todo—. Me han dicho que vuelves a casa muchos fines de semana, pero nunca te encuentro los domingos. —Ella sonrió y bajó la vista. Seguía sintiéndose cohibida con Peter, pero le gustaba, pues, pese a la diferencia de edad, le resultaba fácil y agradable conversar con él—. ¿Te gusta St. Andrew's? —le preguntó Peter, intentando sacar el tema.

—Quizá me guste más con el tiempo —respondió ella tras una ligera vacilación. Lo cierto era que odiaba el momento de volver cada domingo. Le quedaban siete meses y medio de estancia y contaba los minutos.

—Eso no suena muy alentador —dijo él, y deseó llevársela a algún sitio donde pudieran hablar, al bosque o al campus universitario. No sabía por qué, pero quería estar a solas con ella. Le vino a la cabeza la expresión de Tak cuando le recordó la extrema juventud de Hiroko, su inocencia y sus diferencias con las chicas americanas. Hiroko no era una joven corriente.

—Es muy difícil ser de otro lugar —dijo ella con tristeza—. No sabía que en California sería así.

—Yo también me sentía así en Japón —dijo él con una mirada compasiva—. Mi aspecto, mi forma de vestir, el modo en que me movía, todo me mantenía al margen. Me sentía siempre fuera de lugar, pero de todas formas me gustó. Era todo tan hermoso y tan fascinante que al cabo de un tiempo dejó de importarme ser diferente. —Aquellos gratos recuerdos le hicieron sonreír—. Algunas veces los chiquillos me seguían. Se quedaban mirándome... yo les daba caramelos y a ellos les encantaba. E hice un montón de fotos.

Hiroko sonrió también, recordando a otros extranjeros que había visto con niños alrededor. Quizá si sus padres la hubieran dejado, también ella les habría seguido.

—Yo no sabía, Peter-san, que sería una de esas personas... alguien raro a quien mirar. En la facultad todas me encuentran rara... Me siento muy sola —confesó con sus enormes ojos negros traicionando sus sentimientos.

—Lo siento —dijo él. Deseaba protegerla del dolor y ayudarla a volver sana y salva a casa. No podía soportar la tristeza que veía en sus ojos—. Tal vez estés en lo cierto —sugirió, sin saber qué otra cosa decir—. Tal vez mejore con el tiempo.

En realidad no había forma de cambiar a Sharon o a Anne, e Hiroko lo sabía.

—Soy feliz aquí —dijo Hiroko—, con el tío Tak y la tía Reiko. Ellos son muy buenos conmigo... soy muy afortunada por contar con ellos.

—Ellos también son afortunados por tenerte a ti —repuso él. Hiroko hizo entonces una reverencia y dijo, a su pesar, que tenía que volver a casa para ayudar a Reiko.

—Espero que pronto vayan mejor las cosas en la facultad —dijo Peter, deseando que Hiroko estuviera el domingo por la noche cuando él fuera a cenar.

Pero quizá era mejor que no fuese así. Había algo demasiado poderoso entre ellos cada vez que se veían, una fuerza irresistible que lo atraía hacia ella. No entendía el cómo ni el porqué. Hiroko era muy joven, y él era un hombre hecho y derecho, con una vida propia, unas costumbres, y estaba prometido con una mujer de su propia clase. ¿Qué podía encontrar en aquella niña-mujer de ojos aterciopelados cuyo rostro le perseguía allá donde fuera? ¿Cuál sería el resultado de aquellos sentimientos?

Peter se sentía molesto consigo mismo cuando se metió en su coche y se alejó. Era el momento de detener aquello, antes de que creciera. Su historia no podía ser la misma que la de Takeo y Reiko cuando ella era una joven alumna y él su profesor. No estaban en 1922, él no era Takeo ni ella Reiko. Peter era americano e Hiroko japonesa. Por muy atraído que se sintiera hacia ella, por extraordinaria que le pareciera, o incluso aunque se enamorara, su relación no tenía futuro. Pisó el acelerador y continuó su camino prometiéndose que la olvidaría. No tenía sentido soñar con ella siquiera, así que no lo haría, se dijo con firmeza, pero sus pensamiento derivaron de nuevo hacia el quimono de color lavanda.

6

El mes de noviembre fue algo mejor para Hiroko. Sharon empezó a tener problemas en sus estudios y ella se ofreció a ayudarla. Al principio su compañera dudó, pero finalmente agradeció su ayuda y, mientras repasaban las lecciones durante horas por la noche, Hiroko tuvo la ilusión de que eran amigas.

Anne seguía indignada y no vacilaba en demostrar lo que pensaba de ambas. La gente del mundo del espectáculo no era de su clase, había manifestado sin ambages a la decana de estudiantes, y tampoco los orientales. Afirmó que le hacían compartir habitación con la escoria de la facultad. Después de todo el dinero que habían donado sus padres, creía que merecía algo mejor. Sus padres se presentaron para hablar con la decana y con la encargada de alojamiento. Ambas les aseguraron que cambiarían a Anne a una habitación individual a la menor oportunidad, que en aquel momento no había ninguna disponible, y que sería injusto para las demás chicas hacer una excepción con ella. Al fin y al cabo, recordaron a los Spencer, igual que antes a su hija, Hiroko era una encantadora joven de una respetable familia de Japón. Los Spencer admitieron que tal vez era una joven agradable, pero no estaban en Japón sino en California, y allí los japoneses no estaban muy bien vistos. Finalmente, Charles Spencer dijo que no recibirían más donativos hasta que trasladaran a Anne. La dirección de la facultad se mantuvo firme; no pensaban ceder al chantaje.

Para poner de manifiesto su descontento, Anne se fue a casa

una semana antes de que empezaran las vacaciones del día de Acción de Gracias, amenazando con pedir el traslado a otra facultad, a lo que la decana replicó que debía meditarlo antes de emprender una acción apresurada. Y todo aquello a causa de la pobre Hiroko. No habló a nadie de todo aquel alboroto. Ya había resultado demasiado humillante al quejarse la primera vez. Al menos Sharon era más simpática con ella desde que habían empezado a trabajar juntas. No había cambiado su actitud en público, pero siempre se mostraba amigable cuando estaban en su habitación, e incluso le había regalado una caja de caramelos en señal de agradecimiento. Hiroko era especialmente buena en física y química, tenía facilidad para las matemáticas y siempre estaba bien preparada en latín. Sharon no era buena en ninguna de aquellas asignaturas y, de hecho, la única en que parecía no tener problemas era la de español, pero Hiroko no estudiaba esa lengua, así que Sharon tenía muy poco que ofrecer a cambio de su ayuda.

Sharon iba a pasar el día de Acción de Gracias con su padre en Palm Springs, y Anne se iba a Nueva York a ver a su hermana una semana antes de que acabaran las clases. Hiroko no lo lamentó. Mientras observaba a Anne subir a la limusina, pensó que todo sería más fácil sin ella.

Cuando empezaron las vacaciones, Ken fue en coche a buscar a Hiroko, que volvió a Palo Alto muy animada. No le dijeron ni adiós cuando se fue. Incluso Sharon olvidó despedirse de ella con las prisas por coger el tren de Los Ángeles para reunirse con su padre. Le había contado a Hiroko que tal vez Clark Gable y Carole Lombard pasarían el día de Acción de Gracias con ellos, pero Hiroko no estaba segura de que fuera cierto.

—Bueno, ¿qué tal la facultad? —le preguntó Ken en el coche de camino a casa.

Hiroko miró por la ventanilla antes de contestar y luego se volvió para mirarle.

—Un asco —respondió en perfecto inglés.

—¡Oye, has mejorado tu inglés! —exclamó Ken, echándose a reír.

También Hiroko rió pensando en su hermano, tan parecido a Ken.

—Yuji se pondrá muy contento. Él habla el inglés coloquial de maravilla. Aún tengo muchas cosas que aprender.

—Yo creo que las estás aprendiendo —dijo Ken. No le sorprendía la respuesta de Hiroko a su pregunta, pues había oído a sus padres hablar de los problemas de su prima. Lo sentía por ella, que era tan tímida, y no le parecía justo que las otras chicas se lo hicieran pasar tan mal. Ni siquiera podía imaginar lo que era convivir con alguien como Anne Spencer.

Después hablaron del día de Acción de Gracias y de sus planes para el fin de semana. Los dos querían ver *El halcón maltés*, con Humphrey Bogart y Sydney Greenstreet, y Ken había prometido llevar a Tami a patinar. También había descubierto con quién pasaba la mayor parte del tiempo su hermana Sally y, aunque no lo aprobaba del todo, había prometido que su novia y él saldrían con ellos, si sus padres aceptaban, puesto que Sally sólo tenía catorce años y el chico no era japonés.

—¿Y tú? ¿Has conocido a algún chico? —preguntó a Hiroko. Ken sabía que de vez en cuando en St. Andrew's se celebraban bailes a los que asistían chicos de Berkeley, pero no creía que su prima hubiera asistido a ninguno de ellos.

—No tengo tiempo, Kenji-san —dijo ella, llamándole por su nombre japonés—. Estoy demasiado ocupada con mis estudios. —Y los de Sharon, omitió decir. En la semana anterior había hecho todo el trabajo de Sharon, además del suyo, para no tener que trabajar durante las vacaciones, quedándose hasta muy tarde cada noche.

—¿No te gustan los chicos? —bromeó Ken. A la edad de Hiroko, algunas chicas ya se habían casado, sobre todo si no estudiaban.

—Mi madre dice que cuando vuelva a Japón irán a ver a una casamentera que me buscará marido —dijo como si le pareciera no sólo aceptable, sino una gran comodidad.

Su primo la miró con asombro.

—¿Lo dices en serio? ¡Eso no se hace en un país civilizado! Es una costumbre medieval.

—Mis padres se casaron así —dijo Hiroko con una sonrisa, divertida por la reacción de Ken. Su abuela le había asegurado que era mejor así, y ella la creía.

—También mis abuelos —dijo él—, pero mis padres se conocieron, se enamoraron y se casaron.

—Quizá tuvieron suerte. Quizá en América es diferente.

—Todo era diferente allí, así que, ¿por qué no el matrimonio? Pero ella prefería que sus padres le buscaran marido cuando llegase el momento.

—¿De verdad te casarías con alguien a quien no conocieras? —Ken creía que su prima era fantástica y que podía tener a sus pies al hombre que eligiese.

—Sí que lo conocería, Kenji-san. Primero lo conoces y decides si te gusta. Mis padres se conocieron de esa manera. —Masao no creía que debieran recurrir a una casamentera, pero Hidemi siempre afirmaba que le convencería.

—Creo que estás loca —dijo Ken, meneando la cabeza.

Se acercaban a San Mateo.

—No estoy loca, Kenji-san. No como mantequilla de cacahuete, que me cierra la boca para siempre. —Ken rió. Sabía que Hiroko detestaba la mantequilla de cacahuete. Ella misma le había contado que temía no poder volver a abrir la boca después de probarla la primera vez—. Tú sí que estás loco, Ken-san. Escuchas música para locos.

A Ken le encantaba el jazz y el boogie-woogie. Por su parte Sally estaba completamente chiflada por Frank Sinatra. A Hiroko también le gustaba, pero prefería escuchar música japonesa, y cuando lo hacía, Ken siempre se burlaba de ella y Tami se tapaba los oídos y aullaba, diciendo que era horrorosa.

No obstante, Hiroko estaba deseando volver a casa de sus primos, donde se sentía como en su propia casa. Cuando llegaron, dio un fuerte abrazo a tío Tak y se dirigió a la cocina para ayudar a tía Reiko. La fiesta de Acción de Gracias no se celebraba hasta el día siguiente, pero ella estaba ocupada ya en hacer tarta de manzana y bizcocho con frutas. Sally había estado ayudando a su madre, pero después de una hora de amasar se había ido con unas amigas.

—Hola, Hiroko, ¿qué tal la facultad? —preguntó Reiko.

Ken asomó la cabeza al interior de la nevera con ansia y se decidió finalmente por una chuleta de cordero que había sobrado de la comida anterior.

—Dice que es «un asco» —contestó por su prima—. Yo diría que el inglés de Hiroko está mejorando.

Los tres se echaron a reír.

En aquel momento bajó Tami para enseñar a Hiroko una revista en la que anunciaban una nueva muñeca. Quería pedírsela a Santa Claus por Navidad, pero su madre la tenía ya escondida en su armario.

—Tendrás que portarte muy bien —le dijo Reiko.

Ken se sirvió un vaso de leche y se burló de su hermana pequeña.

—Pues me parece que ya puedes olvidarte de la muñeca —dijo.

Tami le lanzó una mirada encendida e Hiroko la atrajo hacia sí y la abrazó. Era maravilloso estar de nuevo entre ellos, en el calor de la familia.

Ken y Sally salieron después de cenar, pero Hiroko decidió quedarse en casa con Tak y Reiko, escuchando las noticias. Tak estaba muy interesado en las conversaciones que se habían llevado a cabo entre Estados Unidos y Japón con el resultado de ciertos acuerdos comerciales. Hacía tiempo que las relaciones entre los dos países se iban deteriorando y, por otro lado, las noticias procedentes de Europa eran peores que nunca.

—El mundo erá sumido en el caos, Reiko —dijo en voz baja. Roosevelt seguía prometiendo que no entrarían en guerra, pero Takeo no le creía, y sabía que ciertas personas en Washington temían que Japón acabara convirtiéndose en un serio agresor. A Tak no le parecía probable, pero no se podía asegurar nada. Apenas una semana antes, un submarino italiano había hundido un portaaviones británico—. Me preocupa lo que está ocurriendo en Japón y la guerra en Europa. Los pobres británicos no podrán aguantar para siempre. Es asombroso que aún resistan. —Reiko asintió, preocupada también, aunque a ella la política internacional le parecía siempre un asunto remoto.

Al día siguiente se olvidó la política para celebrar dos festividades en una: el día de Acción de Gracias y el Kinro Kansha-no-Hi, que ese año caía en el mismo día y que era el modo de dar las gracias en Japón por una buena cosecha.

—Supongo que este año tenemos que sentirnos doblemente agradecidos —dijo Tak, brindando. Luego empezó a trinchar el pavo—. El triple de agradecidos —añadió, mirando hacia el otro lado de la mesa—, por tener con nosotros a Hiroko. —Volvió a alzar su copa y Peter Jenkins se unió a él.

Peter comía con ellos el día de Acción de Gracias todos los años. En aquella ocasión se sentía aliviado de que su novia Carole pasara el fin de semana con su familia en Milwaukee. Tenía especial interés en ir solo a casa de los Tanaka, sabiendo que vería a Hiroko, pero hizo todo lo posible por sentarse en el extremo opuesto de la mesa, dejando a Hiroko entre Ken y Tami. Hacía un mes que Peter no la veía, pero la última vez le había turbado tanto que no había hecho más que pensar en ella. Se prometió que no volvería a ocurrir, que seguramente era su timidez y el exotismo de su quimono lo que le atraían de ella, y con esa idea sus emociones parecieron hacerse más difusas.

Aquella tarde Hiroko llevaba un quimono rojo con estampado de hojas otoñales. Era una prenda espectacular con un grueso *obi* de brocado rojo, que ella llevaba con gran soltura y gracilidad. Estaba hermosísima, pero parecía desconocer por completo el efecto que causaba mientras servía la comida con Reiko. El pavo relleno estaba delicioso, y también las tartas caseras. Incluso Peter admitió que era la mejor comida de Acción de Gracias que había preparado su anfitriona, que sonrió y afirmó que se debía a la ayuda de Hiroko. La joven bajó los ojos, avergonzada, y luego sonrió a todos.

Hiroko se sentía tan cómoda con los Tanaka que incluso llegó a mirar varias veces a Peter de reojo e iniciaba conversaciones con él cuando Tami no la interrumpía. Con ello dificultó aún más el propósito de Peter, que al final de la comida estaba más que alterado. Quería olvidar su presencia, su aspecto y el modo en que se movía, o lo que sentía cuando sus manos se rozaban al retirarle ella el plato, o cuando su larga melena le rozaba la mejilla al pasar demasiado deprisa junto a él. El mero hecho de verla de pie junto a él provocaba en Peter el deseo de abrazarla, y al final, torturado por su cercanía, se arrepintió de haber ido a comer allí.

Tak también se daba cuenta de lo que ocurría y sentía lástima por su ayudante, que sin duda estaba locamente enamorado de Hiroko.

Sólo ella ignoraba los sentimientos que provocaba en él y se movía alrededor de Peter como una brisa estival, rozándolo apenas y, aun así, llevándole del frío al calor y viceversa, haciéndole perder el control y casi enloquecer.

—¿Quieres algo más, Peter-san? —le preguntó.

Peter estaba muy serio e inquieto y ella no sabía por qué. Se preguntaba si le habría ocurrido algo desagradable con su novia, sin sospechar que el único problema de Peter era que se había enamorado de ella y no sabía qué hacer al respecto.

—No... gracias, Hiroko-san... Estoy bien...

Pero después aceptó una taza de café de Reiko. Hiroko vio su expresión y malinterpretó lo que él sentía. Supuso que se había enfadado con ella y en cambio él sufría cada vez que aspiraba el delicado perfume de Hiroko.

Después de ayudar a Reiko a recoger la mesa, Hiroko la miró con tristeza.

—¿Te ocurre algo? —preguntó Reiko. El rostro de Hiroko era siempre un libro abierto.

—He ofendido a Peter-san. Está enfadado conmigo, tía Rei.

—No lo creo —replicó Reiko. También ella había visto la expresión preocupada de Peter, pero la comprendía mejor que Hiroko—. Confuso definiría mejor su estado. —No estaba segura de lo que podía decir. En realidad correspondía a Peter hablar. En cierto sentido, Reiko prefería no saber nada; siempre era más cómodo.

—¿Confuso?

—Creo que tiene muchas cosas en las que pensar —explicó Reiko.

Hiroko llevó café al estudio, donde Tak y Peter charlaban sobre el curso de la guerra. También llevaba una pequeña bandeja con galletas que sirvió mientras Peter la contemplaba con aire desdichado. Luego, Hiroko dejó la bandeja y se inclinó ante cada uno de ellos. Peter intentó recobrarse y escuchar lo que le decía Tak, pero éste lo miró con expresión comprensiva cuando salió Hiroko, más consciente que Peter de que lo suyo no tenía remedio.

—No has oído una sola palabra de lo que te he dicho, ¿verdad?

—Sí, sí. Lo estaba meditando —mintió el joven.

Tak le sonrió afablemente. A su modo, también Peter era un niño, y estaba tan enamorado de Hiroko que no podía pensar con claridad. Tak no quería que ocurriera, pero sabía que en ocasiones los planes y las advertencias no servían de nada. Algunas veces era el destino el que dictaba los acontecimientos, y no los padres o los primos.

—He dicho que Churchill y Hitler van a casarse el sábado y que si vas a asistir a la boda.

Peter sonrió. Tak lo había pillado.

—De acuerdo, estoy totalmente trastornado por ella. ¿Y ahora qué? —preguntó con pesar, delatando su dolor y sus intentos por reprimir las emociones. Había luchado valientemente contra ellas sin el menor resultado, y ambos lo sabían. Peter miró a Takeo; no quería enfurecerlo ni insultarlo ni crear una difícil situación familiar, pero se sentía impotente.

—¿Se lo has dicho? —preguntó Takeo. Tenía la impresión de que Hiroko ignoraba lo que pasaba.

—No quiero asustarla. No sé qué decirle —admitió Peter—. No es justo, Tak. No tengo derecho a hacer esto.

—Supongo que has intentado olvidarlo —dijo Tak, y Peter asintió.

—He hecho todo lo que he podido, excepto ser grosero con ella. Incluso he evitado venir aquí cuando sabía que estaría con vosotros pasando el fin de semana, pero no parece que sirva de nada. Cada vez que la veo es peor... o mejor. —Sonrió, pesaroso—. Supongo que ése es el problema. —Tak lo miró con simpatía—. Imagino que a tu primo, su padre, no le haría ninguna gracia —dijo Peter casi en un susurro.

Tak lo miró, deseando poder darle una respuesta sencilla y que vivieran veinte años atrás. Pero el mundo era un lugar más complejo en aquel momento, y su primo le había confiado a su única hija.

—Imagino que no —respondió Tak—. Pero, por otro lado, es un hombre muy sensato y extraordinariamente moderno para ser japonés. Por extraño que parezca, creo que le gustarías. Eso no quiere decir que yo lo apruebe —se apresuró a añadir, pero lo cierto era que tampoco lo condenaba. Estimaba a Peter y lo respetaba, porque era un hombre inteligente, íntegro y honorable en todos los sentidos que hubieran importado a Masao. Sin embargo, no era japonés y tenía casi diez años más que Hiroko. La solución, si la había, no sería fácil de encontrar—. ¿Vas a decírselo a Hiroko?

—No lo sé todavía. Seguramente se escandalizará y no querrá volver a hablar conmigo. No creo que esté preparada para esto, Tak. Tampoco sé muy bien si lo estoy yo. —La idea de hablar con ella le aterraba. ¿Y si se ponía furiosa y no quería volver a verle? Sabía que no podría soportarlo—. Por no mencionar a Carole. Primero tendré que solucionar eso. Hace tiempo que lo vengo pensando y más o menos cada uno ha ido viviendo por su lado. En realidad sentí un gran alivio cuando me dijo que iba a pasar el día de Acción de Gracias en Milwaukee.

—Bien, ¿y ahora qué? —quiso saber Takeo, que no pensaba prohibirle que siguiera adelante, aunque creía que probablemente debería hacerlo. Le preocupaba lo que les depararía el futuro.

—No lo sé, Tak. Tengo demasiado miedo. —Peter se sintió aliviado al mirar a su amigo a los ojos. Vio en ellos comprensión en lugar de ira. También había temido la reacción de Tak.

—Nunca creí que fueras un cobarde —dijo Takeo. No quería dar su aprobación, sino más bien indicar a Peter que no le impediría seguir adelante—. No obstante, creo que deberías obrar con cautela y pensar seriamente en lo que haces. Hiroko no es una mujer a la que puedas tomarte a la ligera, y lo que hagas ahora podría afectar vuestras vidas para siempre.

—Lo sé —replicó Peter con expresión solemne—. Es lo mismo que me he estado diciendo desde el verano.

—Sé que no harás nada que pueda causarle daño —dijo Takeo.

Peter asintió. Siguieron charlando sobre el tema durante un rato, y finalmente volvieron a dar un breve repaso a la política antes de unirse a los demás en la sala de estar. Hiroko apenas miró a Peter y no tenía la menor idea de qué habían estado hablando los dos hombres, pero se hubiera horrorizado de haberlo sabido. Ambos parecían tranquilos y relajados cuando se sentaron y escucharon a los jóvenes discutir si ir o no al cine.

Al final Ken y Sally fueron a ver *El hombre lobo*, con Lon Chaney. Querían que Hiroko les acompañara, pero ella alegó que estaba demasiado cansada después de ayudar a Reiko toda la tarde. Prefería quedarse en casa haciendo encaje de aguja y charlando con Peter. Hiroko quería hacer media docena de alfombras para la casa de muñecas de Tami y pretendía acabarlas antes de Navidad, de modo que, en cuanto se acostó Tami, las sacó y empezó a trabajar en ellas. Reiko fue a la cocina a preparar más café y Takeo la acompañó con intención de hablar con ella. Estaba preocupado por su conversación con Peter y quería saber qué pensaba su mujer. Reiko era una mujer sensata y no se sorprendió de lo que le contaba su marido mientras preparaba el café. Lo que más inquietaba a Tak era que tenía la impresión de haber dado permiso tácitamente a Peter para que cortejara a Hiroko, y no creía que debiera haberlo hecho.

—No depende de ti, Tak —le dijo Reiko con una mirada afectuosa—, sino de ellos.

Él asintió, aun cuando seguía preguntándose si había fallado a Masao al no proteger a su hija de Peter, pese a que era consciente de que no podía.

Mientras tanto, en la sala de estar Peter observaba las cuidadosas puntadas de Hiroko. Estuvieron sentados en silencio durante un rato hasta que Hiroko le sobresaltó con una pregunta.

—¿Te he ofendido, Peter-san? —Hiroko seguía intranquila a pesar de su conversación con Reiko.

—No, Hiroko, tú nunca podrías ofenderme —respondió él, notando que se estremecía por la cercanía de la joven—. Tú no has hecho nada. Soy yo... yo, que he sido un estúpido. —No sabía qué decir. Se quedó mirándola, preguntándose si llegaría a perdonarle por lo que iba a oír—. No puedo volver aquí nunca más.

Hiroko lo miró con horror. En su mente, Peter era parte de la familia y lo echaría de menos si no estuviera. Hiroko no conocía los sentimientos de Peter, pero también ella los había experimentado; cada vez que estaban juntos, sentía escalofríos. Bajó los ojos y le escuchó, pensando que sus primos se enfurecerían con ella por ahuyentar al ayudante de Tak y su más íntimo amigo.

—Me he comportado muy mal, Peter-san —dijo, sin alzar la vista—. He sido descarada contigo, pero es que —añadió, mirándole por fin— te considero como un primo.

—No has hecho nada malo, Hiroko —dijo él, meneando la cabeza—, nada... El problema es que yo no te considero una prima.

—Lo lamento —dijo ella, con la cabeza tan gacha que Peter no podía verle el rostro—. Me he comportado mal y me he tomado demasiadas libertades. He sido grosera contigo. —Le miró con lágrimas en los ojos, y Peter sitió deseos de echarse a llorar—. Perdóname...

—Oh, Hiroko, pequeña tonta. —Peter sonrió y la atrajo hacia sí. Era como abrazar alas de mariposa, tan frágil parecía—. No has sido grosera, ni te has tomado ninguna libertad... No te considero una prima —dijo, conteniendo el aliento, temiendo decir lo que debía decir—. Te considero algo más importante... Quizá no haga bien. He... he intentado contenerme, pero, Hiroko, cada vez que te veo... cada vez... —Titubeó, y la abrazó con fuerza y la besó. Los labios de Hiroko fueron como seda sobre sus labios; la exquisitez que sentía al abrazarla era indecible. Le entraron deseos de huir con ella a un lugar donde estuvieran seguros para siempre—. Puede que esté loco —dijo, cuando por fin se separó de ella, ebrio de sus besos. Hiroko le había devuelto el beso. Era la primera vez que besaba a un hombre, pero había sentido lo mismo que él—. Puede que esté loco —repitió en un susurro—, pero te amo... —Volvió a besarla y olvidó por completo dónde se hallaban.

—Estás loco, Peter-san —dijo ella al fin—. No podemos hacer esto.

—Lo sé... Me he atormentado prometiéndome que no volvería nunca más, pero cada vez que lo hago me doy cuenta de lo que siento por ti. ¿Cómo puede eso ser tan malo? Contéstame.
—Ambos sabían que lo era—. Quiero estar cerca de ti todo el tiempo. Quiero cuidarte... Volveré contigo a Japón si es necesario.

—Oh, Peter —gimió ella, abrumada por lo que oía. No sabía qué diría su padre. No creía que lo aprobara, aunque se hubiera pasado la vida entera diciéndole que fuera moderna, y desde luego enamorarse de un norteamericano era muy moderno. No imaginaba siquiera lo que diría su madre, que hubiera contemplado con horror su comportamiento. Incluso sus primos se sorprenderían, pensó, pero Peter le leyó el pensamiento al cogerle la mano y besársela.

—Creo que Tak lo vio venir casi antes que yo. Se lo he contado.

—¿Se ha enfadado? —preguntó ella, sintiendo pánico al pensar que Takeo podía contárselo a su padre.

—Más que enfadado está preocupado. No le culpo. Pero no se ha sorprendido. Creo que al principio te comparaba con Reiko. Ella también era estudiante cuando se conocieron, y él un joven profesor, mayor que ella. Pero para nosotros es diferente, Hiroko, creo que ya lo sabes —dijo con tristeza. Hiroko había experimentado ya en su propia carne la reacción de la gente con respecto a los japoneses, por no hablar de las mujeres japonesas que salieran con hombres blancos. En California ni siquiera les estaba permitido casarse, tendrían que irse a otro estado. No porque pensaran casarse, pero era un ejemplo de la hostilidad que podía suscitar su romance ante los demás—. No quiero que sufras, Hiroko, y mucho menor por mi culpa. Eso es lo último que desearía. —La besó de nuevo y sintió que la cabeza le daba vueltas. Ninguna mujer le había hecho sentir así, y sólo era una jovencita menuda cuyos tímidos besos eran como susurros. Sin embargo, mientras se besaban, era imposible no pensar en los retos con los que habrían de enfrentarse. ¿Qué iban a hacer? ¿Podían sencillamente hacer lo que cualquier otra pareja, dejar que la suerte les llevara a donde quisiera y disfrutar del presente?

—Tenemos que reflexionar muy en serio, Peter-san —dijo Hiroko con una expresión que la hizo parecer mayor y más sensata que Peter. Él se sentía como un niño y, al mismo tiempo, como un hombre lleno de pasión. Se hubiera casado con ella en aquel mismo momento—. Debemos ser muy prudentes, Peter-san... y quizá —sus ojos se llenaron de lágrimas— tengamos que ser muy fuertes y renunciar a lo que más queremos... No podemos herir a nadie, Peter-san... Yo no puedo hacer eso. —Las lágrimas resbalaron lentamente por sus mejillas, pero él volvió a abrazarla e Hiroko supo cuánto lo amaba.

—¿Qué tal estáis por ahí? —dijo Takeo desde la cocina con un deje de preocupación en la voz.

Tras vacilar un instante los dos, Peter respondió que estaban bien, y Reiko dijo que el café estaría listo enseguida. Ella y Takeo continuaban hablando en la cocina. Reiko era partidaria de dejar que los jóvenes se guiaran por sus sentimientos, y Tak intentaba convencerse de que aquella relación era inofensiva.

—¿Vendrás a dar un paseo conmigo mañana por la tarde? —preguntó Peter a Hiroko—. Podríamos hablar de todo esto un poco más... Quizá incluso ir a ver una película.

Hiroko lo miró, incapaz de creer lo que estaba ocurriendo, y asintió. No se imaginaba a sí misma en el cine con Peter, y le daba miedo estar a solas con él. Sin embargo, aunque no había estado jamás sola con ningún hombre, salvo su padre, sabía que podía confiar en Peter Jenkins.

Reiko llegó por fin con el café. Los cuatro charlaron un rato sobre sus planes para la Navidad y la universidad hasta que Peter se marchó tras dar las gracias a Reiko por un maravilloso día de Acción de Gracias. Para él, el más especial, ya que cambiaría su vida para siempre.

Hiroko le dedicó una profunda reverencia, como siempre, pero esta vez parecía aún más solemne. De repente había mucho que decir y que pensar, e Hiroko se quedó en silencio cuando Peter se fue. No dijo nada a sus primos, subió por las escaleras pensando en Peter, mientras ellos la contemplaban. Hiroko no imaginaba qué les depararía el futuro, como tampoco Peter mientras conducía hacia su casa, pero ambos sabían que, sin planearlo, habían abandonado la tierra firme para embarcarse en un arriesgado viaje.

7

Al día siguiente por la tarde, Peter fue a buscar a Hiroko. En aquel momento no había nadie en casa. Hiroko vestía un quimono verde oscuro, un color muy serio para ella, pero que se correspondía con su estado de ánimo. Mientras paseaban lentamente, Peter le explicó de nuevo lo que sentía por ella, y cuándo se había dado cuenta por primera vez de que la amaba. También a ella le había ocurrido. Había intentado reprimirlo y aún le sorprendían sus propias emociones y el hecho de que él sintiera lo mismo, pero cada vez que veía a Peter notaba una atracción irresistible hacia él, y por fin ambos habían cedido.

—¿Qué vamos a hacer, Peter-san? —preguntó ella, turbada. No quería hacer daño a nadie. No había ido a Estados Unidos para deshonrar a su familia, pero una parte de sí misma le decía que había ido allí para encontrarlo a él.

—Tenemos que ser muy prudentes, Hiroko-san, y muy sensatos. Tú te quedarás aquí hasta julio. Muchas cosas pueden pasar hasta entonces. Quizá pueda ir a Japón a hablar con tu padre el verano que viene. —El hecho de que apenas se conociesen no inquietaba en absoluto a Hiroko. Hubiera estado dispuesta a casarse con el hombre que le buscara una casamentera, y le habría conocido menos aún que a Peter Jenkins. El verdadero problema estribaba en que Peter no era japonés—. ¿Qué crees que dirá él? —preguntó.

—No lo sé, Peter-san —contestó ella—. Será una gran conmoción. Tal vez también tío Takeo pueda hablar con mi padre el verano que viene. —Lo miró con una sonrisa muy femenina que sorprendió a Peter—. ¿Y hasta entonces?

—Veamos adónde nos conduce la vida. A lo mejor el verano que viene ya no quieres volver a verme. —Sonrió; tal como se sentían los dos, era improbable.

Paseaban junto a la orilla de un pequeño lago. Se sentaron un rato y se besaron. Hiroko no había conocido jamás nada tan excitante; Peter la dejaba sin respiración.

—Te quiero —le susurró él con la cabeza hundida en sus cabellos. De repente ni siquiera quería hablar con los primos de Hiroko, por miedo a que se estropeara todo.

No obstante, de camino a casa hablaron sobre si debían o no decírselo. Al final decidieron esperar un poco para ver qué ocurría. Había algo especialmente delicioso en que nadie lo supiera. Peter había hablado a Takeo de sus sentimientos, pero nadie sabía aún qué sentía Hiroko.

—Creo que de todas formas lo saben —señaló Peter, sonriendo a Hiroko desde la gran diferencia de altura—. Pero sus hijos nos volverían locos.

Hiroko rió al pensarlo, y luego se preguntó qué diría su hermano. A Yuji le gustaba todo lo norteamericano, pero jamás se le hubiera ocurrido, ni a él ni a nadie, que ella se enamoraría de uno. Era lo último en lo que pensaban todos cuando se embarcó en el *Nagoya Maru* en Kobe, e Hiroko sabía que no la hubieran dejado partir de haber tenido el menor temor.

Peter la dejó en la esquina, porque querían ser discretos. Observó a Hiroko recorrer el corto trecho hasta la casa de sus primos y luego se marchó. Al tiempo que pensaba en Hiroko, no dejaba de rogar que Tak aceptara aquella situación que ninguno de los dos había podido evitar. Tan sólo les quedaba esperar que al final todos lo comprendieran, pero de momento iba a resultar muy embarazoso, y no sólo con la familia de Hiroko. Aún tenía que romper con Carole. Sabía que no iba a partirle el corazón precisamente, pero tampoco la haría feliz.

Al día siguiente, después del trabajo, en lugar de ir a la ciudad fue a ver a Hiroko y permaneció en casa de los Tanaka toda la tarde, haciéndose el remolón hasta que Reiko lo invitó a cenar.

Reiko veía lo que estaba ocurriendo, pero no dijo nada. En cierto sentido la obvia atracción entre ambos resultaba enternecedora; Peter se mostraba sumamente solícito con Hiroko y ésta le demostraba su respeto con ostentosas reverencias.

Por su parte Takeo casi deseaba no tener que presenciarlo. No lo desaprobaba, pero le ponía en una incómoda situación con Masao. ¿Cómo iba a explicarle que Hiroko se había enamorado de su ayudante? Sin embargo, no podía evitar sonreír cuando los miraba; eran tan jóvenes y vulnerables que conmovían su corazón.

Después de cenar decidieron ir al cine y Takeo invitó a Peter a acompañarlos, sonriendo para sí cuando vio la mirada de complicidad que intercambiaba con Hiroko. Los jóvenes pensaban que nadie se daba cuenta de lo que sentían, lo que hacía que Takeo tuviera que disimular la risa, porque lo llevaban escrito en la cara. Vieron *Sospecha*, con Cary Grant y Joan Fontaine, y les encantó. Luego regresaron a casa para tomar un chocolate caliente. Finalmente, a medianoche, Peter tuvo que separarse de Hiroko. Sus ojos se encontraron durante un largo instante en la despedida. Al día siguiente Ken llevaría a Hiroko a la facultad en el coche como siempre, o cogería el tren. Peter le había prometido llamarla por teléfono, porque no les pareció prudente que fuera él quien la llevara.

Al día siguiente, cuando Hiroko se disponía a partir vestida con falda negra y un conjunto de suéter y chaqueta blancos, tía Reiko y ella intercambiaron una mirada de femenina complicidad.

—No hagas ninguna locura, pequeña mía —le dijo Reiko, abrazándola como a una hija—. Es fácil dejarse llevar —le advirtió.

Hiroko asintió. No sabía demasiado sobre esas cosas, pero su madre le había dicho que debía mantenerse alejada de los hombres, y al besar a Peter se daba cuenta de que podía suceder algo terrible.

—No te deshonraré, Reiko-san —dijo, abrazándola a su vez, echando de menos a su madre.

—Cuídate.

—Volveré pronto, tía Rei.

Iba a quedarse en la facultad varios fines de semana porque tenía exámenes, y luego llegarían las tres semanas de vacaciones de Navidad, que aguardaba con impaciencia, especialmente ahora. Como profesor de universidad, Peter dispondría de los mismos días.

Hiroko permaneció silenciosa durante el trayecto hasta St. Andrew's, y Ken supuso que se sentía desdichada por tener que volver allí.

—No será tan malo —intentó animarla—. Sólo quedan un par de semanas para las vacaciones de Navidad.

Al llegar a la residencia de estudiantes, Ken metió la bolsa de Hiroko en el vestíbulo y partió de nuevo hacia Palo Alto.

Hiroko subió a su habitación, donde encontró a Sharon, que parecía deprimida. Explicó que había pasado un horrible día de Acción de Gracias en Palm Springs con su padre. Lo que no comentó a Hiroko fue que su padre se había pasado cuatro días borracho y que tenía una nueva amiguita. Sharon detestaba estar con él cuando se ponía así, pero aún detestaba más volver a los estudios. Sus notas eran pésimas y no le gustaba depender de Hiroko para hacer los deberes, porque le hacía parecer una inepta. De todas formas, se había cansado de estudiar y estaba pensando en abandonar la facultad al final del semestre para probar suerte como actriz.

—¿Has tenido malas vacaciones, Sharon-san? —preguntó Hiroko.

La pelirroja se encogió de hombros. Sharon llevaba pantalones y suéter, y todas le decían que era igual a Katherine Hepburn.

—Supongo —dijo, encendiendo un cigarrillo. Estaba prohibido fumar en el campus, pero no le importaba. Sería todo más sencillo si la echaban.

—No debes fumar —le advirtió Hiroko. El humo se olía fácilmente y podía tener problemas.

Media hora más tarde, otra chica entró a hablar con Sharon y vio las colillas, se fue a hablar con la monitora y le dijo que la chica japonesa de la habitación de Sharon había fumado. A Hiroko no le preguntaron nada hasta la tarde del día siguiente, y ella no quiso poner en aprietos a Sharon. Luego interrogaron a Sharon, que no confesó ni exculpó a Hiroko. A ésta le pareció que lo más honorable era cargar con la culpa y acabó sentada en su habitación, llorando por la vergüenza de ser castigada.

Peter la llamó esa noche y le escandalizó lo ocurrido.

—Diles la verdad, por amor de Dios. ¿Por qué has de ser tú la castigada?

—Pero me odiarían más, Peter-san —susurró Hiroko en el teléfono, con la sensación de que había fallado a todo el mundo.

Peter se mostró furioso contra la chica que la había denunciado y más aún contra Sharon por no confesar.

—¿Pero qué clase de mocosas malcriadas estudian ahí? —exclamó, lamentando que Hiroko no estuviera en Standford. Finalmente le propuso ir a verla el fin de semana siguiente si ella no iba a Palo Alto, pero Hiroko no lo consideró prudente. Sin duda su visita causaría conmoción en el campus, y eso era lo último que necesitaba, así que acordaron que se limitaría a llamarla por teléfono.

Anne Spencer regresó a finales de la semana, a tiempo para los exámenes, y no se dignó dirigir la palabra a ninguna de sus compañeras de cuarto.

Al día siguiente, Sharon volvió a la residencia después de la hora permitida, y además borracha, y se enzarzó en una pelea con las monitoras, de modo que esta vez acabó castigada. Sharon no pudo estudiar para el examen de historia y se quejó con acritud a Hiroko por haberlo suspendido.

Anne no les prestaba la menor atención. No quería saber nada de sus problemas ni de los chismes que circulaban sobre ellas. Sabía que Sharon fumaba, pero le sorprendió oír que también lo hacía Hiroko. Ella se dedicó como siempre a estudiar y sacar notas excelentes, manteniéndose alejada de sus compañeras de cuarto. Tenía muchas amigas y últimamente dormía con frecuencia en el dormitorio de alguna de ellas, para evitar dormir con Sharon e Hiroko. Las monitoras que la encontraban durmiendo en otros cuartos conocían el motivo y hacían la vista gorda.

Después de la excitación de las vacaciones, la semana resultó larga, y el viernes por la noche Hiroko lamentó no haber ido a Palo Alto. Habló de nuevo con Peter por teléfono; desde el día de

Acción de Gracias no hacía más que pensar en él. Aún le resultaba difícil de creer lo que se habían dicho y que se hubieran besado. Durante el fin de semana escribió una carta a sus padres. Pensó en mencionar a Peter, pero decidió que era ridículo. Sería muy difícil explicar lo que ella misma aún no se explicaba y sólo conseguiría preocuparles, de modo que se limitó a contarles que había pasado el día de Acción de Gracias con los Tanaka.

El sábado se acostó pronto. Anne no estaba, como de costumbre, y Sharon se había ido a otra habitación a fumar y beber ginebra con una chica que a Hiroko no le gustaba nada. Al menos, se dijo con alivio, no fumarían en su habitación; ella aún seguía castigada por los cigarrillos que se había fumado Sharon.

El domingo por la mañana, Hiroko fue a jugar a tenis con tres chicas. Todas se mostraron corteses y simpáticas con ella. Sólo una pareció vacilar al ver llegar a Hiroko, pero al cabo de un rato no puso objeciones a jugar con ella. La primera reacción siempre era la misma: en un principio la gente se sentía incómoda por ser ella tan diferente, pero acababan relajándose cuando la conocían un poco mejor. Algunas de las chicas, sobre todo las de San Francisco, sencillamente eran incapaces de superar sus prejuicios, les disgustaban los japoneses y daban por supuesto que carecían de educación. De hecho la familia de Hiroko era más culta que la mayoría de las familias de sus compañeras; el padre de Hiroko podía remontar su árbol genealógico hasta el siglo XIV, y su madre más lejos aún, pero no eran aristócratas ni poseían una gran fortuna como los Spencer.

Hiroko y su compañera ganaron el partido de dobles. Después fueron todas a tomar una limonada en la cafetería y charlaron amigablemente. Las otras le aseguraron que deseaban volver a jugar con ella, e Hiroko tuvo por primera vez la impresión de hallarse entre amigas, por lo que decidió que tal vez sólo había tenido mala suerte con las compañeras de cuarto que le habían tocado.

Pasaban unos minutos de las once cuando fue a cambiarse a su habitación; al salir de la ducha media hora más tarde, oyó unos gritos. Pensando que se trataba de un accidente, se puso la bata apresuradamente sin siquiera secarse y salió corriendo al pasillo.

Allí encontró varios grupos de chicas, algunas con radios encendidas, la mayoría llorando, sobre todo la que dormía tres puertas más allá, que era de Hawai.

—¿Qué ocurre? —preguntó Hiroko. El pánico parecía haberse adueñado de la residencia; alguien bajaba las escaleras gritando desde el piso superior. Hiroko tuvo que esforzarse para comprender lo que decían. Ninguna de ellas parecía haber oído su pregunta.

—¡Nos han bombardeado! —gritaban—. ¡Nos han bombardeado!

Instintivamente, Hiroko miró por la ventana, pero no vio nada.

—Han bombardeado Pearl Harbor —dijo otra chica, llorosa, volviéndose hacia ella.

Hiroko no tenía la menor idea de dónde estaba Pearl Harbor, como tampoco la mayoría de las otras, pero la chica de Hawai estaba pálida.

—Es en Hawai —dijo, respondiendo a la pregunta de una compañera.

—Los japoneses acaban de bombardear Pearl Harbor —explicó alguien.

El corazón le dio un vuelco a Hiroko.

—No puede ser —dijo otra.

—¿Y si vienen aquí? —chilló una, y de repente todas echaron a correr, llorando y gritando, provocando un auténtico pandemónium en los pasillos de St. Andrew's.

En realidad las noticias no eran demasiado claras, pero al parecer los japoneses habían lanzado dos ataques aéreos contra las bases militares estadounidenses de las islas Hawai. Se suponía que habían destruido todos los aviones americanos que se hallaban en tierra, que habían hundido varios barcos y que otros aún ardían. Muchos hombres habían resultado muertos o heridos, y aunque no se conocían los detalles, era evidente que Estados Unidos no tardaría en declarar la guerra a Japón, si no lo había hecho ya. Lo que temían las estudiantes de St. Andrew's, como todos en la costa Oeste, era que los mismos aviones japoneses se dirigieran en aquellos momentos hacia California.

Los pasillos seguían llenos de chicas que chillaban y lloraban. Hiroko se metió en su habitación, sin comprender aún demasiado bien lo ocurrido y haciéndose mil preguntas. ¿Se había declarado la guerra? ¿Estaban sus padres sanos y salvos? ¿Tendría ella que volver a casa? ¿La enviarían a la cárcel y la deportarían? ¿Tendría que ir a la guerra su hermano Yuji? De repente todo lo que había estado oyendo durante meses sobre conferencias con Japón, tratados rotos en Europa, y Hitler, Mussolini y Stalin pasó a primer plano. El mundo entero estaba en guerra y también ella se veía afectada. Lo peor era que se hallaba en tierra extranjera, donde era enemiga, a seis mil quinientos kilómetros de sus padres.

Pasó una hora más antes de que se atreviera a salir de nuevo al pasillo. Muchas chicas habían vuelto a sus habitaciones, pero algunas seguían allí, hablando y llorando, escuchando la radio desde las puertas. Hiroko temía acercarse a ellas, cuando de repente vio a una de las chicas con las que había jugado a tenis. También era de Hawai y estaba llorando. Dos horas antes, era una de las nuevas amigas de Hiroko, pero un acto de guerra las había convertido en enemigas. Miró a Hiroko con odio acendrado.

—¡Tú! ¡Cómo te atreves a mirarnos siquiera! Mis padres podrían estar muertos ahora mismo... ¡y tú tienes la culpa!

Sus palabras eran completamente ilógicas, pero las emociones se habían desatado y la otra chica de Hawai salió al pasillo para chillarle. Hiroko volvió a toda prisa a su habitación, llorando convulsivamente, aterrorizada.

Permaneció en su cuarto toda la tarde, escuchando la radio y las terribles noticias que seguían llegando, pero al menos no se había producido ataque alguno contra California. El pánico se había adueñado de las calles y se había advertido a la población que estuviera alerta ante la posible llegada de aviones japoneses. Todos los soldados y marineros de permiso o en la reserva fueron acuartelados, y las comisarías y los destacamentos de bomberos se llenaron de civiles que se ofrecían voluntarios para trabajos de defensa civil. El país no había sido atacado en su propio suelo jamás, y todos estaban dispuestos a defenderlo.

Tak y Reiko telefonearon a Hiroko por la tarde, pero no le pasaron la llamada debido a que las líneas debían reservarse para llamadas de emergencia, y Tak no se atrevió a explicarse por temor a atraer más la atención sobre Hiroko. Temía que le ocurriera exactamente lo que le estaba ocurriendo, pero, aunque no dejó de preocuparse por ella en todo el día, prefirió no dejar solos a Reiko y los niños. Todos temían por Estados Unidos, que era su país. El único lazo que tenían con Japón era la familia de Hiroko. Intentaron hablar con Masao por teléfono, sin éxito, y finalmente decidieron enviarle un telegrama pidiendo noticias y que les dijeran qué querían que hicieran con su hija. Si Estados Unidos declaraba la guerra a Japón, lo que era inevitable, Takeo supuso que Masao preferiría que Hiroko permaneciera a salvo con ellos, pero tampoco estaba seguro.

Por fin, pasadas las seis de la tarde, Tak pudo hablar con Hiroko, que estaba ya completamente desquiciada. Se había quedado todo el día en su cuarto, temiendo salir y ser atacada. No había entrado nadie en su habitación, y había pasado horas preocupada porque no la llamaban sus primos. Estuvo sentada, llorando sin parar, hasta que una monitora le avisó que su tío la llamaba por teléfono y la acompañó abajo sin más comentarios. Cuando Hiroko se puso al teléfono, no hizo más que sollozar y hablar en japonés, explicando su terrible situación y lo preocupada que estaba por sus padres y por sus primos. Ni siquiera recordaba cómo hablar en inglés. No era más que una joven de dieciocho años, sola en un país extranjero y rodeada de enemigos. Takeo le recordó que los tenía a ellos, e Hiroko se dijo que también tenía a Peter, o tal vez él la odiara también después de lo sucedido. En realidad Hiroko se había pasado el día esperando que la policía fuera a buscarla, o que alguien de la universidad la echara, y se había sorprendido de que no ocurriera nada de eso. Pero quizá, comentó a Takeo, lo harían el lunes.

—Cálmate —le dijo Takeo—. No ocurrirá nada. Esto no es culpa tuya. Esperemos a oír al presidente mañana. Yo me pondré en contacto con tu padre. No estoy seguro de que te obliguen a marcharte. No eres más que una estudiante que se ha quedado atrapada aquí. Te devolverán a Japón o te dejarán quedarte. Nadie va a meterte en la cárcel, Hiroko, por amor de Dios. No eres un agente enemigo. Puede que tu padre quiera que sigas aquí, podría ser más seguro para ti. —Takeo hablaba con la voz de la sensatez, pero no era una chica joven que se había pasado el día sola en su habitación rodeada de compañeras hostiles.

—¿Qué pasará con papá y mamá y con Yuji? Si hay guerra tampoco ellos estarán a salvo.

—Harán lo que puedan, pero tú estarás mejor aquí, con nosotros. Mañana intentaré averiguar algo y volveré a llamarte. Tranquilízate y no te dejes arrastrar por el pánico.

Hiroko se calmó un tanto después de hablar con Takeo. Por la noche llamó Peter. Quería saber si estaba bien, si volvía a Palo Alto o se quedaba en el campus. Peter había pasado la tarde intentando hablar con ella en vano; no había llamado a sus primos, porque no quería evidenciar la relación que les unía.

—¿Estás bien? —preguntó a Hiroko con nerviosismo.

Por lo que le contó, tuvo la certeza de que se estaban portando de un modo abominable con ella, y temía que le hicieran daño si se quedaba allí.

—No te preocupes, Peter-san —respondió ella valientemente.

—¿Vas a volver a casa? A casa de los Tanaka, quiero decir.

—No lo sé. Tío Tak quiere que me quede aquí. Va a hablar con alguien mañana para averiguar si tendré que irme... y también quiere hablar con mi padre.

—Será mejor que lo haga pronto —dijo Peter con tono tenso—. Sospecho que a partir de pasado mañana perderemos el contacto con Japón por mucho tiempo. ¿Puedes quedarte ahí? ¿Estarás segura?

—Estoy bien. Tío Tak cree que debo quedarme y ver qué ocurre. —Peter no estaba de acuerdo con él, pero no dijo nada para no preocuparla. Después de la fría acogida al principio del curso, dudaba que las cosas mejoraran después de declararse la guerra. Sin duda haría bien en volver a Palo Alto—. ¿Qué está pasando, Peter-san? —preguntó Hiroko, que encerrada en St. Andrew's se sentía aislada del mundo exterior.

—La gente se ha vuelto loca. A todos les ha entrado el pánico. Creen que los japoneses van a bombardear la costa Oeste, y la verdad es que podrían hacerlo, pero aún no lo han hecho, y eso ya es algo.

Lo que ninguno de los dos supo fue que, esa misma noche, el FBI empezaba a arrestar a supuestos espías para interrogarlos. Muchos de ellos eran pescadores que llevaban radios de onda corta en sus barcos; otros eran personas a las que habían vigilado durante semanas, o de las que sospechaban que estaban asociadas con el enemigo.

—De todas formas pensaba volver a Palo Alto a finales de esta semana —dijo Hiroko. El viernes se iniciaban las vacaciones de Navidad.

—Te llamaré antes. Hiroko... —Peter vaciló; no pretendía asustarla, pero quería comunicarle que él estaría allí para protegerla en cualquier caso—. Ocurra lo que ocurra, intenta mantener la calma y no te muevas de ahí. Yo iré a buscarte. —Su voz sonaba tan seria y firme que Hiroko sonrió por primera vez en todo el día.

—Gracias, Peter-san.

Después de colgar, Hiroko volvió lentamente a su cuarto; nadie le dirigió la palabra. Esa noche durmió sola. A la mañana siguiente, llegó la respuesta a todas las dudas.

A las nueve y media, hora de San Francisco, el presidente Roosevelt se dirigió al Congreso. Le llevó seis minutos pedir que se declarara la guerra a Japón. Los japoneses habían hecho caso omiso de las «conversaciones de su gobierno y su emperador tendentes a mantener la paz en el Pacífico», y habían planeado deliberadamente y llevado a cabo el bombardeo, «no sólo de nuestras instalaciones militares en las islas Hawai, sino también en Malaya, Filipinas, la isla Wake, Guam, Midway y Hong Kong». El Congreso no tenía más que confirmar una declaración de guerra que, de hecho, se había efectuado el día anterior. El voto fue prácticamente unánime (sólo hubo una excepción), y se firmaron los documentos a la una de la tarde. Al final del día, Japón respondió declarando la guerra a Estados Unidos y Gran Bretaña.

Pero antes de que todas las comunicaciones se cortaran oficialmente, una de las últimas acciones del cónsul de Japón en San Francisco fue llamar a Takeo para transmitirle un mensaje de Masao. El padre de Hiroko quería que ésta permaneciera allí si era posible, e instaba a Takeo a que cuidara de ella. También quería comunicarles que Yuji se había alistado en la fuerza aérea, y que todos enviaban sus más cariñosos saludos a sus primos.

En Estados Unidos aquél fue un día no sólo de infamia, como había expresado Roosevelt, sino también de caos. Se embargaron todos los bancos, negocios, periódicos y emisoras de radio cuyos dueños fueran japoneses, así como los barcos de pesca, e incluso se cerraron los pequeños comercios. También se arrestó e interrogó a algunos alemanes e italianos, pero fueron muchos más los retenidos de origen japonés. Se cerraron las fronteras y se prohibió salir del país a toda persona de nacionalidad japonesa, de modo que Hiroko habría tenido que quedarse de todas formas. Toda la costa Oeste estaba en alerta roja. A las seis cuarenta de la tarde alguien dio un aviso sin confirmar de que se acercaba un avión hostil. La gente salía en desbandada, chillando y corriendo. Todos aguardaron en sus hogares, sótanos y refugios improvisados un ataque que no se produjo, y finalmente las sirenas dejaron de sonar. Todas las emisoras de radio habían dejado de emitir durante ese intervalo, pero, pese a las precauciones tomadas en las ciudades, después se dieron cuenta de que la isla prisión de Alcatraz había permanecido iluminada como una baliza en medio del mar.

Las sirenas antiaéreas sonaron por segunda vez aquella noche y las emisoras de radio volvieron a callar, pero tampoco esa vez se produjo el ataque.

La tercera vez llegó a la una y media de la madrugada, y una vez más la gente corrió en busca de refugio, en ropa de dormir, llevando en brazos a los niños que arrastraban tras de sí sus mascotas.

A las dos de la madrugada se ordenó de nuevo apagar todas las luces y cortar las emisiones, y a las tres se informó sobre dos escuadrones de aviones enemigos que se acercaban. No se oyó nada más, y al día siguiente el teniente general John de Witt insistió en que los aviones procedían de un protaaviones japonés, pero no se halló rastro de él. Los aviones fantasma volvieron a oírse, pero no a verse, y al día siguiente los titulares de los periódicos hablaban de la amenaza de ataques enemigos y supuestos avistamientos.

El 9 de diciembre, toda la ciudad estaba agotada por la tensión. La misma tensión empezó una vez más ese día, pero en Nueva York y Boston. La gente aterrorizada leía sin cesar sobre amenazas de ataques aéreos que nunca se producían.

Dos días después, el jueves, Alemania declaraba la guerra a Estados Unidos, y Guam caía en poder de los japoneses. En Berkeley, las autoridades ordenaron que todos los negocios de japoneses fueran clausurados.

Fueron momentos difíciles para Hiroko. Apenas había abandonado su habitación desde que todo empezara, y sus compañeras la evitaban abiertamente. El 11 de diciembre tuvo una entrevista con la decana de estudiantes. Después de todo lo que había oído en la radio, Hiroko estaba segura de que pensaban echarla, y le asombró que no fuera así. La decana fue amable y le aseguró que para ella Hiroko era una víctima inocente de lo ocurrido, igual que los americanos bombardeados. La decana había oído rumores sobre el cruel comportamiento de las estudiantes hacia Hiroko, pero ésta no le contó nada de las ofensas de Sharon Williams ni de la rudeza de Anne Spencer.

La decana sugirió a Hiroko que se marchara el viernes, como el resto de estudiantes, y que regresara después de las vacaciones de Navidad.

—Estoy segura de que para entonces todos nos habremos tranquilizado, y de que podrás reanudar tus estudios. —Durante aquella semana, Hiroko no había abandonado su cuarto más que para examinarse, llegando incluso a subirse la comida del comedor para no tener que estar con sus compañeras, pero no había dejado de estudiar—. Éstos son momentos difíciles para todos, sobre todo para las chicas de Hawai —añadió la decana—. ¿Has sabido algo de tu familia?

—Sólo que desean que me quede aquí —contestó Hiroko en voz baja—. Mi padre no quiere que regrese a Japón ahora.

La noche anterior, Hiroko había comprendido por primera vez que tal vez tardaría años en poder regresar a su tierra natal. Este pensamiento hizo que volvieran a aflorarle las lágrimas. Miró a la decana con gratitud por su amabilidad y por permitirle regresar después de Navidad. Al fin y al cabo, era una enemiga extranjera y podrían haberle pedido que se fuera. Hiroko había leído numerosos titulares sobre los «taimados japoneses», y le resultaban muy dolorosos.

—Estoy segura de que van a ser unas Navidades muy tristes para todos —dijo la decana. Todo el mundo tenía parientes y amigos que se alistaban en el ejército—. Pero puedes volver a empezar el próximo año, Hiroko. Nos alegrará tenerte entre nosotros. —Se levantó y le estrechó la mano.

Cuando Hiroko regresó a su habitación, aún estaba temblando. No la habían expulsado por ser japonesa y le sorprendió darse cuenta de que sentía un gran alivio. Al contrario que sus compañeras, al menos la dirección de la facultad no la trataba como si ella hubiera bombardeado Pearl Harbor personalmente.

Esa noche hizo la maleta para volver a Palo Alto al día siguiente. Por primera vez en cuatro días, Sharon y Anne regresaron a la habitación y también hicieron el equipaje, y por primera vez desde el ataque durmieron allí. Pero esa noche tuvieron que bajar dos veces por culpa de las sirenas antiaéreas. Todas las noches se avistaban supuestos aviones enemigos en dirección a la costa o submarinos listos para torpedear los barcos del puerto, pero los aviones y portaaviones no se materializaban, ni tampoco los submarinos ni los torpedos. Lo único tangible por el momento era el pánico.

Takeo y Reiko fueron a buscar a Hiroko, que se sintió aliviada al verlos llegar. En el momento en que subió al coche sin que nadie le dijera adiós, se echó a llorar.

—Ha sido terrible —explicó en japonés. Cada vez que hablaba con ellos se olvidaba del inglés.

En otras circunstancias no les hubiera importado, pero en aquellos momentos Reiko le dijo con brusquedad que debía hablar en inglés.

—¿Por qué? —Hiroko la miró con sorpresa.

—No importa lo mucho que te cueste, Hiroko. Estamos en guerra con Japón —replicó Reiko con aspereza—. Podrían arrestarte como agente enemiga.

—Creo que exageras —intervino tío Tak, sonriendo a Hiroko—. Pero es verdad que ahora mismo deberías hacer un esfuerzo. La gente está muy nerviosa. —La culpa la tenían en parte las amenazas sensacionalistas de los periódicos, azuzadas por el comandante encargado de la defensa de la costa Oeste, el teniente general De Witt.

Al llegar al sábado, Italia, Alemania y Japón, así como Rumanía y Bulgaria, habían declarado la guerra a los aliados. Hiroko estaba absolutamente exhausta por todo lo ocurrido. Se pasó casi todo el sábado durmiendo y sólo se levantó a tiempo para ayudar a Reiko con la cena. Tami, sobre todo, se preocupó mucho por ella, pero su madre dijo que era mejor dejarla dormir.

No vio a Peter hasta el domingo. Oficialmente Peter iba a ver a Tak, pero en realidad estaba impaciente por ver a Hiroko, que bajó lentamente por las escaleras vistiendo un quimono gris oscuro, con expresión seria y triste. Se inclinó ante Peter, como siempre hacía, pero su primo la tocó en el hombro.

—Hiroko, no vuelvas a hacerlo. En estos momentos es muy importante que no llames la atención en ninguna parte. Ni siquiera aquí. Será mejor que dejes de hacer reverencias.

Hiroko lo miró escandalizada; ya no se le permitía ser diferente. Tak los dejó solos para ir en busca de unos papeles.

—¿Estás bien? —preguntó Peter, que se había pasado toda la semana preocupado por ella. La vio cansada y desde luego con menos peso, más menuda que antes.

—Estoy bien, Peter-san —contestó ella, haciendo ademán de inclinarse de nuevo, pero conteniéndose.

—Tak tiene razón —dijo Peter en voz baja—. Uno de mis amigos *sansei* me dijo que su abuela había quemado su pequeña bandera japonesa el lunes por la noche por miedo a que le causara problemas.

—Eso es una tontería —dijo Hiroko, y a sus propios oídos le pareció que hablaba como su padre.

—Tal vez no tanto. En tiempos de guerra la gente comete locuras. ¿Vas a volver? —preguntó, preocupado—. Me refiero a St. Andrew's. —Peter sabía ya que el padre de Hiroko quería que se quedara—. ¿Qué te han dicho?

—Que puedo volver, y lamentan que mis compañeras hayan sido desagradables conmigo.

Peter se sorprendió de que Hiroko se lo hubiera contado a alguien, pero ella explicó que habían oído los rumores.

—¿Qué te hace pensar que no seguirán igual?

—Es posible que sí, pero no puedo vivir con *chizoku*. He de tener *bushido* y volver para enfrentarme con ellas. —Sonrió mirando a Peter. Parecía muy fuerte. Hiroko sabía que había de ser fuerte, digna y orgullosa, porque no podría vivir con la vergüenza, con *chizoku*. Peter había oído hablar del *bushido*, el valor del samurai camino de la batalla—. Volveré, Peter-san. Yo no estoy en guerra con ellas. No estoy en guerra con nadie. —Hiroko parecía luminosa, pacífica.

—Me alegro de oírlo —dijo Peter suavemente—. Yo tampoco estoy en guerra con nadie. —Había hablado con la oficina de reclutamiento, y por el momento, a menos que cambiaran las cosas, podía concluir el año académico, luego se incorporaría a filas. Standford había pedido que no le llamaran aún para no tener que cerrar el departamento.

—Es una pena que no te dejen quedarte más tiempo —dijo Hiroko—. Será muy duro para tío Tak cuando te vayas, para todos nosotros —añadió, acariciándole con la mirada, mientras los dedos de Peter acariciaban sus dedos—. Será peligroso, Peter-san. —Hiroko le explicó entonces que Yuji se había alistado en la fuerza aérea. De repente se dio cuenta de que las personas a las que amaba se hallaban en bandos diferentes. Era una posición realmente delicada.

Charlaron durante un rato hasta que se les unieron los demás, y Peter se quedó a cenar. Después los dos salieron a dar un corto paseo con la perra. La vivaz shiba les siguió calle abajo, dejando atrás las casas de los vecinos. También allí, según Reiko, se habían producido sutiles reacciones. Dos de sus vecinos, cuyos hijos se hallaban ya alistados, se habían mostrado distantes con ellos de repente. También los hermanos mayores de todos los amigos de Ken estaban ya en el ejército. Uno de los pacientes que Reiko cuidaba en el hospital le había pedido que saliera de su habitación, manifestando que no quería que le cuidara ninguna maldita japonesa, que podría matarle. Reiko lo había atribuido a que se trataba de un hombre anciano y muy enfermo, pero otra de las enfermeras *nisei* había tenido la misma experiencia con una joven de Hawai.

—No va a ser fácil para ellos —dijo Peter a Hiroko en voz baja, hablando de sus primos—. Al principio la gente reaccionará mal. Supongo que se calmarán con el tiempo, no va a durar para siempre, pero la gente está nerviosa, es comprensible. Nos atacaron, y las caras japonesas se lo recuerdan.

—Pero mis primos son americanos —protestó ella.

—Desde luego, pero algunas personas no lo saben. Y supongo que otras están demasiado trastornadas para darse cuenta de que tus primos son tan americanos como yo mismo.

—Yo soy la única enemiga aquí —dijo Hiroko con pesar, mirándole.

Peter la atrajo hacia sí y la besó.

—No eres mi enemiga, Hiroko-san... nunca lo serás. —Peter había roto con Carole aquella misma semana, aunque la discusión final le había deparado ciertas sorpresas. Había ido a cenar con ella con la intención de explicarle que quería a otra, pero antes incluso de empezar, ella le dijo que creía que debía pedir que lo cambiaran de departamento.

—¿A cuál? ¿A biología? —había preguntado él sarcásticamente?— ¿Por qué?

Ella dijo que cualquier patriota americano se negaría a trabajar con Takeo, o incluso haría que lo despidieran.

—¿Te has vuelto loca? —replicó Peter con incredulidad—. Takeo Tanaka es un orgullo para la universidad y un hombre brillante.

—Puede, pero es el enemigo —insistió ella—. Debería ser deportado.

—¿Adónde? Hace veinte años que vive aquí, por amor de Dios. Sería ciudadano americano si le dejaran.

Peter se puso furioso cuando Carole acabó diciendo que a Hiroko deberían meterla en la cárcel o quizá fusilarla en pago por los hombres y mujeres muertos en Pearl Harbor.

—¿Cómo puedes decir esas cosas? —preguntó él, estupefacto y fuera de sí ante la mención de Hiroko—. ¿Cómo puedes hacer caso de toda esa basura histérica que sacan en los periódicos? No creo ni por un momento que hubiera portaaviones junto a la costa todas las noches de la semana pasada. De haberlos habido, nos habrían bombardeado. Creo que la gente está histérica y que ese maldito general De Witt es el peor. En cuanto a ti, Carole, no doy crédito a mis oídos.

No hubo manera de convencer a Carole de que su visión sobre los japoneses nacidos en Estados Unidos era una insensatez. Peter sabía que era absurdo discutir con ella, pero lo hizo por lealtad a sus amigos, y luego le dijo que debido a sus peculiares opiniones y a otras razones que era difícil explicar, no quería volver a verla.

Ella pareció casi aliviada, y declaró con énfasis que, a su entender, cualquiera que simpatizara con los japoneses era sin duda un enemigo. Era todo tan absurdo que Peter soltó una carcajada cuando volvió a su coche. A la mañana siguiente ofreció una versión modificada de lo ocurrido a Takeo, que no se enfureció como Peter, pero tampoco pareció divertido. Para él, la actitud de Carole no era más que la punta del iceberg.

—Creo que vamos a oír a mucha gente diciendo cosas por el estilo. Será la reacción inevitable al pánico.

—Pero es ridículo. Tú ya no eres japonés y difícilmente podría ser yo un espía trabajando contigo. Vamos, Tak, tienes que admitir que tiene su lado divertido.

—Ahora mismo no me parece nada divertido. Creo que a todos nos conviene tener mucho cuidado.

Lo mismo le había dicho a Reiko, y volvieron a hablarlo el domingo durante la cena, pero Peter creía que Takeo se preocupaba en exceso. Decirle a Hiroko que no volviera a hacer reverencias era seguramente una idea sensata, pues no había necesidad de llamar la atención, pero en cuanto a los *nisei* y *sansei*, todos nacidos en Estados Unidos, no tenían de qué preocuparse; estaban en su país.

—Tío Tak está muy nervioso —dijo Hiroko cuando volvían a casa del paseo—. Supongo que le inquieta la guerra, como a todos. Tenemos que esforzarnos por dar un buen ejemplo.

Peter ya había oído antes un comentario parecido, y le sorprendía que todos los japoneses nacidos en Estados Unidos sintieran la necesidad de demostrar que eran buenos, que la guerra no era culpa suya. Era injusto que sus rasgos orientales les abocaran a ser considerados como enemigos, y desde luego podía ser peligroso para Hiroko, que era ciudadana japonesa. A Peter le preocupaba que volviera a la facultad; a medida que hermanos y novios partieran para la guerra, era probable que las otras chicas se enfurecieran más y más con ella.

—No quiero que vuelvas si vas a correr peligro —le dijo con firmeza.

—Sólo son chicas —repuso Hiroko con una sonrisa. Creía que lo único que podían hacer, como hasta entonces, era herir sus sentimientos.

—Piénsalo, Hiroko. No es necesario que vuelvas.

—Te preocupas demasiado. —Volvió a sonreírle—. Soy fuerte, como el tío Tak. —Hiroko no quería deshonrar a su padre rindiéndose y abandonando los estudios.

—Lo sé —dijo él, mientras *Lassie* ladraba a un perro vecino—. Tal vez tengas demasiado *bushido* para tu propio bien, señorita Takashimaya —bromeó.

Hiroko se echó a reír. Se sentía completamente a gusto con Peter. Sus países estaban en guerra, pero eso no significaba nada entre ellos. Sencillamente eran dos seres humanos. Era una pena, dijo Hiroko, que el mundo no se pareciera más a ellos.

Peter se mostró de acuerdo. Mientras caminaban, vio a uno de los vecinos asomado a la ventana, mirándolos con expresión hosca. Supuso que le molestaba que la perra hubiese ladrado, pero al mirar a Hiroko lo comprendió. Para los demás, eran una japonesa y un norteamericano. En realidad siempre había sido así, pero en aquel momento parecía aún más peligroso. Peter se preguntó entonces si sería igual en todas partes, si los norteamericanos que tenían amigos japoneses acabarían en el ostracismo. Le resultaba difícil creer que otros pensaran como Carole. En todo caso, no le importaba. Su relación con Takeo significaba demasiado para renunciar a ella, y estaba dispuesto a arriesgar cualquier cosa por seguir cerca de Hiroko.

—¿En qué piensas, Peter-san? —le preguntó Hiroko cuando pasaban frente a la última casa antes de la suya—. Estás muy serio. —Pese a todos sus problemas, el inglés de Hiroko había mejorado.

—En que la gente se ha vuelto loca. Cuando les entra el pánico, son peligrosos. Ten cuidado. No salgas nunca sola. Que te acompañe alguno de nosotros. —Sonrió y ella se echó a reír.

—Tú me protegerás, Peter-san.

—Sólo si haces todo lo que yo te diga —replicó él, sintiéndose de nuevo como un adolescente.

Entraron en el jardín de los Tanaka; el aire era frío.

—¿Y qué me dirás que haga? —preguntó ella, bromeando, y él contestó encantado.

—Esto —susurró, abrazándola al llegar a la puerta para besarla. Allí estaban a salvo de las miradas.

Entraron luego en la cocina con la respiración algo jadeante y un poco despeinados.

Reiko y Takeo no los miraron comprensivamente como antes, y este último les conminó a comportarse con mucha prudencia. Peter asintió y se marchó unos minutos más tarde. A Hiroko no le dijeron nada, pero ella notó sus miradas de preocupación cuando subió a acostarse.

Pese a la discreción de los jóvenes enamorados, todos sabían ya que algo había cambiado entre ellos, que estaban más unidos, sobre todo desde la declaración de guerra. No desaprobaban a Peter, pero tenían miedo por Hiroko. Y por la misma razón, al día siguiente le dijeron que guardara todos sus quimonos. No era el momento de recordarle a todo el mundo que no era siquiera una *nisei*. Hiroko no protestó, pero guardó sus quimonos con pesar. Se sentía muy rara con la ropa occidental, y le parecía que todas sus prendas, con escasas excepciones, eran horrorosas.

Sally se sintió encantada al verla vestir a la occidental, y le regaló unas sandalias por Navidad.

Aquel año celebraron la Navidad sin demasiado jolgorio. Takeo llevó a Ken a talar el árbol, como siempre, pero toda la comunidad japonesa parecía mantenerse a la expectativa. Las noticias eran siempre malas. Dos días antes de Navidad, los japoneses se apoderaron de la isla Wake, y el día de Navidad, de Hong Kong. Ese día, Takeo enarcó una ceja al ver aparecer a Peter. Apreciaba su amistad, pero opinaba que se estaba complicando la vida sin necesidad. Él mismo se había mantenido a distancia en la universidad en las dos últimas semanas por el propio bien de Peter.

—No te arriesgues por nosotros —le dijo Tak—. No vale la pena. Al final la gente se acostumbrará, pero ahora la sangre está encendida. —Sin embargo, Takeo sabía que Peter iba a ver a los Tanaka para estar cerca de Hiroko, y que su amor por ella era sincero.

Por la noche, cuando todos se habían acostado ya, Peter deslizó un diminuto anillo de plata en el dedo de Hiroko. Era sólo un símbolo de lo que sentían el uno por el otro. Le había regalado también un bonito chal de seda y unos libros antiguos de poesía japonesa, incluso le había escrito un *haiku*. Pero el anillo era más que un regalo. Era el símbolo de lo que tenían en aquel momento y lo que esperaban para el futuro. Era un anillo victoriano que había encontrado en una tienda de antigüedades, un aro estrecho con dos corazones unidos, tan pequeño que no creía que nadie se fijara en él.

—Eres demasiado bueno conmigo, Peter-san —dijo Hiroko, emocionada, y él le besó los dedos.

—No debes llamarme así nunca más. Tak tiene razón. —Hiroko había perdido ya sus quimonos y el privilegio de inclinarse ante él. Ahora le pedía que perdiera una muestra más de su respeto. Sin embargo, no discutió.

—¿Por qué todo el mundo tiene tanto miedo de ropas y palabras, e incluso de niñas? —Esa mañana había ido a comprar con Tami y alguien en la tienda les había dirigido un feo comentario, haciendo que salieran corriendo. Una de las amigas de Reiko, además, le había contado que en una tienda de su misma calle donde siempre habían sido muy amables con los japoneses, se habían negado a servirles. «Somos americanos, no *japos*», había gritado Tami, esforzándose por contener las lágrimas, mientras Hiroko se apresuraba a hacerla salir. Tami había mirado a su prima buscando una explicación, pero Hiroko no tenía ninguna. Estaba muy enfadada por el modo ruin de comportarse de aquel hombre, que pretendía herir a una niña. «Es porque estás conmigo y yo soy japonesa», le había dicho Hiroko al final, pero le pareció muy poco convincente.

—La gente seguirá asustada durante un tiempo —dijo Peter a Hiroko—, hasta que se olviden en parte y las cosas empiecen a mejorar. Mientras tanto, todos habréis de ser muy prudentes.

—Y cuando recobren la razón, ¿podré volver a llevar mis quimonos? —preguntó ella, burlándose por un momento de aquella absurda situación, y Peter se echó a reír.

—Un día iremos a Japón y podrás ponértelos todos otra vez.

Pese a sus palabras, el sueño de ir a visitar al padre de Hiroko al verano siguiente había estallado en llamas junto con Pearl Harbor. Hiroko se deprimía al pensar que no sabía cuándo podría volver a casa. A veces sentía una gran añoranza de su familia y su soledad la acercaba más a Peter. Mientras se besaban, Hiroko se preguntó qué sucedería después. Peter se iba a la guerra en junio, pero hasta entonces tenían que aprovechar cada minuto. Ella atesoraría aquellos momentos como cuentas de rosario, que desgranaría lentamente hasta que regresara. Porque iba a regresar, se dijo, palpándose el anillo y prometiéndose que un día Peter visitaría a sus padres. Mientras tanto, todo lo que podían hacer era aferrarse al presente y aguardar el futuro juntos.

8

El 29 de diciembre se ordenó a todos los «enemigos extranjeros» de los estados del Oeste que entregaran su «contrabando», es decir, radios de onda corta, cámaras de todo tipo, prismáticos y armas. La única confusión la produjo el término «enemigos extranjeros», que en principio parecía referirse a los de nacionalidad japonesa, pero que al cabo de unas horas resultó denominar a cuantos fueran de origen japonés, nacidos en Japón o no.

—Pero eso es imposible —dijo Reiko, cuando Takeo se lo explicó—. Nosotros no somos extranjeros, somos norteamericanos.

—Ya no —replicó su marido sombríamente. Hasta entonces, ser un residente extranjero no le había preocupado jamás, y tampoco le había causado problemas en Standford.

De repente todo había cambiado y era un enemigo extranjero, igual que Hiroko. Pero lo peor y más escandaloso era que también su mujer y sus hijos, nacidos en California, lo eran.

Les obligaron a entregar todas las cámaras fotográficas de la familia, así como unos prismáticos que Takeo usaba en el lago Tahoe cuando salían a navegar. Los llevaron a la comisaría, donde encontraron a varios de sus vecinos. El policía que se hizo cargo de sus cosas parecía avergonzado.

Aquél fue el primer enfrentamiento con la realidad para la familia Tanaka. A Hiroko empezó a preocuparle que su presencia les causara más problemas. Sin decir nada decidió quedarse en St. Andrew's siempre que pudiera. Tal vez era peligroso para sus primos que una «enemiga» viviera con ellos, y más peligroso aún para Peter estar enamorado de ella.

Sin embargo, pese al temor a las represalias y al pánico ante la posibilidad de ataques enemigos por mar o aire, Peter preguntó a Tak si podía salir con Hiroko en Nochevieja. Sería su primera cita oficial, y Peter hizo su petición con aire formal y cierto nerviosismo.

—Vuestra relación es seria, ¿verdad? —preguntó Tak. Ya no podía cerrar los ojos a la realidad.

—Sí, muy seria, Tak —admitió con orgullo y sin vacilar—. Intenté evitarlo... pero no pude. Nunca he conocido a ninguna mujer como ella.

—Es una joven muy dulce, pero os estáis metiendo en aguas peligrosas —le advirtió Tak. Sólo hacía tres semanas que habían bombardeado Pearl Harbor y los sentimientos antijaponeses seguían creciendo. A oídos de Takeo había llegado la noticia de que el FBI estaba interrogando a gente que él conocía. No quería que a Peter le ocurriera algo parecido—. Habréis de tener mucho cuidado —añadió, consciente de que nada detendría a los dos jóvenes.

—Lo sé. No pensaba llevarla a bailar al Fairmont. Uno de los ayudantes del departamento de psicología va a celebrar una pequeña reunión en su casa; me ha invitado a mí y a otros ayudantes de nuestro departamento. Será una fiesta muy reducida y privada.

Takeo asintió. En cierto sentido era un alivio que la relación entre Peter e Hiroko fuera reconocida por todos. Al principio tenía serias dudas, pero ya no estaba tan seguro. Muchos eran los cambios en el mundo y se había causado ya demasiado dolor. Corrían un peligro aún mayor que antes, pero tenían derecho a mantener la esperanza en el futuro. ¿Quién era él para impedírselo? No obstante, su deber era avisarles. Ya no sólo temía por ellos, sino también por su mujer y sus hijos.

—Sólo os pido que tengáis mucho cuidado, por el bien de ambos —repitió Takeo—. Y si no encontráis un buen ambiente, volved a casa enseguida. No os pongáis en una situación embarazosa.

—Tendré cuidado —le aseguró Peter, mirando a su amigo con tristeza—. Tak, esto no tiene nada que ver con la política, sino con Hiroko. Yo soy americano. Amo a mi país y estoy dispuesto a morir por él. No tiene nada que ver con mis simpatías. La amo y permaneceré a su lado.

—Lo sé —dijo Takeo, meditando con pesar en el futuro. La guerra no sólo los afectaría a ellos dos sino al mundo entero—. Pero las cosas podrían complicarse rápidamente.

—Espero que no, por el bien de Hiroko. Ella es la que tiene su lealtad dividida; ama a su familia y a su país, pero también le gusta estar aquí y os quiere a vosotros. Debe de ser muy duro para ella.

Afortunadamente, pese al interés de su padre y su primo por la política, Hiroko veía los acontecimientos internacionales con cierto desapego. Como la mayoría de chicas de su edad, le preocupaba la gente que conocía y amaba, no las implicaciones de las decisiones gubernamentales. Su visión estaba limitada, como la de la mayor parte de la gente en aquellos momentos.

—Bien, ¿me permitirás salir con ella? —preguntó Peter.

Takeo asintió pensativamente.

—Tened mucho cuidado —repitió.

El día de Nochevieja todos olvidaron la política. Reiko prestó a Hiroko un vestido de tafetán negro que no se ponía desde hacía años, y Sally le dejó una chaqueta corta de terciopelo. Con su sencillo collar de perlas, sus exquisitas facciones, sus grandes ojos y su reluciente cabellera negra hasta la cintura, Hiroko estaba hermosa. Sally le había obligado, además, a aprender a caminar con zapatos de tacón. Según Hiroko, eran más difíciles de llevar que los tradicionales *geta* japoneses.

Peter la miró boquiabierto cuando fue a recogerla. Hiroko no se inclinó, permaneció de pie, cohibida y encantadora. Era como si hubiera madurado de repente, y todo lo que había ocultado hasta entonces se revelara a los ojos de su amado.

—Estás preciosa —dijo Peter, sintiéndose también cohibido.

Takeo les sirvió una tacita de sake.

—Sólo una —dijo con prudencia, y él y Reiko brindaron con los jóvenes por el Año Nuevo. A Hiroko le hizo recordar las ocasiones familiares importantes en Kioto y volvió a sentir añoranza. No sabía nada de su familia desde que hablaran con el cónsul—. *Kampai!* —fue el brindis de Takeo en japonés.

Reiko sonrió. Peter e Hiroko eran tan jóvenes y estaban tan llenos de esperanza como ella y su marido cuando se conocieron. Le conmovía profundamente contemplarlos, sobre todo a Hiroko, que tenía las mejillas arreboladas por el sake.

—¿Dónde se celebra la fiesta? —preguntó Takeo.

—No lejos de aquí. El ayudante de psicología tiene una casa a un par de manzanas del campus. Cenaremos allí y bailaremos un poco. —Peter sonrió a Hiroko. Aún le costaba convencerse de que iba a salir con una chica tan joven, menos refinada que la mayoría de mujeres con las que se había relacionado, pero más madura en muchos aspectos—. ¿Y qué vais a hacer vosotros dos?

—Cenaremos en casa de unos vecinos —explicó Reiko, que estaba muy guapa con el vestido rojo de seda que le había regalado Takeo por Navidad.

En cuanto a los niños, Sally se iba a cenar a la casa de enfrente, Ken a la casa de Peggy y Tami se quedaba en casa al cuidado de una canguro.

Peter prometió a Takeo que no volverían tarde y se fueron. Excitada por aquella primera cita oficial, Hiroko soltó una risita. Peter sonrió; estaba seguro de que sus amigos quedarían impresionados por su belleza.

—Pareces mayor —bromeó, e Hiroko volvió a reír.

Corrieron hacia el coche, pues la noche era fría.

—Gracias, Peter —replicó ella lentamente, eliminando el *san* después del nombre. Hiroko había hecho caso de las advertencias de su primo y se esforzaba por no ser diferente.

Aquélla era su primera cita con un hombre, y casi temblaba de excitación cuando bordearon el campus universitario. La casa en la que se celebraba la fiesta era pequeña, pero sonaba un tocadiscos y había mucho bullicio. Estaba llena de estudiantes licenciados y profesores jóvenes. Nadie pareció prestarles atención cuando llegaron, pero Peter se dio cuenta de que algunos miraban a Hiroko cuando ésta se despojó de la chaqueta, aunque no oyó ningún comentario. Entre los presentes había también una joven pareja *nisei* de la que Peter sólo sabía que él trabajaba en el departamento de lengua y ella en el de biología. En todo caso, la casa estaba atestada, y Peter no consiguió acercarse a ellos para presentarles a Hiroko.

Había mucha comida, vino, champán barato y algunos invitados habían aportado botellas de ginebra, whisky y vodka. Entre ellos ya había varios achispados, pero la mayoría charlaban y reían, o bailaban en un dormitorio de atrás que habían vaciado de muebles y llenado de globos y serpentinas para la ocasión. Se oía un disco de Frank Sinatra.

Peter la presentó a sus conocidos y la ayudó a servirse rosbif y pavo. Después dejaron los platos y bailaron en el dormitorio de atrás al son de la orquesta de Tommy Dorsey con Frank Sinatra como voz solista. Bailaban abrazados. Ella era tan delicada que Peter casi tenía miedo de hacerle daño, y no tenía palabras para expresar lo que sentía por ella. Era como si estuvieran solos en un mundo desierto.

Bailando allí, abrazado a ella, pensó que era la mejor Nochevieja de su vida, y cuando alguien anunció que era medianoche, la besó. Ella alzó la vista terriblemente avergonzada porque la había besado en público, pero vio que los otros también lo hacían, y Peter le susurró con una sonrisa que era la costumbre.

—Oh.

Hiroko asintió con expresión seria, y él volvió a besarla, mientras bailaban lentamente, iniciando el año 1942 con un sueño de esperanza y libertad.

—Te amo, Hiroko-san —le susurró Peter.

Ella lo miró con asombro y asintió. Con tanta gente alrededor, no se atrevió a decirle que le quería.

Seguían bailando muy juntos cuando se disparó la sirena antiaérea y se oyó un grito de protesta colectivo. Nadie deseaba que le arruinaran la celebración y todos tuvieron el impulso de no hacerle caso, pero el anfitrión insistió en que bajaran al sótano. Alguien apagó las luces y se apresuraron a bajar las escaleras llevando botellas de vino y de champán. Peter se fijó en que muchos estaban borrachos. El sótano no tenía capacidad para las cincuenta personas que como mínimo se agolparon allí. La joven pareja de *nisei* se había ido, y también algunos conocidos de Peter, pero el grupo se mostró jovial hasta que empezaron a tener calor y sentirse incómodos, y dos chicas se quejaron de que no podían respirar y del polvo que todo lo cubría. Sin embargo, las sirenas seguían sonando y sabían que debían permanecer allí aunque las ventanas de la casa tuvieran las cortinas echadas para impedir el paso de la luz.

—Joder, lo menos que podrían hacer esos malditos amarillos es dejarnos tranquilos en Nochevieja —dijo alguien en un rincón.

Estaba oscuro y sólo disponían de linternas para iluminarse. En otro rincón se besaba una pareja, pero Peter, que rodeaba a Hiroko con el brazo, no se sentía demasiado proclive al romanticismo en aquel lugar. Lo único que quería, como todos los demás, era marcharse a casa. Media hora más tarde seguían allí. Por fin, a la una y media, las sirenas callaron y pudieron abandonar el sótano. El ambiente festivo se había disipado y uno de los hombres miró a Hiroko y se dirigió a ella.

—Son los malditos japoneses como tú los que nos lo han estropeado todo —le dijo con tono airado—. La semana que viene estaré en el ejército gracias a ti. Y por cierto, muchas gracias por lo de Pearl Harbor. —Parecía a punto de pegar a Hiroko, y Peter la protegió rápidamente con su cuerpo.

—Ya basta, Madison —dijo. Madison estaba como una cuba, pero eso no excusaba lo que decía. Detrás de Peter, Hiroko estaba pálida y temblaba.

—Oh, vete a la mierda, Jenkins —respondió Madison—. Te gustan tanto los japoneses que no ves lo que tienes en las narices. ¿Cuándo vas a espabilar y dejar de lamerle el culo a Tanaka? El FBI vendrá por ti uno de estos días, ¿sabes? Quizá se lleven incluso a tu novia —dijo, y se fue soltando juramentos.

Peter lo contempló con ira contenida, porque no deseaba iniciar una reyerta en Nochevieja, ni causar más trastornos a Hiroko de los que ya había sufrido. Viendo que ella se esforzaba por no llorar, la llevó consigo en busca de su chaqueta. La alegría de la velada se había esfumado por completo.

—Lo siento —dijo, mientras le ayudaba a ponérsela—. Está borracho y no sabe lo que dice.

Dieron las gracias a su anfitrión y se apresuraron a entrar en el coche bajo la mirada de los demás invitados. Nadie había reprochado a Madison, y Peter se preguntó si lo que éste había expresado en voz alta era lo que pensaban todos. ¿Creían que era un estúpido? ¿Estaban todos dispuestos a volverse en contra de los japoneses que conocían, aunque hubieran nacido en Estados Unidos? ¿Por qué atacaban a Hiroko? ¿Qué culpa tenía ella de Pearl Harbor?

En el trayecto de vuelta a casa, ella se echó a llorar y se disculpó por haberle arruinado la noche.

—Deberías haber llevado a otra persona, Peter-san —dijo, volviendo a sus antiguas costumbres sin darse cuenta—. A una chica norteamericana. No ha sido sensato llevarme a mí.

—Quizá no —replicó él entre dientes—, pero no estoy enamorado de una chica norteamericana. —La miró y detuvo el coche. La atrajo hacia sí y la abrazó. Ella no había dejado de temblar—. Estoy enamorado de ti, Hiroko, y es necesario que seas fuerte. Esto podría volver a ocurrir. Takeo cree que las cosas tardarán en volver a la normalidad, sobre todo mientras se siga hablando sobre los «enemigos extranjeros» y quitándoles las cámaras fotográficas a los estudiantes, y mientras el ejército nos diga que estamos a punto de ser atacados cada cinco minutos. —No se había producido ningún ataque ni avistamiento real, pero los periódicos se llenaban siempre de barcos y aviones fantasma y de espías—. No debes escuchar a estúpidos como ese Madison. Tú sabes quién eres. Escucha a tu corazón, Hiroko, y al mío, en lugar de hacer caso de la gente que te insulta o pretende hacerte responsable de cosas con las que no tienes nada que ver.

—Pero Japón es mi país. Soy responsable de sus acciones.

—Ésa es una carga demasiado pesada para ti —replicó él, súbitamente cansado. Habían pasado demasiado tiempo en el sótano—. Eres responsable de ti misma y de nadie más. No puedes controlar lo que haga o no haga Japón.

A Hiroko le dolía sentir vergüenza por las acciones de su propio país. Lo mismo hubieran sentido sus primos o Peter si Estados Unidos hubiera cometido un acto deshonroso.

—Lo siento por ti —dijo tan digna y gentil que Peter se sintió conmovido—. Siento por ti que mi país haya hecho algo tan terrible.

Peter se inclinó para besarla.

—Es terrible, pero no es culpa tuya. Ten paciencia, Hiroko. Las cosas mejorarán.

Cuando llegaron a casa, sin embargo, descubrieron que no habían sido los únicos en tener una noche difícil. Los padres de la mejor amiga de Sally le habían pedido que no volviera a su casa. Sabían que Sally estaba prendada de su hijo y no lo consideraban adecuado, sobre todo teniendo en cuenta que el hijo mayor acababa de incorporarse a la marina. Sally estaba en su habitación llorando desconsoladamente. Se había quitado el vestido y llevaba un albornoz de su madre. La instaron a bajar y a contarlo todo.

—Han sido crueles conmigo —explicó entre sollozos—. Me han dicho que no volviera a su casa. Kathy y yo nos conocemos de toda la vida, somos como hermanas. Y no ha dicho nada, sólo parecía avergonzada y se ha echado a llorar cuando me he ido. Su hermano ni siquiera estaba allí, no querían que yo le viera. Su madre me ha dicho que soy una «extranjera», que eso es lo que dice el gobierno. No soy extranjera, mamá. —Su llanto arreció al pronunciar la palabra—. Sólo soy una chica... soy norteamericana. He nacido aquí.

Ken volvió entonces a casa y oyó lo que contaba su hermana. La novia de Ken era una *sansei*, es decir que incluso sus padres habían nacido en Estados Unidos, pero había tenido problemas en la escuela justo antes de que empezaran las vacaciones, y él había tenido que pelearse en varias ocasiones por ella. Definitivamente la gente se estaba volviendo loca.

—¿Cómo pueden ser tan estúpidos? —dijo Ken, mirando a su hermana con furia. Conocían a los Jordan de toda la vida. ¿Cómo habían podido hacerle aquello? Tenía razón ella, no era más que una chica. ¿Por qué la castigaban por algo con lo que no tenía nada que ver?

Peter relató a continuación lo que le había ocurrido a Hiroko. Todos afirmaron que esperaban que el año nuevo fuera mejor que el anterior, pero también convinieron en que debían tener mucho cuidado.

—Lo que no me gusta —dijo Peter— son esas zarandajas del «enemigo extranjero». No se es extranjero sólo por tener rasgos orientales. De repente parece que nadie sabe distinguir la diferencia.

—Quizá no quieren distinguirla —dijo Reiko con tristeza. También ella lo pasaba mal en su trabajo. Varias personas habían realizado comentarios desagradables o se habían negado a trabajar con ella; a algunos de ellos los conocía desde años atrás. Resultaba muy doloroso.

Sally acabó calmándose. Peter se quedó con ellos un buen rato y finalmente se fue. Hiroko le acompañó hasta la puerta. Se besaron y él le dijo que sentía que la velada hubiera sido tan desagradable.

—No ha sido desagradable, Peter-san —dijo ella, olvidando de nuevo las recomendaciones de su primo, pero al menos allí daba igual—. Ha sido muy agradable. Estaba contigo. Eso es todo lo que importa —musitó.

—Eso es lo único que me importa a mí también —dijo Peter. La besó y se fue.

Tak y Reiko estaban muy preocupados por aquella relación, pero, como un tren expreso que avanzara en la noche, era demasiado tarde para detenerla.

Al día siguiente, Ken intentó que Sally saliera con él y con Peggy, pero ella rehusó. Echaba de menos a Kathy, y más aún a su hermano. Habían sido sus mejores amigos y ahora ni siquiera le estaba permitido llamarles por teléfono.

Tak y Reiko fueron de compras y a hacer unos recados, Peter llevó a Hiroko y Tami a dar un paseo en coche, y contemplaron fascinados las hileras interminables de chicos que hacían cola para alistarse en la marina en Palo Alto. Algunos parecían resacosos, otros aún estaban borrachos, pero la mayoría parecía saber lo que hacía. En las últimas semanas los jóvenes se habían alistado en oleadas, entre ellos algunos *nisei*.

Manila cayó en manos japonesas al día siguiente, lo que provocó el incremento de los alistamientos. Tres días más tarde, el Servicio de Reclutamiento reclasificó a todos los *nisei* y *sansei*. Los pusieron en una categoría llamada IV-C, y les dijeron que o bien se librarían de servicio o les destinarían sólo a las tareas más bajas, como la cocina.

—Como ciudadanos de segunda clase, y ni siquiera eso —masculló Peter.

—Llegará el día en que será una gran lección —comentó Tak con expresión sombría—. Pero me pregunto quién será el encargado de darla. Seguramente no yo, ni ninguno como yo. Tendrás que hacerlo tú, Peter.

—No seas estúpido, Tak. —No quería ni oír hablar de eso.

—No lo soy. Mira alrededor. Lee los periódicos.

La reacción contra los japoneses, nacidos o no en Estados Unidos, era cada vez más virulenta.

Hiroko volvió a St. Andrew's en medio de tanta inquietud, pero fue más fácil de lo que esperaba. Los Tanaka estaban demasiado ocupados para llevarla en coche, de modo que, pese a las protestas de Peter, viajó hasta allí en tren. La única sorpresa la tuvo al llegar a la estación, porque no pudo conseguir un taxi y hubo de ir caminando con su maleta a cuestas. Unos cuantos autobuses pasaron por su lado, pero no se detuvieron a recogerla. No obstante, llegó sana y salva a St. Andrew's, si bien más cansada de lo que había supuesto.

Cuando llegó, la encargada de los dormitorios le comunicó que habían realizado un pequeño cambio. Estaban seguros de que, dadas las circunstancias, Hiroko preferiría una habitación privada, y habían hecho todo lo posible por encontrarle una. A pesar de que le atraía la idea, Hiroko se sintió culpable. Sabía cuánto ansiaba Anne Spencer una habitación para sí, y no le parecía justo quedársela ella. Se lo explicó a la encargada, asegurándole que estaba dispuesta a cedérsela.

—Eres muy amable, Hiroko —dijo la mujer con nerviosismo—, pero Anne ha accedido a compartir habitación con otras chicas este semestre. Y Sharon tendrá una nueva compañera de cuarto. Así que esperamos que todas estéis contentas.

La habitación «privada» resultó ser una especie de trastero en el ático. Hiroko tendría que subir por las escaleras de atrás para llegar hasta él, y allí estaría completamente aislada. Tendría, además, que bajar tres tramos de escalera para ir al cuarto de baño. Cuando Hiroko entró en el cuarto, boquiabierta, comprobó que estaba helado. No tenía calefacción y ni siquiera había ventanas.

—¿Ésta es mi habitación? —preguntó, sobresaltada, y la mujer asintió, esperando que no pusiera objeciones.

—Sí, es pequeña, por supuesto. Te hemos dejado unas cuantas mantas de más. —En realidad no eran más que dos, e Hiroko notaba ya el frío helado. Cuando llegara el buen tiempo, por el contrario, justo debajo del tejado y sin ventilación, el cuarto sería un horno. Lo iluminaba una solitaria bombilla que colgaba del techo, y el único mobiliario consistía en una cama, una silla y una cómoda. No había siquiera una mesa donde hacer sus deberes, ni un armario en el que colgar sus ropas. Todo lo que había dejado en su antigua habitacion antes de irse de vacaciones estaba allí en cajas.

—Gracias —dijo Hiroko en voz baja, esforzándose por no llorar y rezando para conseguirlo hasta que la encargada de los dormitorios se fuera.

—Me alegro de que te guste —dijo la mujer, aliviada. No habían tenido más remedio que recurrir a aquella medida. Los Spencer y otros padres así lo habían exigido. Estaban descontentos con la vuelta de Hiroko a la facultad, pero la dirección se había negado a expulsarla. Hiroko era una chica muy dulce y una excelente estudiante, y aparte de un pequeño incidente a causa de unos cigarrillos, jamás había causado el menor problema disciplinario. Se negaron a expulsarla por motivos políticos—. Pídenos lo que necesites —dijo la mujer y cerró la puerta con suavidad.

Una vez sola, Hiroko se sentó en el fondo de la cama y lloró. Ya no era sólo una enemiga extranjera, sino también una paria.

Por la tarde, bajó a la biblioteca para estudiar, pero no acudió a cenar. No quería ver a nadie. Entrevió a Anne, que volvía de sus clases de golf, y oyó a Sharon alardear de que había pasado la Navidad con Gary Cooper, lo que seguramente era mentira, pero ¿a quién le importaba? Hiroko estaba demasiado dolida para escuchar los cuentos de Sharon. Ni siquiera llamó a sus primos para contarles lo de su habitación; era demasiado horrible.

Se metió en cama sin comer nada. Al día siguiente acudió a clase con la tez pálida y un grueso suéter. Las noches eran heladas en su habitación, y el jueves ya estornudaba. Sin embargo, no dijo una sola palabra ni habló con nadie en toda la semana. Siempre que entraba en algún sitio, todas actuaban como si no la vieran.

Tenía pensado volver a Palo Alto el fin de semana, pero al llegar el viernes padecía un fuerte catarro y no se sentía con fuerzas, así que llamó a sus primos y se limitó a decirles que no iría.

Cuando fue al comedor por una taza de té el viernes por la noche, una enfermera la vio y comprendió que tenía fiebre.

—¿Estás bien? —preguntó.

Hiroko intentó sonreír, pero tenía lágrimas en los ojos. Se sentía fatal, tenía un fuerte catarro y los ojos enrojecidos, y estornudaba sin parar. Al final la enfermera insistió en llevarla a la enfermería. Una vez allí, le puso el termómetro y comprobó que tenía cuarenta de fiebre.

—No vas a ninguna parte, jovencita —dijo—. Te meterás en la cama ahora mismo. Y mañana llamaremos al médico.

Hiroko se sentía tan mal que ni siquiera discutió. Dejó que la enfermera la acostara, agradeciendo el calor de la enfermería y la abundancia de mantas.

Por la mañana le había bajado un poco la fiebre, pero la enfermera insistió en llamar al médico, que llegó por la tarde y diagnosticó bronquitis y una leve afección gripal. El domingo Hiroko pudo volver a su habitación, sintiéndose débil pero recuperada.

Subió lentamente por las escaleras con sus cosas. Tenía mucho que estudiar y pensaba bajar a la biblioteca en cuanto se cambiara de ropa, pero cuando llegó a su habitación la puerta no se abría. La habían atrancado de alguna manera, aunque no tenía cerradura, y cuando Hiroko consiguió abrirla sintió un hedor repulsivo, y al abrirse la puerta del todo le cayó encima un cubo de pintura roja. Jadeando y llorando, vio que habían esparcido sus escasas pertenencias por todas partes y que alguien había utilizado la misma pintura roja para escribir JAPO en todas las paredes y, en letras más pequeñas, «vete a tu casa» y «fuera de aquí». Pero lo peor era el gato muerto que había sobre la cama.

Hiroko salió corriendo presa de un ataque de histeria y bajó por las escaleras tan deprisa como pudo, manchándolo todo de pintura. La tenía en la ropa, los zapatos, los ojos y las manos. Ni siquiera sabía adónde iba. Unas cuantas chicas se sobresaltaron al verla bajar gritando de terror, y otras se alejaron. Hiroko no sabía qué hacer ni qué decir, sólo recordaba el hedor del gato muerto y la pintura que le caía por el pelo.

—¡Hiroko! —La encargada de los dormitorios y su ayudante acudieron corriendo y quedaron horrorizadas—. ¡Oh, Dios mío!

La más joven de las dos se echó a llorar y abrazó a Hiroko sin hacer caso de la pintura.

—¿Quién ha sido?

Hiroko no hablaba con coherencia, pero de todas formas tampoco lo sabía, y jamás lo hubiera dicho de haberlo sabido. Las dos mujeres la llevaron a la enfermería y subieron a su cuarto. Ambas lo contemplaron con espanto. Era una crueldad.

Las enfermeras limpiaron de pintura a Hiroko, le pusieron colirio en los ojos y la acostaron en una camilla. La dirección estaba horrorizada por lo ocurrido. Podía tratarse de un incidente aislado, pero la seguridad de Hiroko exigía una decisión.

Esa noche telefonearon a sus primos. Tak y Reiko acudieron al día siguiente para llevársela. La llamada les había asustado y pensaban que Hiroko estaba herida. De hecho lo estaba, pero no físicamente.

Les mostraron el cuarto. Habían retirado el gato, y los bedeles intentaban limpiar las paredes, pero la dirección quería que lo vieran por sí mismos para que comprendieran la situación y el motivo de que hubieran decidido enviarla a casa.

—Lamentamos tener que decirles esto —admitieron—, y es una terrible vergüenza para todos nosotros, pero a causa de este incidente, del clima político del momento y de la influencia que está teniendo sobre las demás chicas, Hiroko no está segura aquí. No podemos hacernos responsables de ella, si ocurren cosas como ésta delante de nuestras narices. Por su propio bien, no podemos permitir que se quede.

No querían cargar con la responsabilidad de un futuro incidente del que tal vez saliera herida. En realidad, la pintura podría haberla dejado ciega, o incluso podría haber muerto si el cubo le hubiera golpeado en la cabeza. Lo más sensato era que se olvidara de aquel semestre y esperara la evolución de los acontecimientos. Sería bienvenida en el momento adecuado, pues era una excelente estudiante.

Los Tanaka escucharon estas palabras en silencio, abrumados y preguntándose cuánto tiempo pasaría hasta que empezaran a pasar cosas parecidas en Standford.

—¿Se lo han dicho a Hiroko? —preguntó Takeo con tono pesaroso. Estaba de acuerdo con la dirección y en cierto sentido prefería que Hiroko volviera con ellos a casa, pero sabía que ella sufriría una decepción.

—Primero queríamos hablar con ustedes —dijo la rectora.

Luego mandó llamar a Hiroko y le explicó lo mismo que a sus primos. Pese a todos sus esfuerzos, ella se echó a llorar.

—¿Tengo que irme? —preguntó con expresión de vergüenza. Los otros asintieron y ella bajó la vista con un aire muy japonés. A sus propios ojos, había fracasado estrepitosamente. Todo era culpa suya. Miró a su primo—. Mi padre se sentirá muy avergonzado —dijo en inglés, pese a que ansiaba hablar en japonés.

—Tu padre lo comprenderá —dijo la rectora amablemente—. La situación está fuera de control, y no dice gran cosa de nuestras estudiantes. Son ellas las que deberían avergonzarse, Hiroko, no tú. Esto lo hacemos por tu bien.

Primero la habían metido en un trastero y luego le echaban cubos de pintura en la cabeza y le ponían un gato muerto en la cama. Si ésos eran los sentimientos que provocaba en las demás chicas, desde luego su sitio no estaba allí.

—Quizá puedas volver algún día —la consolaron.

—Me gustaría —repuso ella con tristeza—. Tengo que estudiar en América. Se lo he prometido a mi padre.

—Quizá podrías pedir que te trasladen a la Universidad de California, o a Standford, y vivir con tus primos. —Era una posibilidad, pero no podía confiar en que la aceptaran siendo ciudadana japonesa.

—Puedes quedarte en casa unos meses —dijo Reiko, sonriéndole, pero con el corazón encogido. Hiroko era tan buena y gentil que la mera idea de que alguien la maltratara le revolvía el estómago.

—Lo lamentamos mucho —repitió la rectora.

Poco después, Hiroko volvió a subir a su cuarto para hacer el equipaje con Reiko. Algunas de sus cosas las habían robado, y la mayoría había quedado arruinada por la pintura roja. Todavía le quedaban restos en el cabello, en las pestañas y las cejas, pese a los denodados esfuerzos de las enfermeras; tardaría semanas en desaparecer por completo.

Reiko llevó su maleta al coche, mientras Hiroko deshacía la cama y doblaba las mantas. De repente percibió una presencia a su espalda y se volvió aterrorizada, temiendo ser atacada. Pero sólo vio a Anne Spencer. Hiroko no dijo nada, se limitó a aguardar, segura de que la alta y aristocrática rubia quería regodearse en su desgracia o quizá incluso hacerle daño. Sin embargo, había una expresión de compasión en el rostro de Anne y tenía los ojos anegados en lágrimas cuando le tendió la mano.

—He venido a despedirme —le dijo—. Siento lo que te han hecho. Me enteré anoche.

Anne no había querido compartir habitación con ella, pero en absoluto deseaba que le ocurrieran semejantes cosas. Se había pasado la noche en vela pensando en ello. Le parecía una jugarreta muy sucia y quería que Hiroko supiera que estaba indignada. Anne creía tener derecho a enfadarse por tener que compartir habitación con Hiroko, pero en modo alguno creía que nadie tuviera derecho a hacerle aquello a otro ser humano y, japonesa o no, Hiroko era muy buena persona. Anne lo sabía por lo que había visto de ella, y en cierto modo la respetaba por ello. No deseaba ser su amiga (seguía convencida de que estaba por debajo de ella, porque en su mundo los japoneses eran niñeras, criados y jardineros), pero cualesquiera que fueran sus sentimientos, no le deseaba ningún mal.

—¿Volverás a Japón? —preguntó, sintiendo una repentina curiosidad, aunque fuera demasiado tarde. Al menos con su presencia le demostraba que ella no había tomado parte en el incidente.

—Mi padre desea que permanezca aquí, y de todas formas no me dejarían volver. Ahora ya no hay barcos. —Estaba atrapada en medio de personas que se comportaban como vándalos y otras que, como Anne Spencer, la despreciaban abiertamente. Hiroko no comprendía muy bien la simpatía que le mostraba después de tanto desprecio, ni confiaba en ella, aunque percibía cierta integridad y honestidad en ella.

—Buena suerte —dijo Anne con tristeza, y luego se marchó.

Hiroko bajó lentamente por las escaleras pensando en ella. Por el camino vio también a Sharon, que la miró como si no la conociera de nada. Luego se dio media vuelta y se alejó por el pasillo, riendo con un grupo de chicas y contándoles el día que había pasado con Greer Garson.

Varias profesoras estrecharon la mano de Hiroko, pero ninguna de las chicas salió a despedirse. Pese a las corteses palabras de la dirección, Hiroko no dudaba que había deshonrado a su familia.

Subió cabizbaja al asiento trasero del coche. Sin saber muy bien por qué, se volvió para mirar cuando el coche ya se alejaba. El último rostro que vio de St. Andrew's fue el de Anne Spencer, que la contemplaba desde una ventana.

9

Durante las semanas siguientes, Hiroko se movió por la casa de los Tanaka como un torbellino. Reiko tenía mucho trabajo en el hospital e Hiroko lo hacía todo por ella: cocinar, limpiar y cuidar de Tami todas las tardes. También ayudó a la niña a hacer cortinas y cubrecamas nuevos para su casa de muñecas. Cuando Reiko volvía a casa, lo encontraba todo inmaculado y en perfecto orden.

—Es embarazoso —comentó con su marido—. Hace tres semanas que no limpio la casa. Me siento como una princesa.

—Creo que intenta compensarnos por haber tenido que abandonar St. Andrew's. No estoy seguro de que comprenda realmente que no fue culpa suya —dijo Tak con pesar—. Para una mentalidad como la suya, ha sido una gran deshonra. Vino aquí para estudiar y honrar a su padre, y ahora no puede hacerlo. El motivo no cuenta. Está pagando su penitencia.

Hiroko no había vuelto a mencionar lo ocurrido en St. Andrew's, y Tak había advertido a sus hijos que no la molestaran recordándoselo.

Se había hablado de que Hiroko presentara una solicitud para ingresar en Standford, pero Tak dudaba que estuvieran dispuestos a aceptar a una japonesa en aquel momento. Con Tak habían sido sumamente amables, pero Hiroko no quería arriesgarse a poner a su primo en un compromiso, así que procuraba ser útil para toda la familia. La tarea que parecía haber emprendido con mayor ímpetu era la de parecer una auténtica americana. Hacía dos meses que Tak no la veía en quimono, no se inclinaba nunca ni usaba el *san,* y siempre que tenía un momento leía o escuchaba la radio, lo que había mejorado mucho su inglés.

Peter pasaba mucho tiempo con ella. En un principio se había quedado anonadado al enterarse de lo ocurrido en St. Andrew's, pero también él apreciaba el cambio operado en Hiroko, que, aun llena de vergüenza, parecía resuelta a no dejarse vencer.

Las noticias de la guerra seguían siendo malas. Los japoneses habían invadido las Indias Orientales holandesas dos días antes de que Hiroko abandonara la facultad, y dos semanas después la Junta de Personal estatal vetó el acceso y el mantenimiento de empleos públicos a todas las personas de origen japonés. Por su parte, Tak había oído cosas inquietantes en Standford. Existía una gran inquietud por su puesto de jefe de departamento.

Sin embargo, ninguno de ellos estaba preparado para la declaración de «zonas restringidas» a lo largo de la costa Oeste que hizo el ejército, ni para el toque de queda impuesto a los «enemigos extranjeros». Takeo se escandalizó más aún cuando les dijeron que sólo podían desplazarse hasta su lugar de trabajo y que debían permanecer dentro de un radio de ocho kilómetros en torno a su residencia. Cualquier desplazamiento fuera de ese perímetro requeriría un permiso especial.

—Es como estar en un gueto —dijo sombríamente a Peter.

Cuando se lo contó a su familia, Sally se quedó anonadada. Para ella significaba que ni siquiera podía ir al cine de noche.

—Significa mucho más que eso —dijo Tak a su mujer cuando se acostaron.

No obstante, la noticia de que Peter sería el nuevo jefe del departamento y de que Takeo pasaría a ser su ayudante les cogió desprevenidos, pese a las disculpas con que le fue comunicada. No sólo supondría una considerable reducción en su salario, sino también una pérdida de prestigio. Takeo no le guardaba rencor a Peter, que no tenía culpa alguna, sólo era una nueva muestra de que, poco a poco, los japoneses estaban perdiendo todos sus derechos y privilegios. Apenas una semana después, a Reiko la despidieron del hospital. Demasiados pacientes se habían quejado de que les atendiera una enemiga, por muy buena que fuera como enfermera o amable con los enfermos.

—Supongo que tenemos suerte de que no nos hagan llevar estrellas como a los judíos en Alemania —dijo Tak amargamente a Peter mientras comían un día en el despacho que antes fuera suyo y ahora era de Peter. Era una situación muy penosa—. Pero en nuestro caso no les hace falta. Se nota quiénes somos, o al menos eso creen. Para ellos todos somos iguales, *issei, nisei, sansei.* ¿Qué diferencia hay? —Él era *issei,* porque había nacido en Japón. Sus hijos, que habían nacido en Estados Unidos, eran *nisei,* y sus nietos serían *sansei.* La única «enemiga extranjera» era Hiroko, al menos técnicamente.

De hecho había surgido una nueva denominación bastante confusa. Se dividía a los japoneses en extranjeros y no-extranjeros. Estos últimos eran los ciudadanos norteamericanos, los que eran de origen japonés pero nacidos en Estados Unidos. En realidad el término les hacía parecer menos amistosos. Reiko ya no era una ciudadana, sino una no-extranjera, una variante del enemigo y, por tanto, alguien en quien no se podía confiar.

—Me siento como un médico ante una misteriosa enfermedad —dijo Takeo—. Tengo la urgente necesidad de ver las células enfermas al microscopio y estudiarlas al mismo tiempo que me estoy muriendo. —Estaba convencido de que las cosas sólo podían empeorar. Lo que no sabía era hasta qué punto.

—No te morirás de esto, Tak —intentó animarle Peter, pero también él se sentía culpable por haber recibido el empleo y el despacho de su antiguo jefe. Al menos, pensaba con agradecimiento, no le habían despedido como a otros.

El día de San Valentín un periódico publicó un artículo de fondo instando al gobierno a evacuar a todos los japoneses, independientemente de su lugar de nacimiento. Singapur cayó en manos japonesas al día siguiente, y un día después el Comité de Inmigración coincidió con el artículo publicado e insistió en que se expulsara a todos los japoneses. El FBI efectuaba arrestos masivos, esperando encontrar espías en California, pero de momento no se había acusado ni procesado a nadie por traición.

El 19 de febrero, el presidente firmó la Orden Ejecutiva 9066, por la que confería a los militares competencia para designar áreas de las que podía excluirse a «cualquier persona sin excepción».

De hecho, permitía a los militares expulsar a los japoneses de cualquier zona del país. Y la Ley 77-503 convirtió en delito federal negarse a abandonar una zona militar. La desobediencia se castigaba con la cárcel.

Algunos pensaron que esas leyes cambiarían muy pocas cosas en la práctica, pero otros, como Tak y Peter, temieron que no fuera más que el inicio del horror que vendría después. En los días que siguieron, se exigió a los japoneses de cualquier origen que se marcharan voluntariamente, que vendieran sus casas y negocios y se mudaran a otra parte.

Para empeorar las cosas, un submarino japonés disparó contra una refinería de petróleo de Santa Barbara el 23 de febrero. No hubo víctimas, pero la histeria que provocó fue la gota que colmó el vaso y lo único que necesitaba el general De Witt, la prueba de que el país corría verdadero peligro de ser atacado.

Sin embargo, ni siquiera los que aceptaron mudarse voluntariamente hallaron buena acogida en otros lugares. Gobernadores de otros estados alzaron sus voces en protesta cuando empezaron a llegar. En todo caso, la mayoría de japoneses de California no se movió de allí, y muchos tuvieron que regresar ante la fiera animadversión con que fueron recibidos en otros lugares.

La desesperación iba apoderándose de todos como una marea creciente. Reiko sentía pánico ante la idea de tener que mudarse «voluntariamente». Había vivido toda su vida en California, al igual que sus hijos, y ni siquiera habían llegado más allá de Los Ángeles. La perspectiva de trasladarse al Medio Oeste, al Este o a cualquier otro lugar la turbaba grandemente.

—Tak, sencillamente no quiero mudarme. No me voy —declaró Reiko.

Takeo no quiso decirle que tal vez un día se viera obligada a hacerlo, pero lo comentaba con Peter. ¿Y si les decían que se fueran del estado? Parte de la histeria colectiva se debía a que había una gran concentración de japoneses a lo largo de la costa.

A finales de marzo, soldados armados se presentaron en las comunidades japonesas del estado de Washington y les dieron seis días para vender casas y negocios y presentarse en un recinto ferial donde los retuvieron en espera de ser «reubicados». Lo cierto era que nadie sabía aún dónde meterlos. En el ejército se hablaba de instalar campos de acogida para ellos, pero nadie sabía dónde. Todo eran rumores. Mientras tanto, la comunidad japonesa se había quedado muda de espanto.

—¿Crees que aquí podría ocurrir lo mismo? —preguntó Reiko a su marido. No había acabado de creérselo hasta que las fotografías de los periódicos lo confirmaron. Eran imágenes de niños junto a maletas, con etiquetas sujetas a los botones de los abrigos, de ancianos y mujeres llorando, y de orgullosos nativos junto a carteles que rezaban: «¡Japos, fuera! ¡No os queremos aquí!» Era una pesadilla.

—No lo sé —contestó Tak, que hubiera deseado tener valor para mentirle—. Creo que sí, Rei. Creo que debemos estar preparados para cualquier cosa.

Pese a todo lo que oían, siguieron con su vida habitual. Los niños acudían al colegio, Reiko e Hiroko limpiaban la casa y Takeo fingía trabajar para Peter. Después de hacer sus deberes, Ken iba a ver a su novia.

Peter pasó mucho tiempo con Hiroko aquella primavera. Ella dedicaba todos sus ratos libres a estudiar para no defraudar a su padre completamente. Leía todo lo que caía en sus manos sobre política, arte e historia americanas, y siempre en inglés. Además de mejorar su dominio del idioma, había madurado gracias a su experiencia en St. Andrew's. No había vuelto a saber de las chicas ni de las profesoras, salvo una carta formal en la que afirmaban lamentar que hubiera abandonado sus estudios, pero que comprendían sus motivos. Académicamente hablando, había perdido el tiempo y el dinero, pues no le habían dado siquiera sus notas. Hiroko esperaba compensar algún día a su padre. Intentó explicárselo a Peter un par de veces, y él se sintió intrigado por aquella mentalidad que la hacía considerarse fracasada.

Durante la primavera, Hiroko plantó un hermoso jardín y mantuvo la casa inmaculada. Algunas veces, cuando tenía a su alcance los ingredientes necesarios, preparaba platos tradicionales japoneses, que los niños detestaban y Takeo y Peter adoraban. Hiroko disfrutaba desplegando todas las habilidades aprendidas de su abuela y enseñando cuanto sabía sobre su cultura a Peter, que se mostraba encantado. Pero también se esforzó por aprender cultura americana y le gustaba charlar con él sobre su trabajo y lo que enseñaba en la universidad. Permanecían así durante horas, ensimismados en su conversación.

—¿Qué vais a hacer? —preguntó Takeo a Peter un día de abril, consciente de las escasas posibilidades.

—No lo sé —respondió Peter. Había pensado pedirle a Hiroko que se fueran a otro estado para casarse, pero no estaba seguro de que aceptara. El consentimiento de su padre era muy importante para ella, pero ni siquiera podía escribirle—. Quería ir a conocer a su padre este verano y hablar con él, para comprobar si es tan moderno como todos parecéis creer, pero nuestros planes se fueron por la borda con Pearl Harbor.

—Podrían pasar años hasta que todo esto acabe —dijo Tak con pesar.

—Ella no aceptará nunca casarse sin que sus padres lo sepan y lo aprueben —dijo Peter.

En junio Peter se incorporaba al ejército, concluido el permiso especial del Servicio de Reclutamiento. No le gustaba dejar a Hiroko sin protección, aunque por supuesto tenía a los Tanaka.

—Tú no crees que evacúen a nadie de aquí, ¿verdad, Tak? —preguntó Peter, tras lo sucedido en Seattle.

—Ya no sé qué pensar. Creo que todo es posible. En cierto sentido, no culpo a la gente por haberse vuelto loca. Al fin y al cabo estamos en guerra con Japón. Lo que no entiendo es por qué pretenden que los nacidos en Estados Unidos de repente también sean extranjeros. Ésa es la locura. —Todos los jóvenes *nisei* japoneses que se habían alistado acababan en las cocinas o eran devueltos a sus casas. No confiaban en su lealtad y nada conseguía persuadirles de lo contrario—. Ojalá tuviera las respuestas. Supongo que si lo creyera realmente, haríamos las maletas y nos iríamos a New Hampshire. Pero no dejo de pensar que todo se arreglará, que nos devolverán nuestros empleos —sonrió a su joven amigo sin malicia—, y que nos dirán que lo sienten. Pero una parte de mí me dice que soy un estúpido.

—Yo no creo que lo seas. Lo que dices tiene sentido. Son los otros los que no lo tienen —replicó Peter.

Quería casarse con Hiroko para protegerla del miedo y de los prejuicios, pero ni siquiera podía protegerla cuando salían a cenar o al cine. Siempre tenían miedo de que les abordara alguien y les insultara. Les había ocurrido a ellos como a otros. Tak había recomendado a Hiroko que, para evitar problemas, comprara únicamente en tiendas de *nisei*. Peter detestaba la idea de abandonarla para irse al ejército, y se volvía loco sólo de pensar que pudiera casarse con otro. Hiroko se movía siempre alrededor como un colibrí, llevándole cosas, haciéndole té, sonriéndole, contándole una anécdota graciosa sobre Tami. Peter soñaba con vivir junto a ella y engendrar sus hijos, y ninguna orden ejecutiva podía cambiar eso.

Hiroko se mostraba muy valiente, siempre tranquila y fuerte. No demostraba jamás su dolor y procuraba tranquilizar a Peter y los demás.

Pero a la semana siguiente, recibieron malas noticias de la familia de Reiko. Sus primos de Fresno habían sido enviados a la isla Terminal, desde donde al cabo de dos semanas habían salido en dirección a un centro de reagrupamiento de Los Ángeles. Les habían dado tres días para vender sus propiedades en Fresno y lo habían perdido todo. Vendieron la casa por trescientos dólares, y el coche tuvieron que abandonarlo, así como su cosecha de flores para el día de la Madre.

—Pero eso es imposible —exclamó Reiko, llorosa, mientras leía su carta a Tak—. ¿Tres días? ¿Cómo han podido hacerles eso?

Sus primos relataban que los habían evacuado junto con varios centenares de japoneses a un recinto ferial. La noticia parecía irreal, y ninguno de ellos la había asimilado todavía cuando, tres semanas más tarde, se extendió una orden de exclusión para la zona de Palo Alto en la que vivían. Les daban diez días para vender casas, negocios y coches, para empaquetar sus pertenencias y evacuar la zona. Un «miembro responsable» de la familia debía presentarse en el puesto de control civil más cercano, que en su caso resultó un templo budista, para recibir más instrucciones.

Takeo lo oyó en la universidad y vio varios carteles de camino a casa. Se paró para leer uno de ellos con detenimiento, notando que el corazón le palpitaba. A la mañana siguiente aparecía en todos los periódicos.

Peter acompañó a Takeo al puesto de control civil para ayudarle. Allí intentó averiguar qué estaba pasando, pero no quisieron decirle nada más que lo que decían a Takeo. Él y su familia tenían nueve días para presentarse en el centro de reagrupamiento de Tanforan Racetrack en San Bruno. Cada adulto podía llevar consigo setenta kilos de equipaje, incluyendo ropa de cama, toallas y ropa. A los niños les permitían la mitad de peso. Pero cada persona debía transportar sus cosas por sí solo, lo que convertía los permisos en papel mojado. Un niño no podía llevar treinta y cinco kilos en maletas o cajas, como tampoco Reiko, Hiroko, o incluso Ken, podían cargar con setenta kilos.

Entregaron unas etiquetas a Takeo para cada miembro de la familia y le preguntaron si había algún anciano o enfermo entre ellos, en cuyo caso les darían unas etiquetas diferentes, más grandes. Takeo escuchó sus palabras, mudo de asombro, y miró fijamente las etiquetas cuando las tuvo en la mano. Había veinte para cada persona y cada maleta. Su número era el 70917. Ya no tenían nombre, sólo un número. Le dijeron que no podían llevar consigo animales domésticos de ningún tipo, por pequeños que fueran, ni tampoco dinero, joyas, cámaras de fotos, radios, armas ni ningún objeto metálico. El gobierno de Estados Unidos les ofrecía almacenes para guardar los artículos domésticos más voluminosos, como neveras y lavadoras, y los muebles, pero no se hacían responsables de los eventuales desperfectos.

Takeo abandonó la cola, obnubilado. Salió del templo acompañado de Peter, sintiéndose mareado. Les habían prohibido abandonar la zona. Era demasiado tarde para huir.

Disponían de nueve días para presentarse en Tanforan, para venderlo todo. Le habían dicho que serían reubicados, pero nadie parecía saber dónde, o no estaban dispuestos a decírselo. Ni siquiera sabía qué ropa debían llevar, si de abrigo o de verano. Ni siquiera podía estar seguro de que los mantendrían juntos, ni de si estarían a salvo allá donde los enviaran. Tamblaba sólo de pensarlo.

En la cola había oído cuchichear que a los hombres los ejecutarían, que los fusilarían a todos, que venderían a los niños como esclavos, y que maridos y mujeres acabarían en lugares diferentes. Parecían rumores alarmistas, pero no podía prometer nada a Reiko. El hombre que le había dado las etiquetas había preguntado si eran todos familiares inmediatos y él había respondido que una de las etiquetas era para una prima, sin explicar que era ciudadana japonesa y que había ido allí a estudiar, pero lo descubrirían cuando vieran su pasaporte. El hombre no pudo garantizarle que los mantendrían unidos. Takeo comprendió que él era también extranjero y que cabía la posibilidad de que su destino fuera diferente del de su mujer, que quizá lo mandaran a la cárcel.

De camino a casa, Peter se mostró muy preocupado.

—¿Te ha dicho que tal vez no la envíen a ella al mismo sitio que a vosotros? —preguntó a Takeo, que asintió en silencio—. No puedes consentirlo, Tak —dijo Peter, intentando contener el pánico que sentía—. No puedes dejarla sola. Dios sabe qué le ocurriría —exclamó mirando fijamente a su amigo. Las abominables etiquetas yacían en el asiento entre ellos.

Tak volvió hacia Peter el rostro anegado en lágrimas cuando se detuvieron en un semáforo.

—¿Crees que yo puedo cambiar algo? ¿Crees que quiero que vayamos a alguna parte, sea juntos o separados? ¿Qué crees exactamente que puedo hacer?

—Lo siento —dijo Peter, apretándole el hombro, también él con lágrimas en los ojos.

Continuaron su camino en silencio, preguntándose qué iban a decirles a las mujeres. Lo único que deseaba Peter era poder irse con ellos. En el puesto de control le habían dicho que podría ayudarles cuando se presentaran en el centro de reagrupamiento, y que podría visitarlos, pero no quedarse. Además, tendría que aparcar su coche a cierta distancia de Tanforan y no podría pasar nada sin previa inspección.

La idea de dejar allí a Hiroko le enloquecía. Era como dejarla en una cárcel, y si la separaban de sus primos carecería de toda protección.

Takeo aparcó frente a su casa, suspiró y miró a Peter. Sabía que le estaban esperando, pero no soportaba la idea de tener que comunicarles cuál era su destino. Sus peores pesadillas se habían convertido en realidad. Comprendió entonces que deberían haberse ido meses antes a otro sitio. No podía haber sido peor que lo que acababa de ocurrirles.

Las palabras que utilizaban resultaban enigmáticas, como «centro de reagrupamiento» y «reubicación». Eran términos anodinos tras los que se escondían peligros inimaginables.

—¿Qué vas a decirles, Tak? —preguntó Peter con expresión de angustia, y ambos se sonaron la nariz.

—No tengo la menor idea —dijo Tak con aire lúgubre, y miró a Peter con una sonrisa de pesar—. ¿Quieres comprar una casa o un coche?

—Haré todo lo que pueda, Tak. Ya lo sabes.

—Hablo en serio. —Tak había oído hablar de gente que había vendido hoteles por un centenar de dólares y coches por cincuenta. No podían llevarse prácticamente nada, y no veía claro lo de guardar cosas como la lavadora durante sólo Dios sabía cuántos años en almacenes federales. Pensaba vender todo lo que pudiera y regalar el resto—. Será mejor que entremos —dijo, deseando no tener que ver las caras de su familia cuando se lo contara, sobre todo la de Reiko. Los chicos también se espantarían, pero eran jóvenes y sobrevivirían siempre que sus vidas no corrieran peligro. Pero él y Reiko habían dedicado diecinueve años a construir un hogar y ahora tenían nueve días para deshacerlo y tirarlo todo a la basura.

Peter le pasó el brazo por los hombros cuando caminaron hacia la casa, y ambos estuvieron a punto de echarse a llorar al ver a Reiko e Hiroko. Ésta no tenía aún diecinueve años, pero su aspecto, vestida de negro, era digno y tranquilo. Sus ojos se encontraron con los de Peter y éste necesitó de todo su coraje para no eludir las preguntas que leyó en ellos. Takeo se dirigió a su mujer para abrazarla, y sin mediar palabra Reiko se echó a llorar. Takeo llevaba las etiquetas en un bolsillo.

—¿De verdad tenemos que irnos, Tak? —preguntó Reiko, esperanzada aún en que su marido hubiera conseguido librarles por milagro o por un capricho del destino.

—Sí, cariño. Tenemos que ir al centro de reagrupamiento de Tanforan.

—¿Cuándo?

—Dentro de nueve días —respondió sintiendo una opresión en el pecho—. Tenemos que vender la casa y todo lo que podamos. El resto nos lo guardarán en almacenes federales si queremos.

Reiko no daba crédito a sus oídos. Takeo sacó entonces las etiquetas y su mujer se echó otra vez a llorar mientras Hiroko las miraba boquiabierta y luego posaba sus ojos aterrorizados en Peter.

—¿Iré con vosotros, Takeo-san? —preguntó al final.

—Sí —mintió él. No estaba seguro, pero era demasiado pronto para decírselo. No quería asustarla más de lo que ya estaba.

Los chicos se unieron a ellos y Takeo les contó las noticias. Todos se echaron a llorar, incluso Peter. Tami lloró con desconsuelo cuando se enteró de que no podían llevarse a *Lassie*.

—¿Qué harán con ella? —preguntó—. No la matarán, ¿verdad?

—Por supuesto que no. —Takeo le acarició los cabellos, sintiendo no poder proteger a su hija pequeña ni a ninguno de sus hijos—. Se la dejaremos a algún amigo, alguien que sepamos que la cuidará —dijo intentando calmarla.

—¿A Peter? —sugirió Tami, mirándolo esperanzada.

Peter le cogió la manita con ternura y se la besó.

—Yo también me iré pronto. Ingresaré en el ejército.

Entonces Tami se volvió hacia Hiroko, presa de un nuevo terror.

—¿Y mi casa de muñecas?

—La envolveremos con cuidado —prometió Hiroko—, y nos la llevaremos.

Takeo negó con la cabeza.

—Imposible. Sólo podemos llevarnos lo que seamos capaces de transportar nosotros mismos.

—¿No puedo llevarme mi muñeca? —preguntó Tami con desesperación, pero su padre asintió.

Las dos niñas lloraban al abandonar la habitación y Ken se

secaba las lágrimas, pero permanecía sereno y con expresión obstinada mientras escuchaba. Finalmente su padre lo miró, consciente de que le plantearía un nuevo problema.

—¿Qué pasa, Ken? —inquirió; el chico parecía a punto de estallar.

—Este país, si quieres saber lo que pienso, eso es lo que pasa. Puede que tú no seas ciudadano norteamericano, papá, pero yo sí. Yo nací aquí. Podrían llamarme a filas el año que viene. Podría morir por ellos, pero mientras tanto me envían a no sé dónde por mi origen japonés.

Durante toda su vida, Ken había sido leal a su país, había cantado el *Barras y estrellas*, había sido boy scout y había comido mazorcas de maíz y tarta de manzana el Cuatro de Julio, pero ahora decían que era «extranjero» y que tenían que evacuarlo como si fuera un criminal o un espía. Todos sus valores, creencias e ideales se estaban desmoronando.

—Lo sé, hijo. No es justo, pero es lo que quieren que hagamos, y no tenemos elección.

—¿Y si me niego a ir? —Otros lo habían hecho.

—Seguramente te meterían en prisión.

—Quizá lo prefiera —dijo él tozudamente.

Tak meneó la cabeza y Reiko lloró con más fuerza. Era terrible perder su hogar, pero no podría soportar perder a sus hijos.

—No queremos que eso ocurra, Ken. Queremos que vengas con nosotros.

—¿Nos mantendrán juntos, Tak? —preguntó su mujer, mirando a Ken con miedo cuando su hijo salió hecho una furia de la cocina.

Ken quería hablar con Peggy, pero lo mismo le estaba ocurriendo a su familia, como a todos ellos, y estaban tan confusos como él.

Tak miró a su mujer, incapaz de mentirle. Nunca lo había hecho y no iba a empezar ahora.

—Aún no estoy seguro. He oído muchos rumores. Quizá me separen de vosotros por ser ciudadano japonés, pero es sólo una suposición. Nadie me ha confirmado nada. Y todos tenemos el mismo número.

Más tarde, cuando Peter e Hiroko salieron, Reiko volvió a interrogarle.

—¿Y qué pasará con Hiroko?

—Tampoco lo sé. A sus ojos es una auténtica enemiga extranjera. Eso podría crearle dificultades. No lo sé, Rei. Tendremos que esperar y ver qué sucede. —Eran las palabras más duras que había tenido que pronunciar y se echó a llorar abrazado a Reiko. Se sentía como si hubiera fracasado miserablemente. Lo iban a perder todo y Dios sabía dónde pensaban enviarles. Quizá la verdad resultara peor que los rumores. Quizá los fusilaran. En todo caso, de momento tenían que hacer cuanto pudieran y mantener viva la fe en que seguirían juntos—. No sabes cuánto lo siento, Rei —repitió.

Ella le abrazó e intentó consolarlo, asegurándole que todo había sido imprevisible, que no era culpa suya, pero ella veía en su cara que no la creía.

Miró entonces por la ventana y vio a Peter e Hiroko.

—¿Crees que deberían casarse? —preguntó.

Takeo sacudió la cabeza. Lo había comentado con Peter esa misma mañana.

—Ahora no es posible. No pueden casarse en este estado y ella no puede viajar a otro. Tendrán que esperar a que él vuelva de la guerra, suponiendo que para entonces ella sea libre de moverse por donde quiera.

En el jardín, Peter le decía a Hiroko las mismas cosas. Quería que le prometiera que se casaría con él cuando volviera.

—No puedo prometértelo sin hablar con mi padre —respondió ella con pesar, mirándole con ansia, deseando que las cosas fueran diferentes, pero ya había fallado una vez a su padre al abandonar la facultad y no podía volver a fallarle casándose sin su permiso—. Quiero casarme contigo, Peter... quiero cuidar de ti.

Peter la atrajo a su regazo sobre el banco del jardín.

—Yo también quiero cuidarte para siempre. Desearía poder quedarme más tiempo. Quisiera estar contigo en Tanforan. Iré tan a menudo como me lo permitan.

Hiroko asintió, intentando asimilar todo lo ocurrido. Y aunque intentó mostrarse valiente ante Peter, éste comprobó que estaba muy asustada y que temblaba en sus brazos.

—Me siento muy triste por tío Tak y tía Reiko. Esto es muy duro para ellos.

—Lo sé. Haré todo lo que pueda —dijo Peter, aunque bien poco podía hacer. Había prometido guardar en su cuenta bancaria el poco dinero que ahorrara Tak, y se ofrecía a comprar todo lo que no pudiera vender a otros, pero no era fácil desmontar toda una vida en nueve días.

—Yo cuidaré de los niños cuando lleguemos allí —dijo Hiroko, pero Peter no pudo evitar preguntarse si Hiroko seguiría junto a sus primos, y sintió nuevamente la agonía de no poder protegerla—. Kenji está muy enfadado.

—Tiene derecho a estarlo. Lo que ha dicho es cierto. Es tan americano como yo. No tienen ningún derecho a tratarlo como a un enemigo.

—Lo que hacen está muy mal, ¿verdad? —dijo Hiroko, convencida de estar en lo cierto, aunque confundida por las amenazas de ataques japoneses que leía en los periódicos y que casi había llegado a creer. Era la justificación que empleaban para la reubicación de los japoneses, porque se ponía en duda su lealtad al país. Pero ¿cómo iban a ser leales a Japón, cuando la mayoría no tenía parientes allí ni lo habían visitado nunca? Era imposible explicarlo racionalmente, e Hiroko meneaba la cabeza mientras escuchaba—. Pobre tío Tak... —repitió—. Pobres todos ellos. —No pensaba en sí misma. Luego añadió de repente—: Tendré que dar todos mis quimonos. Son muy pesados para llevarlos, y quizá sea mejor que no me los ponga.

—Yo te los guardaré —dijo él—. Volveremos a estar juntos cuando todo esto termine, Hiroko. No importa lo que nos suceda hasta entonces. Recuérdalo siempre, no importa lo que nos suceda. ¿Lo recordarás?

Ella asintió, y él le dio un beso.

—Te esperaré, Peter —prometió Hiroko.

—Volveré —dijo él con convicción.

Entraron de nuevo en la casa con aire sombrío y desde ese momento no dejaron de mantenerse ocupados en diversas tareas.

Takeo dimitió de su puesto en la universidad y Peter se tomó una semana de permiso para ayudarles. Tak consiguió un buen precio por la casa en comparación con muchos de sus amigos. Le dieron más de mil dólares, cuando otros la habían vendido por un centenar o incluso menos, si tenían vecinos codiciosos. Mucha gente intentaba aprovecharse de la situación.

Sin embargo, sólo obtuvieron cincuenta dólares por el coche y cinco por un juego recién comprado de palos de golf. Los Tanaka pusieron a la venta en el jardín de su casa todas las cosas que no podían llevarse. Reiko lloró al vender su vestido de novia a una bonita joven por tres dólares. Hiroko embaló la casa de muñecas de Tami en una caja, con todos sus diminutos muebles y accesorios, y la marcó claramente con el nombre de Takeo para llevarla al almacén federal. Pocas cosas guardarían aparte de la casa de muñecas, tan sólo unas cajas con fotografías y varios recuerdos. El resto se vendió en el jardín por un total de tres mil dólares, lo que no era mucho si se tenía en cuenta que habían vendido todas sus pertenencias. El peor momento se produjo cuando llegó la secretaria de Tak en la universidad para llevarse a *Lassie*. Tami se abrazó a la perra llorando, negándose a dejarla marchar, y finalmente Hiroko tuvo que sujetar a la niña, que no dejó de lamentarse. La pobre mujer también lloró y *Lassie* aulló y ladró sacando la cabeza por la ventanilla del coche hasta llegar a la esquina. Fue un día terrible para todos, pues cada uno de ellos había perdido algo importante: Ken había vendido su colección de bates de béisbol firmados y todos sus uniformes de la liga infantil de béisbol; y Sally había vendido su cama con dosel. Por sugerencia de Hiroko habían vendido las camas y dormirían en *futones* hasta que se marcharan.

—Eso es horrible —gimió Sally, cuando se lo dijo su madre. Había tenido que renunciar a todo, incluso a su cama, y tendría que dormir en el suelo, como un perro.

—Lo harías si estuvieras en Japón —dijo su madre, sonriendo a Hiroko, pero sólo consiguió que Sally se pusiera aún más furiosa.

—¡Yo no soy japonesa! ¡Soy norteamericana! —gritó, y luego corrió hacia la casa y entró dando un portazo.

Eran momentos muy difíciles para todos, sobre todo para Tami, que seguía lamentándose por su perra y su casa de muñecas.

—Te haremos una nueva cuando lleguemos —le prometió Hiroko.

—Tú no sabes cómo se hace, y papá no querrá. —Sus padres estaban de un humor pésimo aquellos días, y sólo su prima jugaba con ella.

—Sí que lo hará. Él me enseñará a mí y tú y yo la construiremos juntas.

—De acuerdo. —Tami se animó un poco. Tenía nueve años.

Sally acababa de cumplir los quince, pero eso no había mejorado su carácter. La única noticia buena era que Peggy y su familia partían en dirección a Tanforan el mismo día que ellos.

La amiga de Sally, Kathy, había pasado lentamente con el coche por delante de la casa, acompañada de su hermano, y había echado un vistazo a la venta, pero sin detenerse ni saludar con la mano, y Sally había vuelto el rostro al verlos.

Sólo les quedaban dos días en la casa después de la subasta en el jardín, y aún faltaban muchas cosas por hacer. Los nuevos propietarios de la casa también habían comprado parte del mobiliario, afortunadamente. Hiroko trabajó día y noche con Reiko para hacer el equipaje y deshacerse de todo lo demás, dejándoselo a amigos o donándolo a la beneficencia. Lo más difícil fue decidir qué llevarían consigo, porque no sabían si necesitarían ropas de ciudad o para el campo, ni tampoco si habían de ser ligeras o de abrigo, y no querían cargar con lo que no les sirviera, ya que podían llevarse muy pocas cosas.

Terminaron cerca de las diez de la última noche. Peter seguía con ellos. Tak le tendió una cerveza y luego subió a ayudar a Reiko, mientras Peter e Hiroko se sentaban en los peldaños de la puerta principal. Era una hermosa noche de abril, y resultaba difícil creer que pudiera ocurrir nada malo.

—Gracias por tu ayuda, Peter. —Hiroko le sonrió y él se inclinó para besarla. Ella notó el sabor de la cerveza en sus labios, volvió a sonreír y lo besó a su vez.

—Trabajas demasiado —protestó él suavemente, atrayéndola

hacia sí. Reiko estaba tan trastornada que Hiroko se había ocupado de casi todo de manera infatigable.

—Tú has trabajado tanto como yo —replicó ella.

Era cierto. Tak había afirmado en más de una ocasión que no lo hubieran conseguido sin él. Peter había acarreado bultos, había repasado innumerables cajas con Tak, empaquetado, desconectado aparatos y movido muebles. Él se había ocupado de llevar las pocas cajas que pensaban guardar en el almacén del gobierno, y también se había llevado unas cuantas cosas, entre ellas los quimonos de Hiroko, a su casa para guardarlas con sus propias pertenencias cuando se marchara.

—Haremos una buena pareja, formamos un buen equipo y los dos trabajamos duro. —Peter sonrió. Le encantaba hablar del día en que se casaran y hacer que Hiroko se ruborizase. Le encantaba que Hiroko siguiera siendo anticuada en muchos aspectos—. ¿Cuántos hijos tendremos? —preguntó con malicia, y rió entre dientes al ver que ella se ruborizaba.

—Tantos como desees, Peter-san —respondió con un gesto muy japonés—. Mi madre quería tener muchos hijos varones, pero se puso muy enferma cuando nació mi hermano y casi se muere. Ella quería tenerlo en casa y mi padre quería que fuera al hospital. Mi padre es muy moderno, pero a mi madre le gustan las viejas tradiciones... como a mí —añadió con una tímida sonrisa.

—Como a nosotros —le corrigió él—. Quiero que te cuides mucho en Tanforan. Puede que las condiciones no sean demasiado buenas, pero ten cuidado, Hiroko. —A Peter le aterraba pensar lo que podrían hacerle, sobre todo si la separaban de los Tanaka.

—Seré prudente... y también tú... —Hiroko lo miró. Era él quien se iba a la guerra, no ella, pero todo parecía apacible en aquel cálido jardín. Ninguno de los dos era consciente de la poca tranquilidad de que iban a disfrutar a partir de entonces.

—¿Tendrás mucho cuidado? —insistió Peter, mirándola con infinita tristeza.

—Sí, te lo prometo.

Peter dejó la cerveza en el suelo y la miró a los ojos. Luego la abrazó con fuerza y la besó. A veces, cuando la besaba, sentía que sería muy fácil dejarse arrastrar por la pasión, pero por suerte no tenían más remedio que ser responsables.

—Será mejor que me vaya —dijo Peter, deseándola con avidez pero temiendo asustarla o hacerle daño.

—Te amo, Peter-san —le susurró ella, y él volvió a besarla—. Te amo tanto...

Peter no pudo contener un suave gemido mientras se abrazaban, y ella sonrió. Aquella intimidad era una parte de su vida futura que ni siquiera imaginaba, pero que también ella aguardaba con impaciencia.

—Yo también te amo, pequeña mía... Hasta mañana.

La dejó en la verja de entrada después de otro beso y agitó la mano desde el coche. Hiroko se dirigió lentamente hacia la casa, preguntándose por el futuro, pero el destino tiene sólo preguntas, nunca respuestas. Cuando llegaba a la puerta, oyó a alguien llamarla por su nombre. Se volvió sorprendida y vio a Anne Spencer. Al principio Hiroko no la reconoció, porque llevaba el pelo recogido en una coleta, vestía un viejo suéter y portaba una cesta.

—Hiroko —repitió Anne.

Por fin la reconoció. Hiroko se acercó a ella.

Nunca habían sido amigas, pero desde aquel día en que Anne fuera a despedirla y la contemplara luego desde la ventana, se había creado un delgado vínculo de respeto mutuo. Hiroko había comprendido que Anne no aprobaba el vandalismo de las otras chicas ni que la hubieran atormentado.

—¿Anne Spencer? —dijo Hiroko.

—Me he enterado de que os marcháis.

—¿Cómo te has enterado?

—Un amigo mío era alumno de tu primo en Standford —explicó—. Lo siento. —Era la segunda vez que pedía perdón a Hiroko por algo con lo que ella no tenía nada que ver personalmente—. ¿Sabes ya adónde vais?

—Al centro de reagrupamiento de Tanforan. Después no lo sabemos.

Anne asintió.

—Te he traído esto. —Le tendió la cesta. Estaba llena de buenos alimentos, como jamón y queso y latas de sopa y de carne. A Hiroko le sorprendió la generosidad de Anne.

—Gracias —dijo, cogiendo la cesta y mirándola, intentando averiguar por qué hacía aquello.

—Quiero que sepas que no creo que lo que hacen sea correcto. Creo que es terrible y lo siento. —En sus ojos brillaron las lágrimas.

Las dos mujeres se miraron durante un largo momento, hasta que Hiroko le hizo una profunda reverencia en señal de reconocimiento.

—Gracias, Anne-san.

—Que Dios os acompañe —susurró Anne, dio media vuelta y salió del jardín corriendo.

Hiroko oyó arrancar el motor de un coche y luego alejarse. Volvió despacio a la casa, pero esta vez con una cesta en las manos.

10

El día en que abandonaron la casa fue el más triste y jamás lo olvidarían.

El perro ya no estaba con ellos, ya no tenían coche y la casa estaba prácticamente vacía, con un aire fantasmagórico. Los nuevos propietarios iniciaban la mudanza esa misma tarde; Tak había dejado las llaves a un vecino. Desecharon la mayor parte de la comida, lo que les pareció un despilfarro, y el resto se lo dieron a Peter.

Pero lo más penoso fue dejar la casa en la que habían vivido durante casi dieciocho años. Reiko y Tak la habían comprado cuando ella estaba embarazada de Ken. Era la casa en la que habían crecido todos sus hijos, la casa que todos conocían y amaban, y donde habían sido felices. Reiko miró en derredor por última vez, pensando en los tiempos felices; Tak se acercó y le rodeó los hombros con el brazo.

—Volveremos, Rei —le prometió.

—Pero será la casa de otros —replicó ella, con lágrimas en los ojos.

—Compraremos otra casa. Te lo prometo.

—Lo sé —dijo ella, intentando ser valiente.

Al salir lentamente, cogida de la mano de su marido, Reiko dijo una corta plegaria para que pronto volvieran a casa, sanos y salvos, todos juntos.

Peter los llevó en su coche hasta el puesto de control con sus escasas pertenencias. Todos llevaban las etiquetas que les habían dado. Tami llevaba la suya en un botón del suéter, Sally en la muñeca, y Reiko, Tak y Ken en las chaquetas. La de Hiroko se la colocó Peter en el primer botón del suéter: 70917.

Hiroko llevaba la cesta de Anne Spencer sobre el regazo. El regalo había complacido a Reiko, y estaba convencida de que les sería útil, pero durante el trayecto ninguno de ellos pensó en la comida.

El viaje hasta el puesto de control fue breve y silencioso. Cuando doblaron la última esquina, apareció ante ellos el puesto de control sumido en un caos de una multitud con su equipaje y varios autobuses.

—Dios mío —exclamó Tak—. ¿Es que van a llevarse a todo Palo Alto?

—Desde luego lo parece —dijo Peter, esquivando los grupos de gente que cruzaban la calle en dirección al control. Todos llevaban maletas y cajas, sujetaban a los niños de la mano o guiaban a los ancianos. Una docena de autobuses los aguardaban.

Las autoridades habían negado a Peter el permiso para llevarlos hasta Tanforan. No se les permitía llegar en vehículo privado y tendrían que ir en autobús con los demás, pero Peter había prometido ir a Tanforan cuanto antes. Aparcó el coche con la intención de quedarse en el control tanto tiempo como le fuera posible.

—Qué follón —dijo Tak. Todos bajaron del coche apesadumbrados y se unieron a la multitud. Enseguida fueron conducidos hacia un grupo mayor, y al cabo de unos minutos comunicaron a Peter que debía dejarlos. Preguntó si podría encontrarse con ellos en algún sitio concreto de Tanforan, pero nadie parecía saberlo. Tak se despidió de él agitando la mano entre la multitud. Cuando Peter desapareció, Hiroko sintió pánico e intentó sosegarse. De repente todo era real. Los iban a encarcelar, o a reubicar o a evacuar, o como quiera que lo llamaran. Ya no era libre, Peter ya no estaba con ella y no podía acudir a él siempre que quisiera. ¿Y si no volvía a verlo nunca más? ¿Y si no podía encontrarlos? ¿Y si...? Como si percibiera el miedo de Hiroko y el de todos, Tami se echó a llorar y se aferró con fuerza a su muñeca, que también llevaba una etiqueta.

Tía Rei tenía una expresión lúgubre, Ken buscaba a su novia, Peggy, y Tak no dejaba de insistir en que se mantuvieran juntos. Al final les entregaron unos papeles, les ordenaron que metieran sus cosas en un autobús y los hicieron subir sin más explicaciones. Se pasaron una hora sentados, y chorreaban sudor cuando por fin los autobuses salieron hacia Tanforan casi al mediodía. Sólo tardaron media hora en llegar.

En Tanforan, la confusión era aún mayor. Había miles de personas; ancianos con grandes etiquetas, enfermos sentados en bancos, pilas de maletas, cajas de comida, niños llorando. Allá donde miraran veían personas y más personas. En una tienda preparaban comida, y no lejos de ella había una hilera de retretes al aire libre.

Hiroko pensó que no le sería fácil olvidar aquella experiencia. El día anterior había llovido y se hundieron en el fango hasta los tobillos mientras hacían cola en una larga fila; debía de haber allí unas seis mil personas.

—Peter no nos encontrará jamás —dijo Hiroko con tristeza.

—Tal vez no —dijo Tak, mirando alrededor con expresión horrorizada. Sus zapatos nuevos se habían estropeado con el fango, y Sally decía que tenía que ir al lavabo, pero que prefería morirse antes que utilizar aquellos retretes al aire libre. Hiroko y su madre le prometían taparla con una manta, pero ella seguía negándose. Sin embargo, tanto Hiroko como Reiko sabían que tarde o temprano tendrían que usarlos.

Hicieron cola durante tres horas, y la cesta de comida de Anne les fue muy útil, porque no podían abandonar la cola de admisión para incorporarse a la de comida. Tami lloraba sin cesar mientras permanecían hundidos en el lodo hasta que se sentaron en sus maletas de puro agotamiento.

Cuando finalmente les llegó el turno, les examinaron la garganta, las manos y los brazos, lo que extrañó incluso a Reiko. Después se sobresaltaron al ver que iban a ponerles vacunas; seguramente no eran ni siquiera enfermeras, sino civiles que se habían ofrecido a ayudar. Reiko se fijó también en que las personas que trabajaban en el tenderete de la comida también parecían voluntarios y que vestían diversos atuendos: trajes marrones y chaquetas azules, y sombreritos con bonitas plumas. Preguntó si había enfermería y alguien señaló con la mano hacia un punto distante y le dijo que sí.

—Quizá necesiten ayuda —dijo Reiko en voz baja a Tak, pero quién sabía cuánto tiempo permanecerían allí. Tuvieron que incorporarse a una nueva cola con los brazos doloridos por las inyecciones. La pobre Tami estaba tan cansada que tenía ganas de vomitar, pero Hiroko le acarició la cabeza y le contó un cuento sobre un duende del bosque y una pequeña hada, y después de un rato Tami dejó de llorar.

Ken también se sintió mejor al divisar a su novia, lo que constituyó un milagro en medio de toda aquella gente, pero eran ya las cuatro de la tarde y Peter no había aparecido. Tampoco les habían asignado aún alojamiento.

Siguieron en la cola durante horas, y aunque vieron gente en la cola para cenar, no les permitieron abandonar la suya. Finalmente les asignaron el número 22P y les indicaron dónde buscarlo. Con las maletas a cuestas se encaminaron en la dirección indicada. Aún no les habían dicho cuánto tiempo iban a quedarse allí ni a dónde los llevarían después. Las largas hileras de casetas los confundieron y estuvieron dando vueltas durante un rato hasta que por fin Ken encontró su número. Era un establo, que en otro tiempo había albergado a un purasangre. Apenas bastaba para un caballo, y mucho menos para una familia de seis miembros. Sólo tenía media puerta, y cuando se asomaron al interior vieron que lo habían encalado, pero no limpiado, y estaba lleno de estiércol, porquería y paja. El hedor era insoportable.

Aquello fue demasiado para Reiko. Se dobló sobre la cintura y vomitó lo poco que había comido desde la mañana.

—Oh, Dios mío, Tak —dijo—. No puedo más.

—Sí que puedes, Rei, tienes que poder —le dijo él en voz baja. Los niños los miraban fijamente—. Tú siéntate con las niñas. Hiroko irá por un poco de agua, y Ken y yo buscaremos un par de palas y lo limpiaremos. Quizá las niñas y tú deberíais hacer cola para que os den comida.

Sin embargo, Reiko no deseaba hacer una nueva cola, y los niños tampoco tenían hambre, de modo que se sentaron sobre sus maletas y comieron de la cesta de Anne.

Reiko estaba pálida aún, pero se sentía mejor. Se sentaron a cierta distancia del establo. Hiroko había encontrado grandes sacos de arpillera y ella y Sally los llenaban de paja para utilizarlos como colchones una vez se hubiera limpiado el establo, pero Tak y Ken no hallaron nada mejor que dos viejas latas de café, y sacaban el estiércol trabajosamente cuando llegó Peter, con aspecto sudoroso y despeinado. Para Hiroko fue como una visión, corrió hacia él y lo rodeó con los brazos, incapaz de creer que los hubiera encontrado.

—He estado en el edificio de la administración desde el mediodía —explicó él con tono fatigado—. Prácticamente he tenido que vender mi alma para entrar aquí. Al parecer no entienden que alguien quiera hacer una visita. Han hecho cuanto han podido para impedírmelo. —Besó a Hiroko con suavidad, aliviado de haberlos encontrado al fin. Mirando por encima del hombro de Hiroko, vio lo que estaban haciendo Tak y Ken—. Eso parece divertido —bromeó.

Tak alzó la vista y sonrió; no había perdido el sentido del humor, y ver a Peter había obrado maravillas en todos ellos, pues no se sentían ya tan abandonados.

—No lo desprecies hasta que lo hayas probado.

—Trato hecho —dijo Peter, dejando caer la chaqueta sobre el montón de paja que usaba Hiroko para llenar los sacos. Se arremangó y, sacrificando sus zapatos favoritos, empezó a ayudar a Ken y Tak. Al cabo de unos minutos estaba tan sucio como ellos. El establo no parecía haberse limpiado en años, lo que era muy probable.

—No es de extrañar que el caballo se largara —gruñó Peter vaciando fuera la lata de estiércol una vez más—. Este sitio es apestoso.

—Bonito, ¿eh? —dijo Tak.

Ken permaneció callado. Detestaba estar allí, detestaba lo que significaba y lo que les habían hecho. En aquel momento hubiera dado cualquier cosa por ajustarle las cuentas al responsable de aquel calvario.

—Ojalá pudiera decir que he visto sitios peores —dijo Peter sarcásticamente—, pero la verdad es que no lo creo.

—Espera a llegar a Europa con el Tío Sam. Seguramente te pondrán a trabajar en cosas parecidas.

—Al menos ya tendré práctica.

Anocheció. Reiko y las niñas dormían en los colchones de paja, y los tres hombres seguían trabajando. Hiroko fue en busca de té y se ofreció a ayudarles, pero rehusaron. Era una tarea demasiado repugnante para una mujer.

—¿Tienes que irte a una hora concreta? —preguntó Tak a Peter mientras se tomaban un descanso.

Éste se encogió de hombros y sonrió a Hiroko.

—No me han dicho nada. Supongo que me quedaré hasta que me echen.

Minutos después volvían al trabajo. Terminaron a las dos de la madrugada. Ken le pasó la manguera al establo y Peter les ayudó a frotar las paredes. En lugar de estiércol quedaba fango, que también limpiaron con la manguera.

—Quizá tengáis que dejarlo secar durante un par de días —comentó Peter—. Espero que no vuelva a llover.

De momento, lo único que podían hacer era utilizar los sacos de paja que había preparado Hiroko. Ken se sentó sobre uno de ellos, exhausto, y Takeo junto a él. Peter se sentó en el que ocupaba Hiroko, que había esperado despierta para poder estar con Peter.

—No parece un lugar demasiado agradable —comentó Peter en voz baja. Le dolía todo el cuerpo.

—Es horrible —convino Hiroko. No había imaginado que tuvieran que quedarse en un sitio así, y mucho menos que tuvieran que limpiar el estiércol de un establo—. Gracias por todo lo que has hecho. Pobre tío Tak —susurró.

Tak parecía agotado.

—Siento que tengáis que estar aquí.

—*Shikata ga nai* —dijo ella, y Peter alzó una ceja—. Significa que no puede evitarse. Sencillamente ha de ser así.

—Odio dejarte aquí, pequeña mía. —La rodeó con un brazo y la estrechó contra sí—. Ojalá pudiera llevarte conmigo. —Sonrió y la besó suavemente.

—También desearía que me llevaras contigo —dijo ella con

pesar, y se dio cuenta de lo que tenían, de lo que quizá tuvieran algún día. Había perdido su libertad y, de repente, cada momento con Peter tenía un valor incalculable.

Se preguntó si se habría equivocado al decirle que no quería casarse sin el permiso de su padre. Quizá deberían haberse ido a otro estado y casarse. En cualquier caso, ya no tenía remedio, pero Hiroko no dejó de pensar en ello cuando Peter fue a lavarse y a utilizar las letrinas abiertas con Tak y Ken. No podía verlos desde donde estaba, pero sabía que habían ido allí. Ella misma y tía Rei y las niñas las habían utilizado antes, tapándose con mantas por turnos.

Los hombres volvieron unos minutos después. Peter le dijo que debería dormir y que volvería al día siguiente por la tarde, ya que sólo tenía clases por la mañana, pero no conseguía alejarse de su lado, ni ella lo deseaba. No se marchó hasta media hora después, y ella lo contempló como si se marchase su único amigo en el mundo. Su primo la observaba.

—Duerme un poco —le dijo Takeo, tendiéndole una manta y lamentando que Hiroko hubiese ido a Estados Unidos en aquel momento tan difícil. Para ella y para Peter era demasiado tarde; se amaban en un mundo hostil que nada haría por ayudarlos, antes bien, todo lo contrario.

Hiroko se arrebujó con un abrigo y una delgada manta sobre su saco de paja, pensando en Peter y preguntándose qué podían esperar del futuro.

11

Despertaron con el sol y el sonido de bugles[1] y fueron a hacer cola a uno de los comedores del campo para desayunar. Tuvieron que enseñar sus tarjetas de identificación con códigos de diferentes colores y comer por turnos un desayuno muy poco atrayente. Consistía en gachas poco consistentes, fruta, huevos y bollos rancios. Se limitaron a comer cereales y después fueron a pasear y contemplar a la gente que hacía lo mismo que ellos la noche anterior: limpiar estiércol, sentarse sobre las maletas, llenar sacos con paja y dar vueltas por el campo en busca de algún conocido. Encontraron a un par de profesores que conocían a Tak y una amiga de Reiko. Ken descrubrió con alivio que Peggy se hallaba justo al doblar la esquina. También Sally encontró a dos amigas de su escuela y se mostró encantada. La pequeña Tami hablaba con todo el mundo e hizo amigos entre los demás niños.

En todas partes se respiraba una atmósfera de resignación, de intentar arreglárselas lo mejor posible. Una mujer de la siguiente hilera de casetas había decidido tener un huerto y estaba plantando semillas.

—Espero que no estemos aquí tanto tiempo —comentó Reiko con nerviosismo. Seguían sin saber nada de su futuro, pero Reiko no quería pensar en echar raíces en semejante sitio; sólo era cuestión de supervivencia.

---

1. Instrumento de viento formado por un tubo cónico enrollado de diferentes formas y con un número variable de pistones. (*N. de la T.*)

Por la tarde Reiko fue a visitar la enfermería, un lugar bastante sórdido y ocupado por varios afectados de malestares estomacales y disentería. Dos de las enfermeras le advirtieron que tuvieran cuidado con la comida y con el agua, y Reiko se lo transmitió a los demás a su vuelta. A la mañana siguiente había prometido ayudar en la enfermería.

Esa tarde el establo estaba casi seco. Hiroko y Ken echaron paja en el suelo y luego metieron los colchones y maletas. Estaba limpio, pero seguía oliendo a caballo.

Peter llegó justo cuando acababan de meter sus pertenencias en el establo, y el rostro de Hiroko se iluminó como un rayo de sol. Peter comunicó a Tak las noticias de la universidad. Les había llevado barras de chocolate, fruta y galletas. No sabía qué le dejarían pasar los guardianes y no quería que los molestaran por su culpa. Tami se abalanzó sobre el chocolate y Sally cogió una manzana.

Peter se sentó un rato con ellos y luego se quedó a solas en el establo con Hiroko, mientras los demás iban a hacer cola para cenar. Hiroko insistió en que no tenía hambre y que se conformaba con el chocolate y las galletas. Mientras charlaban, Peter seguía asombrándose de que en todo el estado se hubieran abierto centros como aquél para familias japonesas, obligadas a alojarse en establos donde apenas cabía un caballo.

—¿Ha ido todo bien? —preguntó. Takeo parecía muy cansado, pero Reiko estaba algo más animada que el día anterior, y los chicos también parecían haberse adaptado a la situación. Tami ya no lloraba tanto, Sally estaba contenta de haber encontrado una amiga, y Ken no parecía tan resentido.

—Estamos bien —contestó ella.

Peter le cogió la mano y se la apretó. Se sentía extraño sin ellos. Había pasado junto a su antigua casa y se había sobresaltado al ver allí a niños que no conocía. Peter se alejó rápidamente, diciéndose que para él eran intrusos.

—No sé qué hacer sin ti —dijo, mirando los ojos en los que hallaba tanto consuelo—. Ojalá pudiera quedarme contigo; éste es el único sitio donde quiero estar ahora.

Hiroko se alegró al oírlo, pero en cierto sentido no era justo para él; no era su sitio, y sólo conseguiría prolongar la agonía para todos. Aún le faltaban siete semanas para incorporarse a filas, y ella no tenía valor para decirle que dejara de visitarla. Sencillamente, no podía.

—Estoy contenta —dijo Hiroko.

Necesitaba a Peter. Se había pasado el día esperando su llegada, viviendo para aquellos preciosos momentos en su compañía. Le contó lo que habían visto al pasear por el campo, incluso lo de la mujer que quería plantar un pequeño huerto.

—No es fácil doblegar a esta gente, gracias a Dios —dijo él, contemplando a los que trabajaban cerca, limpiando, organizando, encalando.

Había hombres jugando a las cartas o al *go*, un juego japonés parecido a las damas, unas cuantas ancianas charlaban y hacían punto, y los niños correteaban por todas partes. Pese a las difíciles circunstancias, reinaba una atmósfera de esperanza y de camaradería que incluso Peter había notado. Se oían pocas quejas y bastantes risas aquí y allá. Sólo los hombres mayores parecían tristes por no haber podido proteger a sus familias de aquello, mientras que los jóvenes como Kenji estaban enfurecidos.

Hiroko sonrió al mirar a Peter. Él y sus primos se habían convertido en lo más importante de su vida desde que perdiera el contacto con sus padres. Los echaba mucho de menos, pero sabía que la separación habría de mantenerse mientras durara la guerra. Ni siquiera estaba segura de que pudiera mantenerse en contacto con Peter cuando éste se fuera, pero esperaba que le dejaran recibir sus cartas.

—Eres una mujer extraordinaria —dijo Peter en voz baja. Le encantaba contemplarla, siempre ajetreada, siempre haciéndose cargo de las cosas y hablando muy poco, y le encantaba verla con Tami.

—Sólo soy una chica tonta —repuso ella, sonriendo y pensando que entre su propia gente pertenecía a un grupo de segunda categoría, aunque su padre le hubiera enseñado que era capaz de cualquier cosa, que un día tal vez realizara algo importante.

—Eres mucho más que una chica tonta —dijo Peter, inclinándose para besarla.

Una anciana pasó junto a ellos llevando un niño de la mano y volvió el rostro con disgusto. Al fin y al cabo, era un hombre blanco.

—¿Quieres dar un paseo? —preguntó Peter.

Hiroko asintió.

En la parte posterior de los establos se hallaba el terreno donde antes se ejercitaban los caballos, rodeados por cercas y alambres de espino. En la verja de entrada había un cuerpo de guardia, pero por una vez no había nadie que los molestara y pudieron pasear por la alta hierba y charlar sobre el pasado y el futuro. El presente parecía suspendido en el aire, pero veían un futuro lejano, juntos. Mientras caminaban, los pensamientos de Hiroko volaron hacia los lugares de su patria, hacia Kioto, con sus padres, y hacia las montañas, cuando visitaban a sus abuelos paternos, un bonito sitio que recordó con un sentimiento de consuelo mientras paseaba en silencio de la mano de Peter. Cuando llegaron al límite más lejano del campo se detuvieron y, sin pronunciar palabra, se abrazaron. Un día no habría límites para ellos, ni se verían obligados a detenerse.

—Ojalá pudiera sacarte de aquí en volandas, Hiroko —dijo él—. No me había dado cuenta de lo afortunados que éramos antes. Ojalá... —La miró y ella adivinó sus pensamientos—. Ojalá te hubiera llevado lejos y me hubiera casado contigo cuando aún podíamos hacerlo.

—Igualmente estaría aquí ahora —dijo ella con sensatez—, e igualmente te impedirían quedarte. Habríamos tenido que irnos muy lejos para evitarlo.

Peter sabía que era cierto. Además, ninguno de los dos había imaginado el precio que tendría que pagar por quedarse. Todos habían creído que las cosas mejorarían y habían perdido la oportunidad de escapar. Ahora sólo les quedaba intentar superarlo y seguir adelante.

—Un día todo esto no será más que un recuerdo, Hiroko. Nos casaremos —añadió—, y tendremos muchos hijos.

—¿Cuántos? —preguntó ella. Le gustaba seguirle el juego, aunque aún sentía un gran pudor al hablar de hijos.

—Seis o siete. —Peter sonrió y la estrechó para volver a besarla con pasión.

Se hallaban a la sombra de un pequeño cobertizo bajo el ocaso. Peter notaba el cuerpo de Hiroko contra el suyo y deseó poseerla mientras le besaba los labios, los ojos y la garganta y sus manos se deslizaban por su pecho. Por fin Hiroko se apartó con suavidad. Apenas podía respirar por la excitación.

—Oh, Dios mío, Hiroko, te deseo tanto... —dijo Peter, más excitado aún. Sufría queriendo ayudarla y sabiendo que nada podía hacer.

Iniciaron el regreso lentamente, y antes de llegar a los establos él se detuvo y volvió a abrazarla. Notaba la suave respiración de Hiroko y sus estrechas caderas apretadas contra él. Últimamente se acercaban cada vez más a la llama de la pasión. Había algo excitante en su situación y ninguno de ellos podía resistirse.

—Deberíamos volver —dijo ella al fin, notando partes del cuerpo de Peter de las que hasta entonces no había sido consciente, pero sus ojos estaban llenos de amor y confianza, no de miedo ni de recelo. Su deseo no era menor que el de Peter.

Volvieron con los demás cogidos de la mano y sin una palabra. Reiko y Tak notaron algo diferente en su prima. Parecía más madura, más femenina y segura cuando estaba con Peter. Era como si ya le perteneciera y no le importara quién pudiera saberlo. Llevaba siempre el anillo de plata con los dos corazones que él le había regalado por Navidad.

—¿Qué tal la cena? —preguntó, y todos esbozaron expresiones despectivas, menos Tami, porque a ella le gustaba la Jell-O[1] verde que les habían dado de postre. Hiroko contó la primera vez que había visto Jell-O en casa de sus primos. La había tanteado con el tenedor sin saber qué era ni cómo comerlo mientras la gelatina temblaba ominosamente. Tami se la comía con nata por encima, lo que a ojos de Hiroko no hacía más que empeorarlo.

Todos rieron con la anécdota, y luego Tak contó otras sobre sus primeras y divertidas experiencias a su llegada a Estados Unidos. Reiko habló después de lo extraña que se había sentido en Japón cuando sus padres la enviaron a un colegio de allí. Mientras

---

1. Marca de una gelatina de postre muy popular en Estados Unidos. (*N. de la T.*)

charlaban se oía cantar a alguien en un establo cercano. El sol se ponía sobre ellos como una bendición.

Peter se quedó hasta tarde. Reiko y las niñas se acostaron y Ken fue a ver a su novia. Mientras, Peter y Tak charlaban sentados en cajas de madera junto al establo. Hiroko iba a verlos de vez en cuando por si necesitaban algo. Llevó a Tak su paquete de cigarrillos y les ofreció los restos de la cesta de Anne. Luego los dejó charlando y volvió con Reiko.

—Debería haberme casado con ella hace meses —dijo Peter con pesar al verla entrar en el establo como un ángel.

—Ese día llegará —dijo Tak. Estaba seguro de ello y no ponía la menor objeción. Creía que tenían derecho a ser felices. En esencia, estaban ya casados, en cuerpo y en espíritu. El resto vendría después—. Tú cuídate cuando te manden a combatir. ¿Crees que te enviarán al Pacífico?

—Podría ser. He de presentarme en Ford Ord, pero presiento que me enviarán a Europa. Allí hay mucho que hacer, y preferiría no tener que luchar contra los japoneses. No quiero tener que disculparme después delante de su padre.

—Es un gran tipo —dijo Takeo sonriente—, un auténtico carácter. Siempre ha estado en la vanguardia, tanto por sus ideas como por sus enseñanzas. Me sorprende que no haya venido nunca aquí. Supongo que no podía permitírselo. Su mujer es una joven muy dulce y tradicional. Hiroko se parece mucho a ella.

—Sin embargo, Hiroko había cambiado mucho en los últimos meses, todos lo habían notado. Se había vuelto más osada y estaba menos atada a las tradiciones. El incidente en St. Andrew's había servido para fortalecerla, y desde entonces parecía más independiente. La relación con Peter, además, le había hecho madurar—. Estoy seguro de que los conocerás algún día —dijo Takeo con aire pensativo—. Si sobreviven a la guerra. Espero que sí. Su hermano es de la edad de Ken, creo que tiene un año más. —Tak también estaba preocupado por Ken, que tan enfurecido y desilusionado se sentía con su propio país. Había trabado relación con un grupo de chavales de parecida opinión. Creían que el país los había traicionado y que al internarlos en campos violaban la Constitución.

—Tal vez se haga abogado —dijo Peter para animarle, y Tak sonrió.

—Eso espero.

A medianoche, Peter se levantó para desperezarse. Era incómodo sentarse en una caja de madera. Caminó de puntillas hasta el establo para despedirse de Hiroko, pero cuando llamó y luego asomó la cabeza, vio que se había dormido profundamente sobre uno de sus improvisados colchones, cubierta con una manta. Tenía un aspecto tan beatífico que se quedó contemplándola durante largo rato. Luego retrocedió sigilosamente hasta donde se hallaba Takeo.

—Volveré mañana después de las clases —dijo al marcharse.

Volvía todas las tardes, y pasaba todo el día con ellos los fines de semana. No tenía otra vida. Incluso llevó algunos de los exámenes de sus alumnos y Tak le ayudó a corregirlos. Era la única distracción que tenía su antiguo jefe desde que estaba allí, y la agradecía. A Peter le daba más tiempo para pasarlo con Hiroko.

Reiko trabajaba diariamente en la enfermería. Llevaban dos semanas en el campo y habían llegado varios miles más de evacuados. El campo albergaba ya a más de ocho mil personas, y cada vez era más difícil encontrar un momento de soledad, un lugar para pasear al que no hubieran llegado docenas de personas, o donde sentarse sin tener que escuchar conversaciones ajenas.

Hiroko y Peter hallaban tranquilidad alejándose por los campos, en la alta hierba, y a nadie parecía importarle. Para Hiroko era un buen ejercicio, pero sobre todo era su paz de espíritu. Y después de caminar se sentaban en la hierba junto a la cerca y desaparecían de la vista de posibles curiosos. Se ocultaban como niños, charlando y riendo. Era casi un juego. A Peter le sorprendía que los guardianes no les vigilaran, pero se alegraba porque era maravilloso no ser observado por miles de ojos.

Tumbado de lado, charlaba con Hiroko, a veces durante horas, y se oían los grillos cercanos y los rodeaban las flores silvestres. Contemplando el cielo, podían imaginar durante un rato que eran libres.

—¿Con qué sueñas, Peter-san? —le preguntó Hiroko un día, mientras contemplaban el paso de las nubes un domingo de mediados de mayo.

—Contigo —respondió él—. ¿Y con qué sueñas tú, amor mío, aparte de mí, claro? —bromeó.

Hiroko rió.

—A veces con Kioto... con los lugares que frecuentaba de pequeña. Un día quiero llevarte a mi país y enseñarte todos esos sitios.

—¿Podrías ser feliz viviendo aquí? En este país, quiero decir —inquirió Peter. Era una pregunta que no le había formulado hasta entonces. Pensaba que tal vez no pudiera con todo lo que estaba pasando, pero ella asintió con expresión meditabunda. Hiroko había pensado en ello antes. Quería volver con sus padres, pero también quería estar con él, fuera donde fuera.

—Podría —contestó con cautela—, si me lo permiten. Será difícil vivir aquí después de la guerra —dijo, pensando en St. Andrew's y en las estudiantes.

—Podríamos irnos al Este. El año pasado me ofrecieron dar clases en Harvard, pero no quise dejar a Tak. —Sonrió al contemplar a Hiroko, que estaba tumbada junto a él y parecía una pequeña mariposa descansando sobre la hierba—. Me alegro de no haberme ido.

—Tal vez tenía que ser así, Peter. Tal vez estábamos destinados a unirnos. —Parecía un poco tonto al expresarlo en voz alta, pero Hiroko lo creía.

Peter la besó. Acarició suavemente su rostro, luego su cuello, y lentamente hizo algo que hasta entonces no se había atrevido, pero nadie los veía y ella estaba tan cerca que no pudo resistirse. Tenían tan poca esperanza, tan poco tiempo, tan poco futuro que sintió deseos de aferrarse al presente y no soltarlo. Poco a poco le desabrochó el vestido, que era de seda color lavanda y tenía unos botones diminutos de arriba abajo; le recordaba los quimonos que antes llevaba. Sólo pretendía desabrochar unos pocos, pero no podía parar mientras la besaba y ella se estrechaba contra él, y de repente se dio cuenta de que la había desnudado casi por completo. Hiroko llevaba unas bragas de raso tono melocotón, que, como el vestido, se deslizaron fácilmente. De pronto Hiroko yacía desnuda en toda su exquisitez y Peter se dio cuenta con asombro de que no le había detenido; en realidad ni siquiera lo había pensado. Entonces notó que sus pequeños dedos le desabrochaban la camisa, y luego los sintió sobre el torso y gimió sin dejar de besarla y la apretó contra él. Sabía que debía parar, quería hacerlo, se prometió a sí mismo que lo haría, pero no lo consiguió, y ella no hizo nada por apartarlo, porque quería ser suya. Lo era en todos los demás sentidos y quería serlo también en ése, bajo el cielo primaveral. Era un momento que les pertenecía, y ninguno de los dos podía eludirlo. Peter soltó la larga melena negra de Hiroko y se colocó encima de ella. Hiroko no emitió ningún sonido cuando la penetró, y sintió que su alma volaba al cielo junto con la suya. Tuvieron la impresión de estar suspendidos en el espacio durante horas, mientras él la amaba con los labios, las manos, el cuerpo, y ella le correspondía. Toda una eternidad pasó antes de que por fin Peter se tumbara de espaldas silenciosamente, abrazándola, preguntándose si estaban locos o eran las únicas personas cuerdas de todo el planeta. Su única certeza era su amor por ella.

—Te amo —susurró. En alguna parte cantaba un pájaro. Hiroko le sonrió. Ahora era plenamente una mujer—. Oh, cariño... dijo, y la acunó como una niña en sus brazos, temiendo que ella se arrepintiera. La miró, pero no halló reproche en sus ojos, sólo amor.

—Ahora soy tuya —musitó ella.

Peter ni siquiera había pensado qué pasaría si quedaba embarazada, sabía que ella era virgen, pero no habían previsto que llegarían a hacer el amor.

—¿Estás enfadada conmigo? —preguntó Peter—. Lo siento mucho —aseguró, pero en realidad sólo lo sentiría si se arrepentía ella.

—No, amor mío. —Hiroko le sonrió beatíficamente y le besó en los labios—. Soy muy feliz. No había otro camino —dijo—, pero en el fondo de nuestro corazón sabemos que estamos casados.

Peter no sabía qué podía hacer por ella, preocupado por su

próxima partida. Pero mientras charlaban y él le abotonaba el vestido lentamente, le propuso que hiciera averiguaciones, pues estaba seguro de que alguien de allí podría ayudarles para casarse.

—Ellos no lo admitirán —dijo ella, consciente de que su vida había pasado a depender de las autoridades.

—Lo admitiremos nosotros —dijo él solemnemente—. Eso es lo que importa. —Ayudó a Hiroko a levantarse después de volver a besarla.

A ella le preocupaba que se notara su indiscreción, pero, pese a ser su primera vez, tenía un aspecto inmaculado cuando regresaron paseando. Se detuvieron varias veces para volver a besarse. Peter no se había sentido tan feliz en toda su vida.

Takeo los esperaba después de haber acabado las correcciones de los exámenes. Parecía de buen talante y quería hablar con Peter, que se sentó junto a él. Hiroko se marchó un momento y cuando regresó tenía un aspecto fresco y le brillaba la cara. Sus ojos se encontraron con los de Peter brevemente por encima de la cabeza de Tak, y ambos sintieron un fogonazo de excitación.

A partir de entonces cada día se dirigían a las lindes del campo y exploraban los misterios de sus cuerpos. Su sed era insaciable y su amor, infinito, pero además Hiroko ideó un plan. A la semana siguiente encontró lo que buscaba. Había oído hablar casualmente a Reiko de aquel hombre en la enfermería, y fue a verle en cuanto dispuso de un momento libre.

Él le explicó que no significaría nada salvo a los ojos de Dios, y ella le aseguró que era eso lo que deseaban, que el resto tendría que esperar. El anciano sacerdote budista no mostró sorpresa alguna cuando Hiroko llegó acompañada de Peter a la tarde siguiente. Ofició la ceremonia y los casó, sosteniendo su rosario en una mano y entonando las mismas palabras que veinte años atrás unieran a los padres de Hiroko, y también a Takeo y Reiko. Fue breve. El sacerdote los declaró marido y mujer ante Dios y ante los hombres, y cuando concluyó, les hizo una profunda reverencia y les deseó muchos hijos.

Hiroko también le hizo una reverencia y le dio las gracias, y Peter la imitó, consternado al reparar en que no podían darle dinero ni regalo alguno que lo comprometiera. Peter pidió a Hiroko que se lo explicara en japonés, dado que el sacerdote no hablaba inglés, y él dijo comprenderlo y que no deseaba nada más que su bendición.

Se inclinaron de nuevo y él los bendijo una vez más. Peter sorprendió entonces a Hiroko sacando un anillo de oro para ella. Era tan delgado que apenas se veía, y le sentaba perfectamente.

—Un día lo haremos oficial —dijo con convicción.

—Ya lo es —dijo ella, haciéndole una reverencia y pronunciando en japonés las palabras con que le aseguraba que le honraría por siempre jamás.

Dieron las gracias al anciano sacerdote y le pidieron que guardara el secreto. Él lo prometió con una sonrisa. Cuando se fueron, Peter sonreía de oreja a oreja e Hiroko iba a su lado sintiéndose parte suya. A ambos les parecía increíble que nadie se diera cuenta.

—Espera un momento —dijo él cuando caminaban a paso rápido junto a una hilera de establos—. He olvidado algo.

—¿Qué? —preguntó Hiroko.

Sin decir nada más, Peter la abrazó y la besó a la vista de todos, y ella oyó las risas de los niños.

—Tenía que besar a la novia para hacerlo oficial —explicó, y ella se echó a reír.

Siguieron caminando, e incluso los adultos les sonreían. Eran jóvenes y estaban enamorados, y aunque él no era japonés, todos veían que era muy apuesto y que juntos parecían muy felices.

Pese a su juvenil alegría, fue un momento muy solemne para ambos y aquella noche hablaron seriamente sobre lo que significaba para su futuro. En lo que a ellos concernía, estaban casados. Hiroko acarició su anillo de boda varias veces. Se había puesto el anillo de plata encima para que no se notara.

Sus largos paseos y el amor furtivo siguieron produciéndose cada día. Era muy fácil y nadie parecía sospecharlo, ni siquiera los primos de Hiroko. Lo único que preocupaba a Peter era que Hiroko se quedara encinta, pero la pasión acababa arrastrándolos, pese a sus buenas intenciones.

—Deberíamos tener más cuidado —comentó un día.

—No me importa —dijo ella, pero de pronto bajó los ojos y

se mostró tímida por primera vez en mucho tiempo—. Deseo un hijo tuyo —susurró.

—Ya, pero no aquí, cariño —repuso él—. Más adelante.

Sin embargo, pronto olvidaba sus reparos y, tumbado en la hierba junto a ella, sólo le preocupaba saciar el inmenso deseo de ella.

—Soy peor que un chiquillo —comentó entre risas cuando volvían al establo.

Aquél era el momento del día en que se evadían de la realidad y de los terribles rumores sobre lo que se avecinaba. Peter se iría al cabo de tres semanas y en el campo se rumoreaba sobre el lugar al que los enviarían, sobre quién iría adónde y si en ese ignoto lugar estarían a salvo.

Una semana después de su pequeña ceremonia detuvieron a Peter en la verja y le pidieron que fuera al edificio de la administración. Peter temió que el sacerdote budista se hubiese ido de la lengua. Intentó mantener la calma cuando entró en el edificio y preguntó qué ocurría. Querían saber por qué visitaba el campo tan a menudo, con quién tenía tratos y por qué. Querían conocer sus convicciones políticas y pidieron que les mostrara algún tipo de identificación.

Peter les enseñó su identificación de la universidad, que acreditaba su condición de profesor. Explicó que Takeo Tanaka había trabajado con él, primero como jefe y luego como ayudante, y también que pronto tendría que incorporarse a filas y que era importante que completaran el programa juntos. Afirmó que necesitaba la ayuda de Tanaka para terminarlo todo a satisfacción de la universidad antes de irse. Pero por buena que fuera su historia, lo retuvieron durante tres horas para que les explicara el programa del que hablaba. Les había impresionado que fuera profesor de Standford, naturalmente, pero recelaron de que enseñara ciencias políticas. Al final, lo único que le salvó, en opinión de Peter, fue que al cabo de dos semanas ingresaría en el ejército. Fuera cual fuera la amenaza o molestia que supusiera su presencia en el campo, no duraría mucho.

Antes de abandonar el edificio, intentó averiguar dónde enviarían a Hiroko y sus primos. El hombre con el que había hablado afirmó que no tenía la menor idea, que se estaban levantando una docena de campos en los estados del Oeste, pero que aún no estaban listos. Los evacuados seguirían allí durante un tiempo.

—No sienta pena por ellos —le dijo el teniente—. No son más que un montón de *japos*. Puede que su amigo sea un tipo listo, pero, créame, la mayoría no lo son. La mitad de ellos ni siquiera saben hablar inglés.

Peter asintió, pero dijo que según tenía entendido la mayoría eran norteamericanos.

—Si se les puede llamar así. Siempre están con esa basura de los *issei* y *nisei*, y quién ha nacido dónde, pero lo cierto es que todos son *japos*, y no se puede uno fiar de que sean leales a este país. Cuidado con ellos —le advirtió—. Con su amigo también. Supongo que estará contento de irse al ejército —sonrió, sin saber lo equivocado que estaba.

Peter sintió alivio cuando por fin le permitieron marcharse y reunirse con los Tanaka e Hiroko, que habían estado preocupados por él toda la tarde. Mientras les contaba lo sucedido, vio miedo en los ojos de Hiroko y sacudió la cabeza imperceptiblemente para tranquilizarla. Los guardianes no sabían nada sobre su relación. Esa noche, cuando se alejaron a hurtadillas, la hierba estaba húmeda y el suelo frío, pero jamás habían sentido un deseo tan intenso. Mientras estaba en el edificio de la administración, él había temido que le prohibieran volver de visita, y cuando Hiroko yació entre sus brazos, jadeante y dichosa, supo que ella había sentido el mismo miedo.

—¿Cómo voy a marcharme dejándote aquí? —preguntó con desolación. Apenas soportaba pasar la noche sin ella, y cuando se fuera sería una pesadilla. El ejército, además, había cambiado las órdenes. Sólo se detendría brevemente en Fort Ord y luego tendría que ir a Fort Dix, en Nueva Jersey, para el entrenamiento. Lo mandaban a Europa, como había supuesto, y no regresaría a California antes de partir. Sólo les quedaban dos semanas para estar juntos y una eternidad de plegarias hasta que todo terminara.

Aquella noche les resultó casi imposible separarse, después del miedo vivido por la tarde. Cuando por fin regresaron, tenían aspecto agotado y preocupado a ojos de Takeo. Éste sabía lo dura que resultaría la separación, pero nada podía hacerse. Cuando los jóvenes volvieron a abrazarse, Takeo fue a acostarse, dejándolos solos.

A la semana siguiente, el teniente general De Witt anunció orgullosamente que la evacuación de cien mil personas de origen japonés de la zona militar 1 había sido completada. Diez mil se hallaban en Tanforan y no imaginaban adónde los enviarían.

Las clases ya habían concluido para Peter, pero ni siquiera las batallas de Corregidor y de Midway consiguieron interesarle. Sólo pensaba en Hiroko y en estar con ella hasta el último día. Afortunadamente, nadie volvió a detenerle ni a interrogarle. Aparcaba el coche lejos de la verja y llegaba siempre a pie con aire campechano, sin llamar la atención. El teniente creía haberse ganado un amigo, y Peter se las arregló para pasar hasta dieciocho horas seguidas en el campo con Hiroko, y algunas veces incluso más.

Hiroko se palpaba el anillo de oro y recordaba el día de la boda. Pero por mucho que se abrazaron y se juraron amor eterno, llegó el día fatídico. El último día, la última noche, la última hora. Estuvieron tumbados en la hierba durante horas, contemplando las estrellas. Acurrucada en brazos de Peter, Hiroko pensaba en los recuerdos de los que viviría. No tenían palabras con que despedirse cuando volvieron al establo donde se alojaban Hiroko y sus primos. Los otros se habían acostado, pero Tak los esperaba. Quería despedirse de Peter, que era como un hermano para él.

—Cuídate —le dijo Peter con voz ronca cuando se abrazaron. Era un momento demasiado doloroso—. Todo terminará pronto. Os enviaré la dirección a la que podréis escribirme —dijo, deseando animarle a no desfallecer, pero sin saber cómo. Era fácil ver que Takeo se había desanimado mucho en el último mes, y que se habría dejado vencer de no ser por su familia.

—Tú también, Peter, cuídate. Por todos nosotros.

Peter miró a Hiroko, que sollozaba. Había llorado toda la tarde y toda la noche pese a su intención de ser fuerte. Tampoco Peter lo era. La abrazó y ambos lloraron. Todos se habían acostado y nadie podía verlos.

—Volveré, Hiroko. Puedes estar segura. Ocurra lo que ocurra, estés donde estés, allí estaré cuando todo haya terminado.

—Yo también —dijo ella con firmeza. Sabía, pese a su juventud, que era el único hombre al que amaría en toda su vida—. Soy tuya para siempre, Peter-san —añadió, repitiendo las palabras de su boda.

—Cuídate, por favor... cuídate. Te amo —dijo él, abrazándola por última vez. Al besarla sus lágrimas se mezclaron.

—*Genki de gambatte* —dijo Hiroko en voz baja, recuperando lentamente la compostura—. Ten fortaleza para sobreponerte.

—Peter había oído aquella frase con frecuencia en los últimos tiempos.

—Tú también, pequeña mía. No olvides cuánto te quiero.

—Yo también te quiero, Peter-san —dijo ella, y se inclinó mientras él se alejaba lentamente.

Cuando salió por la verja, Hiroko permaneció mirándolo hasta que desapareció de la vista, y luego volvió andando despacio al establo. Allí se tumbó en la paja, vestida, pensando en Peter y en los maravillosos momentos compartidos. Le parecía imposible que se hubiera ido, que ella y sus primos estuvieran en aquel campo, que aquél fuera el final y no el principio. Esperaba que no... que él volviera algún día... Peter tenía que sobrevivir...

Murmuró una plegaria budista, y Takeo intentó no oírla.

12

Las semanas siguientes fueron terriblemente dolorosas para Hiroko. Seguía con sus actividades diarias. Hacía cola pero rara vez comía, limpiaba el establo, ayudaba a acarrear innumerables cubos de agua. Se duchaba cuando había agua caliente y Reiko le decía que lo hiciera, y jugaba con Tami. Pero su mente, su alma y su vida se habían ido con su marido, y los demás creían que sólo era su novio. Sólo Reiko intuía su auténtica relación después de haberlos observado durante semanas, y temía que Hiroko enfermara de pena. Le pidió que colaborara en la enfermería con ella para mantenerla ocupada; además, necesitaban ayuda. Diez mil personas tenían muchas indisposiciones. Había dolores de garganta, resfriados, heridas, molestias estomacales y continuos casos de sarampión. Había tos ferina y ancianos con enfermedades del corazón y pleuresías, y varias veces a la semana se tenían que practicar operaciones de urgencia. Los suministros y medicinas eran exiguos, pero disponían de algunos de los mejores médicos y enfermeras de San Francisco, que también habían sido evacuados y practicaban la medicina con los medios de que disponían.

Peter le escribía con regularidad. Se hallaba en Fort Dix cumpliendo el período de instrucción. Dos de sus cartas llegaron completamente tachadas por los censores y todo lo que Hiroko pudo leer fue «cariño mío» al principio y «te amo. Peter» al final. Ella le escribió, temiendo que ocurriera lo mismo con sus cartas.

En julio Hiroko celebró su cumpleaños y el aniversario de su llegada a Estados Unidos. El pequeño huerto que había plantado aquella mujer había empezado a crecer, y alguien había fundado un club de tejedoras y una coral. Había también combates de boxeo y sumo, así como varios equipos de béisbol. Se organizaron diversas actividades para los niños, y grupos religiosos para las mujeres. Hiroko se encontró una vez con el anciano sacerdote budista que los había casado. Ella le sonrió y él inclinó la cabeza, pero no se dijeron nada.

Aún no había noticias de su futuro traslado. Sabían que habían enviado a algunas personas a un campo llamado Manzanar, al norte de California, pero la mayoría de evacuados de Tanforan seguían allí.

A finales de agosto los alemanes sitiaron Stalingrado. Para entonces, Hiroko se había contagiado de disentería. Trabajaba en la enfermería, pero nunca había suficientes medicinas, y ella adelgazaba semana a semana. Reiko estaba preocupada por ella, pero Hiroko le aseguraba que se encontraba bien, y las afecciones estomacales eran tan corrientes en el campo que los médicos no le prestaron especial atención. Aun así, Reiko sufría al verla tan pálida y desconsolada, pero nada podía hacer. Tampoco Takeo se encontraba bien. Había sentido punzadas en el pecho en más de una ocasión. No solía decírselo a nadie, pero una de las veces tuvo que acostarse. Tras la marcha de Peter, se mostraba taciturno y abatido. Se sentía muy solo sin tener a Peter para hablar. No sentía interés por unirse a ninguno de los clubes que proliferaban en el campo y, aparte de su mujer, sólo parecía querer hablar con Hiroko.

—Le echas mucho de menos, ¿verdad, hija? —preguntó un día.

Ella asintió. Había necesitado de toda su fuerza de voluntad para seguir viviendo desde junio. Sólo le quedaban los recuerdos y un sueño de futuro. El presente estaba vacío.

Peter escribió en septiembre contando que estaba en Inglaterra y que corrían rumores de que iba a ocurrir algo importante muy pronto. En cuanto lo trasladaran se lo haría saber. Por el momento sólo podían recibir sus cartas a través de un apartado de correos militar y en las semanas siguientes, a medida que sus cartas escaseaban, Hiroko se preguntó si llegaría a recibirlas cuando la enviaran a otro lugar.

Hiroko trabajaba diariamente en la enfermería, y la combinación de monotonía y miedo era insufrible, pero en la espera había cierta tranquilidad. Reiko la había tomado como ayudante en algunas operaciones menores. Hiroko lo hacía bien y gustaba a los médicos. La única tragedia que vivieron fue la pérdida de un niño de diez años durante una apendicetomía, sencillamente porque carecían de los instrumentos y medicamentos necesarios. Reiko e Hiroko se sintieron desoladas y a la mañana siguiente, cuando llegó la hora de ir a la enfermería, esta última se sentía mal y no pudo levantarse. En realidad, no podía soportar la idea de ver morir a otro niño o asistir a otra operación en condiciones tan precarias.

Aquella mañana ayudó a Tami a construir otra casa de muñecas. Llevaban cierto tiempo trabajando en ella, pero era difícil sin los materiales ni las herramientas adecuados, y la tarea se eternizaba. La que tenía en casa era tan bonita, además, que Tami siempre se entristecía al compararlas.

Takeo aceptó ocuparse de Tami por la tarde, y por sentido de la responsabilidad Hiroko volvió a la enfermería. Reiko se alegró de verla.

—Pensaba que te habíamos perdido para siempre —comentó sonriente.

—No podía soportarlo más —dijo Hiroko. La mayor parte de los alimentos que ingerían no estaban en buen estado y todo el mundo enfermaba con frecuencia, sobre todo por intoxicación alimentaria o de úlceras.

—Tómatelo con calma. Ocúpate de enrollar vendas y de las tareas menores —sugirió Reiko.

Hiroko agradeció no tener que dedicarse a tareas más penosas.

Al final del día volvieron paseando, con los gorros y delantales puestos. No llevaban uniforme, ya que no disponían de ellos, pero los gorros las identificaban como personal médico o enfermeras. Cuando llegaron a su establo, Takeo tenía peor aspecto que Hiroko por la mañana.

—¿Qué te ocurre? ¿Te encuentras mal? —quiso saber Reiko enseguida, temiendo que fuera el corazón de nuevo. Takeo era joven, pero habían sufrido mucho en los cinco últimos meses.

—Nos vamos —dijo en voz baja y con expresión desesperada. Estaban a finales de septiembre.

—¿Cuándo?

—En los próximos días, quizá antes.

—¿Cómo lo sabes? —preguntó Reiko. Eran tantos los rumores que costaba creerlos. Después de cinco meses, casi tenía miedo de marcharse. Era un lugar desagradable e incómodo, pero al menos resultaba familiar.

Takeo le tendió una hoja de papel. En ella figuraban el nombre de Reiko y el de sus tres hijos.

—No lo entiendo —dijo ella—. Tú no estás. —Alzó los ojos con mirada asustada. Él asintió y sostuvo en alto otra hoja: llevaba su nombre y una fecha diferente para su partida, un día después—. ¿Qué significa esto? ¿Lo sabes?

Takeo suspiró.

—El hombre que me ha entregado estos papeles ha dicho que seguramente iremos a sitios diferentes, de lo contrario estaríamos todos en el mismo papel.

Reiko miró fijamente a su marido. Lágrimas silenciosas corrieron por sus mejillas al extender los brazos y abrazarlo. Otras personas que habían recibido la misma noticia lloraban cerca de ellos. Hijos casados eran enviados a lugares diferentes de sus padres, hermanos, tíos y tías. A la administración no le preocupaba qué relación pudiera haber entre ellos. De repente Reiko reparó en que no había papel para Hiroko.

—No me han dado ninguno más —explicó Takeo, desconcertado.

Hiroko pasó la noche presa del pánico, segura de que se marcharían sin ella, de que la enviarían sola a otro campo, sin parientes, amigos o marido. Sólo de pensarlo volvió a sentirse mal a la mañana siguiente, pero poco después, cuando estaba a punto de irse a la enfermería, le notificaron su destino. Saldría del campo un día después que Takeo hacia otro lugar, pero ni siquiera tuvieron tiempo de pensar en ello, pues Reiko y los niños se marchaban al día siguiente.

Esa tarde Takeo fue al edificio de la administración junto con otros para informarse. Según le explicaron, él seguía siendo de nacionalidad japonesa, y por tanto un individuo de alto riesgo, mientras que su mujer y sus hijos eran «no extranjeros». Además, su trabajo como profesor de ciencias políticas haría que le interrogaran junto con otras personas que planteaban problemas similares. Lo enviaban a un campo de alta seguridad, y a su mujer y a sus hijos a otro. Cuando preguntó si después podría reunirse con ellos, le contestaron que dependía de muchas cosas, en particular del resultado de los interrogatorios. En cuanto a Hiroko, era sin duda una enemiga extranjera, había admitido que tenía familia en Japón y un hermano en la fuerza aérea. Pertenecía a la categoría de mayor riesgo, y sabían por el FBI que tenía una aventura sentimental con un norteamericano comprometido políticamente.

—No está comprometido políticamente, por el amor de Dios —protestó Takeo—. Era mi ayudante en Standford.

—Estaremos encantados de discutirlo con usted durante los interrogatorios —le dijeron ásperamente—, y con ella también. Dispondremos de mucho tiempo.

Cuando habló con Reiko por la noche, Takeo estaba convencido de que tanto a él como a Hiroko los mandarían a prisión. Tal como ellos lo explicaban, los vínculos de Hiroko con Japón y su relación con Peter eran extremadamente sospechosos. Sólo tenía diecinueve años y era estudiante, pero ninguno de ellos estaba convencido de que no pudieran fusilarla por espía. Desde luego Hiroko creyó que la enviarían a prisión y seguramente la ejecutarían, y pese al miedo intentó resignarse a su suerte.

Cuando ella y Takeo se despidieron de Reiko y de los niños al día siguiente, tenían la certeza de que no volverían a verse. Pese a haber oído toda su vida hablar sobre el samuray y su dignidad, Hiroko no pudo evitar que se desbordara su dolor cuando se despidió de Tami.

—Tienes que venir con nosotros —dijo la niña, que volvía a llevar una etiqueta en el abrigo—. No podemos dejarte aquí, Hiroko.

—Yo iré a otro lugar, Tami-san, pero quizá después me reúna con vosotros. —Estaba pálida y parecía derrotada cuando abrazó a Reiko.

Los amigos de los que se iban acudieron a despedirlos a los autobuses antes de que bajaran las cortinillas para que no vieran a dónde los llevaban. Tak y Reiko permanecieron abrazados durante largo rato, llorando, mientras sus hijos los contemplaban. Tak besó a los tres, convencido de que no volvería a verlos, y les pidió que cuidaran a su madre. Se despidió de Ken con expresión sombría. Intercambiaron pocas palabras, pero sobró emoción. Alrededor se veían escenas parecidas. Era la segunda despedida de Ken ese día. Peggy y su familia habían sido enviados a Manzanar por la mañana.

Por fin, en un instante de dolor infinito, Reiko y los niños subieron al autobús, las cortinillas fueron bajadas, sus rostros asustados desaparecieron y el vehículo partió hacia un destino desconocido en el norte, mientras Takeo e Hiroko lo contemplaban.

El día siguiente no fue mejor. Hiroko fue sola a despedir a Takeo, que parecía cansado y envejecido, él, que unos meses antes parecía aún tan joven.

—Cuídate mucho —le dijo Tak, sintiéndose desolado por la separación de sus seres queridos el día anterior, pero preocupado también por Hiroko. La chica tenía un futuro por delante, si no la mataban, y esperaba que Peter volviera a buscarla—. Que Dios te bendiga —dijo, y subió al autobús sin mirar atrás.

Pero ella se quedó allí hasta que el vehículo desapareció en medio de una nube de polvo.

Esa noche, caminó hasta el terreno donde había yacido con Peter. Se sentó en la alta hierba y se preguntó que pasaría si no volvía, si se quedaba allí sentada hasta morir o hasta que la encontraran. Pero tenían su nombre y su número y sabían algo sobre Peter, al que el FBI parecía haber investigado por culpa suya y por el trabajo en Standford. Si no aparecía en el autobús irían a buscarla, y tal vez les hicieran algo a Peter o a los demás si ella no cooperaba.

Permaneció sentada durante largo rato, pensando en Peter, rezando por él, echándole de menos, y después volvió paseando lentamente. En el camino, como una visión del pasado, vio al anciano monje budista y le sonrió, preguntándose si la había reconocido. Él se inclinó y la detuvo.

—Rezo a menudo por ti y tu marido —le dijo en voz baja—. Camina despacio, y siempre al lado de Dios.

Volvió a inclinarse y siguió caminando como si sus pensamientos se hubieran desplazado hacia algún otro, pero aquel encuentro fue como una bendición para Hiroko, que se sintió fortalecida.

Al día siguiente se duchó temprano y metió sus escasas pertenencias en una pequeña maleta. Encontró uno de los pájaros de papel que había hecho para Tami, junto a su colchón. Para ella fue como un símbolo, un recuerdo de un rostro amigo, de alguien a quien amaba. Con el pequeño pájaro en la mano, cogió la maleta y caminó hacia el autobús en silencio. Vio a una de las amigas de Sally, pero ella no la reconoció, y también a uno de los médicos con los que había trabajado. Sintió escalofríos al subir al autobús, pero nada podía hacer salvo lo que el sacerdote le había aconsejado: caminar junto a Dios, despacio... y esperar a Peter.

Esa vez el autobús se llenó rápidamente y unos guardias armados subieron con los pasajeros, que eran todas mujeres. Tuvo terribles presentimientos, pero nadie se acercó a ella. Bajaron las cortinillas y los guardias ocuparon sus puestos, vigilantes. Por fin el autobús se puso en marcha pesadamente, entre chirridos, y partió hacia donde el destino quisiera llevarla.

13

El trayecto fue sorprendentemente corto. Apenas media hora después de la partida, el autobús se detuvo y los guardianes las hicieron bajar. Hiroko no imaginaba dónde se hallaban, pero cuando se apeó con su maleta, se vio en la estación de San Bruno. Un tren las esperaba. Docenas de mujeres de otros autobuses subían a él a punta de fusil. No había sonrisas, ni palabras amables ni explicaciones. Ninguno de los guardianes tenía una expresión amistosa ni la miraron a los ojos cuando la empujaron para que subiera al tren con las demás. En el tren también había hombres, aunque separados de las mujeres, y en mayor número. Cuando se sentó en un duro banco de madera, aferrando su maleta con manos temblorosas, tuvo el presentimiento de que la llevaban de vuelta a San Francisco para deportarla.

El tren era muy viejo y carecía de comodidades, y las ventanillas estaban tapadas con tablones para que no pudiera verse el exterior. Se oían susurros y pequeños gritos. No había niños. Hiroko cerró los ojos, con la imagen de Peter en la mente, intentando no pensar en la muerte. No temía morir, pero le aterrorizaba la idea de no volver a verle ni a estar entre sus brazos, de no poder volver a decirle cuánto lo amaba. Quizá, pensó al tiempo que el tren se ponía en marcha y varias mujeres se tambaleaban, quizá si no podían volver a estar juntos era mejor morir. Entonces recordó algo que le había enseñado su abuela de niña: el *giri*, la obligación hacia la dignidad del apellido. Era un honor que debía a su padre, dirigirse hacia la muerte con dignidad y entereza, con orgullo. También pensó en el *on*, la obligación hacia su país y sus padres. Por asustada o triste que estuviera, no debía deshonrarlos.

Después de un rato empezó a hacer calor en el atestado tren. Supo luego que, no teniendo suficientes vagones de pasajeros, también habían utilizado vagones de carga. Unas cuantas mujeres se pusieron enfermas, pero Hiroko estaba como paralizada; sólo era consciente de su dolor.

Al anochecer refrescó un poco. Quizá el barco no partiera de San Francisco, pensó Hiroko, sino desde alguna ciudad del estado de Washington o desde Los Ángeles. Sabía que antes de la guerra salían barcos en dirección a Japón desde ambos lugares. O tal vez los demás tenían razón y simplemente iban a morir. Una ejecución era más sencilla que una deportación. La mujer que iba a su lado pasó toda la noche llorando por su marido y sus hijos. Era de nacionalidad japonesa, como Hiroko, y sólo llevaba seis meses en Estados Unidos. Ella y su marido habían ido a vivir con unos primos mientras él, que era ingeniero, trabajaba en un proyecto. Al marido se lo habían llevado el día anterior, como a Takeo, y a sus hijos pequeños los habían enviado antes con sus primos, que eran *nisei*, como Reiko.

Hiroko no había ido al lavabo en todo el día, y se moría de ganas cuando por fin se detuvieron a medianoche. Fuera reinaba la oscuridad. Las obligaron a bajar, de nuevo a punta de fusil, y les dijeron que podían hacer allí sus necesidades. No había retretes, ni árboles, ni refugio alguno, y los guardianes las vigilaban. Un mes antes, la recatada Hiroko hubiera preferido morir, pero ya no le importaba. Hizo lo que tenía que hacer, igual que las demás y, sintiéndose terriblemente avergonzada, volvió a subir al tren y se acurrucó en un rincón, aferrando de nuevo su maleta. Se preguntó para qué la conservaba. Si la mataban, no necesitaría los pantalones que Reiko le había dado, ni los gruesos suéters que había llevado al primer campo, ni la foto de sus padres. También tenía una fotografía de Peter, que Takeo les había hecho justo antes de que tuvieran que entregar las cámaras. En la foto, Hiroko vestía aún quimono y parecía extremadamente tímida al lado de Peter. Parecía increíble que hubieran pasado ya tres meses desde la última vez que se vieron, y más increíble aún que la vida hubiera sido normal alguna vez, que hubieran tenido casa, amigos, trabajo, ideales y sueños.

Dormitaba cuando el tren se detuvo de nuevo. No sabía qué hora podía ser, pero el cielo estaba gris cuando abrieron las puertas de los vagones de carga; el aire helado le dio en el rostro. Hiroko se despertó de repente y se puso en pie con dificultad. Fuera se oían gritos, y había más hombres haciéndoles señas con los fusiles y ordenándoles que bajaran del tren, lo que se apresuraron a hacer. Hiroko tropezó al saltar del tren y otra mujer la sujetó con una breve sonrisa. Fue como un rayo de sol en la oscuridad de la noche, recordándole que no estaba sola.

—Que Dios te bendiga —le susurró la mujer en perfecto inglés.

—Que Dios nos bendiga a todas —añadió otra, pero las bayonetas las obligaron a avanzar deprisa.

Hiroko volvió a ver a los hombres prisioneros y en la distancia también edificios. Resultaba difícil distinguir qué eran, pero oyó decir que eran barracones. Tuvieron que caminar tres kilómetros con sus maletas, vigiladas estrechamente. No vieron a ningún civil, sólo a soldados. Su aliento se convertía en vapor al contacto con el aire helado. Parecía invierno, aunque aún estaban en septiembre.

—¿Está usted bien? —preguntó Hiroko a una mujer mayor que parecía enferma.

Su mirada inexpresiva le indicó que no hablaba inglés, y repitió la pregunta en japonés. La mujer se limitó a asentir, jadeando por el esfuerzo. Explicó que tenía dos hijos en el ejército en Japón y uno en Estados Unidos que era médico. A este último lo habían enviado a Manzanar la semana anterior, pero a ella no le habían permitido acompañarlo. No tenía buen aspecto, pero no se quejaba. Amablemente, Hiroko se hizo cargo de su maleta.

Por fin llegaron a un gran edificio, tras una hora y media de caminata. Algunas mujeres habían sido lo bastante tontas como para ponerse tacones, otras eran mayores, y ninguna de ellas podía caminar deprisa. Los hombres las habían sobrepasado hacía tiempo en larga columna a paso rápido, custodiados por jóvenes soldados. Sólo unos cuantos viejos renqueaban en retaguardia, apuntados por las bayonetas.

Pero no había rastro de los hombres cuando introdujeron a las mujeres en el edificio y les comunicaron que las habían llevado allí para ser interrogadas. Como elementos de «alto riesgo», las retendrían allí hasta que se dilucidara su futuro. El discurso del teniente fue breve y seco. Luego las llevaron a diferentes celdas, tras quitarles las maletas, que marcaron con etiquetas. Hiroko se escandalizó al serle entregado un uniforme de presidiaria.

Una vez más, careciendo de toda intimidad, tuvo que cambiarse ante la mirada vigilante de los soldados. Mortificada, se agachó cuanto le fue posible para ponerse el horroroso pijama que les habían dado, y que era excesivamente grande para ella. Cuando la condujeron a una celda con otras dos mujeres, parecía una niña.

En la celda había tres somieres de acero con colchones de paja, y un retrete en un rincón. Hiroko miró por la ventana con desesperación, mientras el sol se elevaba en el horizonte. Costaba creer que algún día pudiera tener de nuevo una vida propia, o ver a Peter. Cuando se apartó de la ventana, vio que las otras dos mujeres lloraban. No les dijo nada; se sentó en su catre y miró hacia las montañas que se veían en el exterior. No sabía dónde estaba, ni a dónde iría si alguna vez salía de allí.

En las tres semanas siguientes, les dieron tres comidas al día, no demasiado abundantes pero al menos frescas, y ninguna de ellas tuvo problemas estomacales como en Tanforan. También Hiroko se sintió mejor y durmió mucho. Con la paja de su colchón empezó a tejer tatamis. De vez en cuando encontraba trozos de papel y hacía pajaritos, y en una ocasión en que una de sus compañeras de celda halló algo de hilo, colgaron de la ventana los pajaritos de Hiroko. Corría el mes de octubre y seguían sin saber nada sobre su propio destino o el de sus seres queridos. Hiroko había oído decir que varios hombres se habían suicidado, pero las mujeres parecían aceptar su suerte de mejor talante, aun no sabiendo por qué las habían encerrado. Por fin, un día fueron a buscar a Hiroko para ser interrogada.

Querían que les hablara de su hermano, si tenía noticias de él, si le había enviado algún mensaje desde el inicio de la guerra, y lo que sabía sobre su puesto en la fuerza aérea. Fue fácil responderles. No sabía dónde estaba ni lo que hacía, y lo único que sabía de él se lo había comunicado su padre a través del consulado inmediatamente después del ataque a Pearl Harbor. Les dio el nombre y la edad de Yuji, esperando no causarle problemas. No imaginaba que pudieran tener acceso a un muchacho de la fuerza aérea enemiga.

Le preguntaron por su padre, qué enseñaba en la universidad y si tenía ideas radicales o algún tipo de relación con el gobierno. Hiroko sonrió antes de contestar. Su padre era un soñador, lleno de ideas nuevas que a veces parecían demasiado modernas a sus propios colegas, pero no era ningún radical ni tenía poder político. Lo describió como a un hombre amable y fascinado por la historia, tanto antigua como moderna, lo que constituía un retrato bastante preciso.

La presionaron para que hablara de Takeo y de lo que sabía sobre él, sobre sus actividades, filiación e ideas políticas. Hiroko les aseguró que, por lo que ella sabía, era sólo un profesor universitario y una buena persona. Tak era un devoto de su familia y jamás le había oído expresar deslealtad hacia Estados Unidos. Recalcó también que siempre había deseado adquirir la nacionalidad norteamericana, y que se sentía como si en realidad la tuviera.

Finalmente, tras varios días de interrogatorio, llegaron a Peter, como ella esperaba. Lo único que temió Hiroko era que alguien se hubiera enterado de la breve ceremonia oficiada por el sacerdote budista, porque sabía que aun siendo simbólica y no oficial, podría tener repercusiones negativas para Peter.

Contestó que eran amigos y que lo conocía porque era el ayudante de Tak, y ellos afortunadamente no siguieron preguntando. Querían saber si tenía noticias de él, aunque ya sabían que sí, puesto que habían censurado puntualmente todas sus cartas. Ella admitió que le había escrito, pero todas las cartas habían sido censuradas. Sus últimas noticias eran que estaba en Inglaterra a las órdenes del general Eisenhower.

—¿Desea volver a Japón? —le preguntaron luego. La interrogaban dos oficiales jóvenes, que anotaban cuanto decían y en más de una ocasión conferenciaban en voz baja.

—Mi padre desea que me quede aquí —respondió ella mirándoles directamente a los ojos. Ya no le importaba lo que pudieran hacerle, siempre que no deshonrara a su familia ni perjudicara a Peter.

—¿Por qué quiere que se quede aquí? —preguntaron ellos, interesados de repente.

—Envió un mensaje a mi primo diciendo que lo consideraba más seguro para mí y que deseaba que siguiera con mi educación.

—¿Dónde estudiaba? —Parecían sorprendidos, como si hubieran pensado que Hiroko era una criada o algo parecido. Hiroko ya estaba acostumbrada.

—En el St. Andrew's College —dijo.

—¿Pero usted quiere volver? —repitieron, y parecían dispuestos a meterla en un barco de vuelta a Japón si ella lo deseaba. En realidad estaban ofreciendo enviar de vuelta a Japón a los que quisieran irse y también a los que tenían la nacionalidad estadounidense, si renunciaban a ella. La Oficina para la Reubicación de Guerra se ofrecía también a buscar empleo en las fábricas de armamento del Este, pero a la mayoría de los prisioneros les asustaba la idea de ir a lugares desconocidos para trabajar en fábricas donde temían ser atormentados. Era más fácil permanecer en los campos de internamiento con la gente que conocían o con la que estaban emparentados.

—Deseo quedarme aquí —replicó Hiroko—. No deseo regresar a Japón.

—¿Por qué? —Sospechaban aún de ella, aunque los hombres bromearan entre ellos sobre lo guapa que era. Hiroko tenía una luminosidad, desprendía una sensación de paz que les hubiera conmovido de haberse dejado llevar por las emociones.

—Quiero ayudar a mis primos. —No habló de Peter, pero sí dijo que le encantaba aquel país, lo cual era cierto, pese a su situación en aquellos momentos. Tampoco olvidaba que no podía desobedecer a su padre.

Al final volvieron las preguntas sobre Peter; querían saber por qué los había visitado con tanta frecuencia en Tanforan. Habían registrado todas sus visitas, así como el tiempo que había durado cada una de ellas. Lo que no sabían, afortunadamente, era lo que había hecho con Hiroko allí, pero el FBI le había efectuado un montón de preguntas a Peter, tanto en el campo como en el ejército al incorporarse. Al parecer las respuestas de Peter los habían contentado, y las de Hiroko fueron prácticamente las mismas.

—Intentaba terminar el trabajo de mi primo antes de marcharse al ejército. Tenía muchos papeles que corregir, muchas cosas que hacer. Era el jefe de su departamento en Standford, y mi tío había sido el jefe antes de... antes de... —Ellos sabían a qué se refería y asintieron—. Así que tenía muchas cosas que enseñarle.

—¿No iba también para verla a usted?

Hiroko no lo negó, pero no les proporcionó ningún dato.

—Quizá. Pero pasábamos muy poco tiempo juntos, porque tenía mucho trabajo con mi primo.

Ellos asintieron. Durante aquella semana, volvieron una y otra vez sobre las mismas preguntas. Quisieron saber también si era leal a Japón o a Estados Unidos. Hiroko afirmó que no tenía opiniones políticas y que lamentaba mucho que los dos países estuviesen en guerra. Ella no consideraba que su lealtad estuviera dividida. Amaba su país, pero también amaba a la familia que tenía en Estados Unidos, y como mujer no tenía que hacer elección alguna ni ejército en el que servir.

Hiroko contestó todas las preguntas con tranquilidad y respuestas sencillas y directas. Una semana después de haber empezado, volvieron a ponerle una etiqueta, le devolvieron sus ropas y su maleta. No sabía adónde iba, si aquello significaba la deportación o la ejecución. En el mejor de los casos, estaba convencida de que no recuperaría la libertad, sólo pasaría a una nueva etapa. Se despidió brevemente de las mujeres con las que había compartido celda, les deseó suerte y fue conducida al exterior, vistiendo sus propias ropas. Estaba pálida, pero no tan delgada como un mes antes, al entrar en la prisión.

Salió al exterior con media docena de mujeres más y numerosos hombres. Oyó que alguien se refería a ellos como los «leales», fuera lo que eso fuera, y luego marcharon en medio de un frío helador por una larga y estrecha carretera hasta un grupo de barracones desvencijados que parecían constituir un campo separado del que acababa de salir, o quizá era el mismo, pero había una buena distancia entre los dos. Esta vez, cuando cruzaron la alambrada de espino, vio centinelas en las torres, pero también niños jugando y otras personas caminando cogidas del brazo por el camino de tierra que discurría entre los edificios. Se parecía a Tanforan y había mucha gente, aunque todo parecía más ordenado. Hiroko miró alrededor, aliviada al ver rostros sonrientes. Uno de los guardianes le dio un papel con el número 14C.

—Es la tercera hilera a la derecha, junto a la escuela —le informó con tono agradable.

Hiroko tuvo la impresión de que había pasado una prueba. Vio que las otras mujeres también sonreían. Los hombres se tomaban el cambio con mayor seriedad y cuchicheaban entre ellos, haciéndose preguntas para las que nadie tenía respuesta.

Hiroko se separó de los demás y caminó sola, siguiendo las instrucciones del soldado. Era la primera vez que estaba sola en un mes, y era maravilloso. Pese a la alambrada y los centinelas de las torres, le parecía saborear la libertad.

Encontró su número fácilmente, una vez situó la escuela. Los tristes edificios formaban largas hileras. Los números indicaban los «apartamentos», como los llamaban, donde vivían familias enteras por numerosas que fueran, pero en las puertas había pequeños signos dibujados y campanillas hechas a mano. Vio también un letrero que rezaba BIENVENIDOS A TULE LAKE, y el mero hecho de saber por primera vez en un mes dónde se hallaba hizo que volviera a sentirse humana. Sonrió al ver a una niña sentada con una muñeca en el escalón de entrada de uno de los barracones. Llevaba un gorro de lana y un grueso suéter, pero parecía alicaída, con la vista fija en el suelo y tarareando para sí. Tenía un aspecto tan triste que Hiroko se sintió conmovida. Al acercarse y levantar la niña la cabeza, Hiroko emitió un gemido ahogado. Era Tami.

—¡Hiroko! —gritó, precipitándose en brazos de su prima, que rompió a llorar—. ¡Hiroko! ¡Mamá!

Reiko llegó corriendo. Llevaba un raído vestido marrón y delantal. Estaba limpiando su «casa» durante el descanso en la enfermería para comer.

—Oh, Dios mío —exclamó Reiko. Las dos mujeres se abrazaron con fuerza, y luego Reiko se apartó para preguntar con expresión ansiosa—: ¿Has visto a Tak? ¿Dónde estabas?

—En la prisión, cerca de aquí —explicó, negando con la cabeza en respuesta a la pregunta sobre Tak y señalando en la dirección por la que había llegado.

Reiko sabía de oídas que había un campo cercano para personas consideradas de alto riesgo, donde los interrogaban, pero no tenía la menor idea de que Hiroko estuviera allí.

—¿Estás bien? ¿Qué te han hecho? —preguntó Reiko.

—Me han hecho muchas preguntas. A Takeo no lo he visto —dijo—, pero se fue en el mismo tipo de autobús que yo, así que quizá también estaba allí.

Ambas sabían que las posibilidades eran muchas. Takeo podía estar en Manzanar, o en el campo que habían abierto el mes anterior en Minidoka, o fuera del estado en alguno de los otros campos, como los de Gila River y Poston en Arizona, el de Grenada en Colorado, el de Heart Mountain en Wyoming, o el de Topaz en Utah. Incluso podía estar en uno tan lejano como el de Rohwer, en Arkansas. Durante el mes anterior se habían abierto cinco nuevos campos, y en Arkansas preparaban otro llamado Jerome que empezaría a recibir internos en cualquier momento. Existía cierto grado de comunicación entre los campos, pero limitada y censurada, y Reiko no tenía medio de contactar con nadie para indagar el paradero de su marido. Sin duda había conocidos suyos en los diferentes campos, pero no podía saber dónde estaba cada cual ni cómo entrar en contacto. Cada día les sorprendía la llegada de gente nueva a Tule Lake, a veces conocida.

Por el número que le habían dado, Hiroko descubrió que había sido asignada al mismo barracón que Reiko y los niños. En el interior vio dos habitaciones diminutas, una en la que dormía Reiko con Sally y Tami en estrechos catres, y la otra que usaban como sala de estar, donde dormía Ken y dormiría Tak si volvía. Apenas había espacio para Hiroko, pero otras familias más numerosas se las arreglaban, y también lo harían ellos.

—¿Cómo están Sally y Ken? —preguntó Hiroko, mirando a Reiko a los ojos, notando que su prima estaba muy delgada y parecía muy preocupada.

—Están bien. Ken trabaja en los campos, aunque no hay gran cosa que hacer en esta época del año, pero tienen que ocuparse de las provisiones almacenadas y de las que van llegando. Podría haber ido a la escuela —dijo con un suspiro—, pero se negó.

Ken seguía furioso por lo que les habían hecho. No estaba solo, algunos *nisei* hablaban de renunciar a la nacionalidad estadounidense e irse a Japón, aunque jamás hubieran estado allí. Era su única posibilidad si no querían quedarse en los campos u ocupar los empleos que les ofrecían en fábricas distantes. En realidad no querían ir a Japón, pero preferían probar suerte en la tierra de sus antepasados a la vergüenza y la infamia de los campos de internamiento. Sin embargo, Reiko se sentía americana de corazón y jamás había pensado en ello, como sabía que tampoco lo pensaría Tak.

—Sally está en el colegio —dijo—. Ha hecho amigas por aquí.

En el campo había varios clubes de chicas, un club social, grupos musicales, clases de arte y clubes de jardinería. También había planes para crear una orquesta, y se hablaba de dar un recital en Navidad. Era increíble que en aquel restringido mundo la gente estuviera dispuesta a mantener la cabeza en alto y seguir viviendo del mejor modo posible. Las lágrimas acudieron a los ojos de Hiroko al oír todas aquellas cosas. Aquella gente era tan valiente que ella no tenía derecho a quejarse ni a llorar por Peter. Reiko la miró y volvió a abrazarla, sintiéndose como si hubiera recuperado a una de sus hijas, y Tami se abrazó a ambas con su muñeca, feliz de tener a Hiroko de nuevo a su lado.

—¿Podemos seguir con mi nueva casa de muñecas? —preguntó, recuperando el aspecto de una niña de nueve años en lugar de aquella expresión de infinita tristeza y madurez prematura que Hiroko había visto antes en ella.

—Si encontramos los materiales adecuados, sí. —Hiroko le sonrió y apretó su manita con fuerza, mientras Reiko comprobaba que estaba mucho mejor que en Tanforan, donde sus problemas estomacales y disentería habían acabado por preocuparla.

—¿Qué tal tu estómago? —preguntó con tono de enfermera.

—Mucho mejor —sonrió tímidamente. Nadie le había preguntado por su salud en mucho tiempo y le hacía sentirse apreciada que alguien se interesara por ella en lugar de interrogarla—. ¿Tú estás bien, tía Rei?

—Estoy bien.

Pero la inquietud por el paradero de su marido no la dejaba dormir por la noche, y como experta enfermera sabía que estaba desarrollando una úlcera gástrica. En los demás aspectos, vivían relativamente bien. Las condiciones del campo no eran malas, los guardianes se comportaban correctamente y la mayoría de internos eran buenas personas. Siempre había quien se quejaba, pero las mujeres sacaban el mayor partido posible de lo poco que tenían. Algunos hombres lo pasaban peor, pues se culpaban de no haber sabido proteger sus negocios y sus familias. Allí se sentían inútiles o avergonzados por tener que realizar tareas inferiores, como pelar patatas o cavar zanjas cuando eran arquitectos, ingenieros, profesores, o incluso granjeros. Los ancianos se sentaban a charlar sobre los viejos tiempos para soportar el presente. Sólo los niños parecían relativamente felices. La mayoría se había adaptado admirablemente, salvo los que estaban enfermos o eran frágiles, y algunas veces Reiko tenía la impresión de que los adolescentes disfrutaban con aquella situación. Eran muchos y se reunían para cantar o simplemente charlar.

—Trabajo en la enfermería —explicó Reiko—. Tenemos muchos niños con gripe o sarampión.

El sarampión era una auténtica plaga, no sólo entre los niños, sino también entre los adultos, a los que afectaba con mayor fuerza. De vez en cuando también enfermaba algún anciano, y en esos casos solía ser mortal. Se habían producido ya varias muertes en el corto mes que Reiko llevaba en Tule Lake, sobre todo por problemas que hubieran sido menores en otro lugar. Detestaba asistir a las operaciones en condiciones tan terribles y sin el suficiente éter.

—Nos las arreglamos. En la enfermería me pagan doce dólares al mes —añadió con una sonrisa de resignación. Anhelaba reunirse con Takeo, pero sólo podía rezar para que siguiera vivo. No le había gustado su aspecto en Tanforan antes de despedirse, pero nada podía hacerse—. Hazte un favor y no te pongas enferma aquí. Abrígate, come bien y aléjate de los niños enfermos.

Ayudó a Hiroko a deshacer la maleta y miró su abrigo con desaprobación. No era lo bastante grueso para Tule Lake.

—Será mejor que te unas a uno de los clubes de tejedoras y te hagas algunos suéters.

Era difícil conseguir lana, pero algunas mujeres deshacían viejos jerséis para hacer otros nuevos, sobre todo para los niños y las mujeres embarazadas. Reiko había creado una especie de maternidad, pero no se podía desperdiciar el éter ni las medicinas con las parturientas, ya que los necesitaban para operaciones más graves. Era como volver a épocas antiguas.

Salieron al sol invernal y Tami explicó que en el colegio estaban haciendo adornos para Halloween. Hiroko y Reiko dejaron a la niña en el colegio después de comer, camino de la enfermería, pues Hiroko quería ofrecerse como voluntaria, pese a las advertencias de su prima; le parecía interesante y útil, mucho más que trabajar en las cocinas.

Los médicos la recibieron encantados de contar con más ayuda. Le dieron un delantal y un gorro y tuvo que empezar por hacer camas, lavar sábanas y trapos ensangrentados, y limpiar recipientes llenos de vómitos. Reiko la encontró más tarde en el exterior, vomitando, y le sonrió comprensivamente.

—Lo siento, no es un trabajo muy agradable.

—Estoy bien —susurró Hiroko con voz ronca. Sentía tal agradecimiento por estar fuera de la prisión que estaba dispuesta a hacer cualquier cosa.

En las dos semanas siguientes casi llegó a acostumbrarse. Se ocupaba de las tareas más ingratas, pero poco a poco también le permitieron hablar con los pacientes. Era una joven tan dulce y de modales tan encantadores que deslumbraba a todos, y el hecho de que el japonés fuera su lengua materna servía de gran ayuda cuando tenían como pacientes a ancianos que no hablaban bien el inglés y que apreciaban su gran conocimiento de las tradiciones japonesas.

También Ken se alegraba de que hubiera vuelto, porque podía hablar con ella de las cosas que le preocupaban. Le confesó que había pensado más de una vez en renunciar a su nacionalidad estadounidense, aunque sabía que le rompería el corazón a su madre, porque cada fibra de su ser se rebelaba contra la idea de seguir encerrado en aquel campo mientras otros norteamericanos luchaban por su país. Hiroko le rogó que lo olvidara y que no se lo comentara a su madre. En realidad Ken deseaba incorporarse al ejército norteamericano, pero ya no tenía esa opción. Los que la habían elegido antes de la evacuación estaban destinados a las cocinas de los campamentos para reclutas o a puestos regulares a lo largo y ancho del país, pero últimamente los servicios de reclutamiento clasificaban a los *nisei* como IV-C, es decir, «extranjeros no aptos para el servicio». Hiroko se alegraba de poder hablar con su primo. En realidad, él sólo perdía la cabeza cuando hablaba con sus amigos. Además, después de tener noticias de Peggy en un par de ocasiones desde Manzanar, habían perdido el contacto. Cada uno tenía sus propios problemas.

También Sally se mostraba difícil a veces. Con quince años se consideraba ya una mujer adulta y pretendía gozar de más libertad. Quería salir con otras chicas del campo que no habían recibido una educación tan estricta. Reiko se ocupaba de mantenerla a raya, pero no siempre resultaba fácil conseguirlo. Hiroko habló con ella, recomendándole que obedeciera a su madre, pero Sally se enfadó cuando su prima intentó hacer de hermana mayor.

—Sólo tienes cuatro años más que yo —le reprochó—. ¿Cómo puedes ser tan estúpida?

—No queremos que te metas en líos —replicó Hiroko con firmeza y la instó a unirse a alguno de los clubes de chicas, pero a su prima le parecían tontos y aburridos.

Hiroko se unió a la orquesta, donde alternaba el piano con el violín, y en sus ratos libres hacía trabajos manuales con los niños, sobre todo *origami*, y había prometido hacer arreglos florales en el club femenino de Reiko cuando florecieran los capullos en primavera.

Gracias a los periódicos que recibían esporádicamente algunos internos, Hiroko supo que Eisenhower y sus hombres habían desembarcado en Casablanca, Orán y Argel con los británicos, y que el Vichy francés en África del Norte se había rendido. A Hiroko sólo le quedaba rezar para que Peter siguiera con vida.

Cuatro días después, las tropas alemanas se adentraban en la

Francia ocupada con el aparente propósito de someter a la Resistencia.

Aquéllas fueron las únicas noticias antes del día de Acción de Gracias. Algunas personas recibían paquetes de amigos. Otras habían empezado a utilizar sus salarios para comprar artículos mediante catálogo, pero resultó difícil cocinar una auténtica comida de Acción de Gracias y no pudieron disfrutar del típico pavo. Tuvieron que conformarse con pollo, hamburguesas, y en algunos casos incluso con *bologna*.[1] Sin embargo, todos estaban agradecidos por seguir viviendo y los niños se mostraban muy animados la víspera de la fiesta. Ese día llegaron más internos en tren.

Era miércoles por la tarde y Reiko acababa de llegar del trabajo. Estaba ayudando a Tami a hacer los deberes del colegio cuando alguien llamó a la puerta. Sally la abrió y se quedó boquiabierta. De repente Reiko lo vio, soltó un grito y corrió hacia él. Era Takeo. Tenía aspecto cansado, estaba delgado y sus cabellos eran más grises que antes, pero por fin había demostrado que era «leal» después de dos meses de encierro en una pequeña celda, y no había sido maltratado.

—Gracias a Dios, gracias a Dios —repetía Reiko mientras él la besaba.

Luego Takeo abrazó a sus hijos. Hiroko contemplaba la escena, maravillada de que por fin lo hubieran recuperado.

Reiko no dejaba de mirar a su marido como una madre a un hijo pequeño, acariciándole el rostro y la cabeza, queriendo asegurarse de que era real y no un producto de su imaginación, pero cuando Takeo se sentó con ellos, Reiko se dio cuenta de que parecía deprimido. No era tanto lo que le habían hecho como lo que le habían quitado: la libertad y el respeto, y el derecho a ser tratado como un norteamericano más. En los dos meses pasados en prisión había tenido mucho tiempo para pensar y, como los demás, había considerado la posibilidad de volver a Japón, pero sabía que no podía hacerlo, porque era americano de adopción. Su

---

1. Embutido ahumado y especiado hecho de una mezcla de carnes. (*N. de la T.*)

hundimiento anímico se había producido al comprobar que su país adoptivo no lo quería.

Pero no dijo nada de ello a Reiko mientras estaban sentados en su barracón, ni cuando se dirigieron lentamente hacia el comedor para cenar. Parecía moverse muy despacio y la inquietud de Reiko aumentó. Preguntó a su marido si había estado enfermo, pero él lo achacó al cansancio. Sin embargo, cuando llegaron al comedor, estaba exhausto y le costaba respirar.

Después pareció animarse un poco, y por la noche Ken durmió en el cuarto con sus hermanas e Hiroko para que Tak y Reiko pudieran estar solos en el único catre de la sala de estar. La paja se les clavaba en la piel, pero estaban demasiado emocionados para darse cuenta.

Al día siguiente celebraron una auténtica Acción de Gracias. Comieron en el comedor común y luego regresaron a su barracón para jugar a las charadas y probar unas galletas que Reiko había conseguido para la familia. Estaban muy animados y Tak volvía a parecer el mismo de antes, riendo con los demás. Mirando alrededor, bromeó con su mujer diciendo que su casa era un cuchitril. Había hablado ya con otros hombres que estaban fabricando muebles y pensaba unirse a ellos. Utilizaban maderos viejos y todo lo que encontraban.

Resultaba difícil creer que en otro tiempo hubieran tenido un auténtico hogar con muebles y cosas bonitas, con algunas antigüedades y cortinas que no eran trozos de vestidos viejos, pero Takeo prometió a su mujer que haría cuanto pudiera. Contemplándolo, Reiko se dijo que ya no parecía jadear tanto. Intentó persuadirle de que dejara de fumar, pero él se echó a reír y ella vio que en sus ojos había algo diferente. Takeo no estaba furioso como Ken, sino amargado.

—No me quedan muchas cosas más, ¿no crees? —señaló Takeo, refiriéndose al tabaco.

—Sí te quedan —replicó ella cariñosamente—. Quedamos tú y yo y los niños. Un día volveremos a casa. Esto no durará para siempre.

—¿A qué casa? Ya no tenemos casa y seré demasiado viejo para recuperar mi puesto.

—No es cierto —dijo ella con expresión resuelta. No iba a permitir que su marido se rindiera—. Y conseguiremos otra casa, una mejor. Peter tiene nuestro dinero en su cuenta y aún somos jóvenes para ganar más cuando salgamos de aquí. —Takeo nunca había visto aquella mirada en su mujer, y se sintió tan orgulloso de ella que estuvo a punto e echarse a llorar. Se avergonzó de sus sentimientos—. No voy a dejar que nos venzan —añadió Reiko.

—Ni yo —prometió él.

Reiko se alegró al día siguiente cuando su marido le contó que había hablado con varios hombres sobre las elecciones que iban a celebrarse para los concejos de la comunidad. Podían votar todos los internos mayores de dieciocho años. Sería la primera vez que los *issei* formarían parte de un proceso electoral, ya que, habiendo nacido en Japón, no se les permitía votar en las elecciones estadounidenses. Sin embargo, Takeo se puso furioso cuando se enteró de que el director del campo había anunciado que sólo los *nisei* y los *sansei* podrían ser electos. Éstos no protestaron, satisfechos de ostentar el poder. Tak tenía la impresión de que nadie quería a los nacidos en Japón, ni los norteamericanos ni los de su propia raza.

—No te lo tomes así —le dijo Reiko—. Los jóvenes quieren su oportunidad.

Pese a sus palabras, Tak se sintió avergonzado, como por todo lo demás, y Reiko ya no hallaba el modo de consolarle. Su marido se había vuelto más reservado y se dejaba abatir con facilidad.

No obstante, nada dijo de sus inquietudes a Hiroko mientras trabajaban codo con codo en la enfermería. Hiroko aprendía muchas cosas rápidamente y el lunes después del día de Acción de Gracias tuvo motivos para estar radiante. Por fin había recibido carta de Peter. La carta había tardado varias semanas en llegar y estaba censurada en su mayor parte. Sólo se enteró de que Peter estaba en Orán y que había combatido contra Rommel. Decía también que la echaba mucho de menos. La carta había pasado primero por Tanforan. Hiroko le había mandado su nueva dirección, pero aparentemente aún no le había llegado. Después de recibir la carta, estuvo sonriente durante varios días y trabajó con denuedo para Reiko.

Durante la primera semana de diciembre las temperaturas bajaron de cero y hubo una terrible epidemia de gripe.

También se presentaron varios casos de neumonía y murieron dos ancianos. Hiroko se deprimió después de haber hecho todo lo posible por salvarlos, leyéndoles en japonés, bañándoles, manteniéndolos calientes y contándoles historias. Su angustia aumentó cuando llegó a la enfermería una de las amigas de Tami en gravísimo estado.

Los médicos estaban seguros de que no pasaría de aquella noche, pero Hiroko se sentó a su lado y se negó a volver a casa. Para Hiroko era como si se tratara de Tami. Reiko contempló sus esfuerzos por mantener a la niña con vida, mientras la madre lloraba a su lado. Hiroko permaneció junto a ella durante tres días hasta que finalmente cedió la fiebre y los médicos aseguraron que viviría.

Hiroko estuvo a punto de desmayarse al oírlo. Estaba tan cansada que apenas se mantenía en pie, y ni siquiera había abandonado la cabecera de la cama de la niña para ir a comer. Reiko le había llevado comida del comedor. Hiroko había conseguido salvar a la niña sin medicamentos ni hospitales, sólo con amor y determinación. La madre de la niña se lo agradeció con lágrimas en los ojos. Hiroko sonrió y salió de la enfermería. Dio dos pasos al cruzar la puerta con el delantal sobre el brazo y al levantar el rostro hacia el cielo invernal, todo empezó a darle vueltas y se desmayó.

Una anciana la vio caer y aguardó un momento para comprobar si simplemente había tropezado, pero al ver que no se movía se apresuró a acercarse. Le echó un rápido vistazo y entró para avisar a los médicos. Reiko salió corriendo para ver qué ocurría.

También salió un médico, alertado por la llamada de auxilio de Reiko y dos enfermeras. El médico tomó el pulso a Hiroko y le abrió los ojos para mirarle las pupilas. La llevaron al interior y la pequeña amiga de Tami se echó a llorar al verla.

—¿Está muerta? ¿Ha muerto? —preguntó.

Apenas unos minutos antes Hiroko estaba llena de vida, aunque se la notaba extenuada. La madre de la niña se apresuró a tranquilizarla diciéndole que Hiroko sólo dormía.

El médico la llevó en brazos a una zona separada por unas mantas y volvió a tomarle el pulso. No le gustó lo que veía. Hiroko apenas respiraba.

—¿Qué le ocurre? —preguntó Reiko, más como una madre que como una enfermera.

—Aún no estoy seguro —contestó él en perfecto inglés. Era un *sansei* que había estudiado en Standford. Podría haberse ido al Este a vivir con unos parientes cuando llegó la orden de evacuación voluntaria, pero había preferido quedarse para ayudar a su gente—. Tiene la presión muy baja y casi no respira. —Se volvió hacia Reiko—. ¿Le ha sucedido otras veces?

—No, que yo sepa.

Hiroko estaba pálida y las sales no le hacían efecto. Parecía empeorar por momentos. Reiko se preguntó si sería una gripe, o quizá la polio, la escarlatina... No acertaba a dar con la causa de su estado, pero Hiroko estaba fría, como si se le hubiera cortado la circulación.

El médico la abofeteó, la sacudió y finalmente miró a la enfermera que tenía al lado y le dio una orden concisa.

—Desnúdela.

Quería verle el abdomen y el pecho. Quería saber por qué no respiraba. Reiko se apresuró a ayudar a las otras dos enfermeras a desabrochar el grueso vestido de lana que llevaba Hiroko. Era largo y holgado, y los botones que lo cerraban por delante no parecían acabarse nunca. El médico separó los bordes del vestido, rasgándolo incluso y rápidamente le subió la combinación. Entonces lo vieron. Hiroko tenía el cuerpo vendado desde los pechos hasta los muslos. Las vendas estaban tan apretadas que literalmente le habían cortado la circulación.

—¡Dios mío! ¿Qué es esto? —exclamó el médico, que jamás había visto nada igual.

Reiko supo enseguida a qué se debían las vendas, aunque hacía años que no las veía. El médico se apresuró a cortarlas, e inmediatamente vieron que Hiroko volvía a la vida y mejoraba su color, y mientras le quitaban las interminables vendas, el cuerpo de Hiroko creció bajo sus manos y él comprendió de qué se trataba.

—Pobre niña —dijo, alzando la vista hacia Reiko.

Hiroko había estado a punto de matarse a ella y a su bebé. En cuanto cayeron las vendas, vieron que estaba embarazada de varios meses. Había cometido una locura, pero su abuela le había dicho que debía hacerse así y su propia madre lo había hecho cuando estaba embarazada de ella y de Yuji. Hiroko, además, no quería que nadie lo supiera. Lo había sospechado después de la partida de Peter, en junio, y ni siquiera a él se lo había dicho, y no había estado segura hasta julio. Según sus cuentas, el bebé nacería a finales de febrero o principios de marzo. Estaba embarazada de seis meses.

Pasaron otros cinco minutos antes de que se moviera bajo el suave masaje de Reiko y la otra enfermera, que notaron una fuerte patada de protesta del bebé. Sin duda se sentiría más feliz sin las trabas que le había puesto su madre. Mientras, Reiko contemplaba a su prima y reflexionaba rápidamente. No imaginaba cuándo ni cómo le había ocurrido aquello. Estaban en el campo de reagrupamiento desde abril y el único hombre con el que la había visto era Peter. Reiko no creía que él hubiera sido tan imprudente, pero lo cierto era que alguien lo había hecho.

Unos minutos más tarde Hiroko abrió los ojos. Miró a los que la rodeaban, pero aún no se había dado cuenta de que le habían abierto el vestido y retirado las vendas. Reiko la había cubierto discretamente con una manta.

—Eso que ha hecho ha sido una tontería —le dijo el médico, cogiéndole la mano.

—Lo sé. —Hiroko sonrió—. Pero no quería dejarla. Pensaba que si me quedaba con ella podría ayudarla —dijo, creyendo que se refería a su tozudez en permanecer tres días junto a la enferma.

—No me refería a ella sino a usted... Se ha estado portando muy mal con su bebé. Ha estado a punto de estrangularse, y al bebé de paso. —Hiroko no se había quitado las vendas en varios días, por lo que el médico dedujo que el bebé había crecido y las vendas se habían ido apretando hasta que finalmente ella se había desmayado. El médico se preguntó entonces cómo había podido soportarlo—. Le prohíbo que vuelva a hacerlo —dijo. Hiroko volvió el rostro, ruborizándose—. Ahora la dejo con su tía, pero no quiero verla trabajar demasiado durante un tiempo. Tiene alguien más en quien pensar, Hiroko. —Le dio unas palmaditas en el brazo y luego dijo a Reiko—. Que no salga de la cama hoy y mañana. Después puede volver. Se pondrá bien. —Sonrió y abandonó el pequeño cubículo seguido de las otras dos enfermeras.

Hiroko se quedó sola con su prima. Volvió la cara lentamente para mirarla, sollozando.

—Lo siento, tía Rei. —No lamentaba las vendas, sino el hecho de estar embarazada—. Lo siento mucho. —Había deshonrado a toda su familia; sin embargo, quería tener el hijo de Peter, por grande que fuera su vergüenza.

—¿Por qué no me lo dijiste?

—No podía. —Hiroko no quería causar problemas a Peter. Pensaba que si se enteraban, no le dejarían volver a verle. O peor aún, que si alguien se lo contaba al FBI tal vez lo castigaran.

Reiko vaciló antes de formular su siguiente pregunta.

—Es de Peter, ¿verdad? —Pero Hiroko no quiso contestar. Temía que le arrebatara al niño después de nacer, aunque pensaba que siendo de origen japonés su bebé habría de permanecer interno en el campo. Era su único consuelo—. ¿Por qué no quieres decírmelo? —inquirió Reiko.

—No puedo, tía Rei —musitó Hiroko, resuelta a proteger a Peter costara lo que costara, y protegiendo de hecho también a Reiko.

Ésta no insistió, pero en el fondo de su corazón sabía que el bebé era de Peter. Ayudó a su joven prima a abotonarse el vestido y a levantarse. Hiroko casi se desmayó otra vez, pero Reiko la hizo sentarse y le llevó un vaso de agua. Luego tiró a la basura aquellas horribles vendas.

—¡No vuelvas a hacerlo! —le reprendió—. Ni siquiera mi madre lo hacía, y era bastante chapada a la antigua —sonrió. Menudo secreto había guardado Hiroko durante todo aquel tiempo, incluso en la prisión. Se preguntó si Peter lo sabría.

Volvieron lentamente a su pequeño barracón cogidas del brazo. Reiko le dijo con tono protector que no debía trabajar demasiado, que comiera lo mejor posible y se cuidara. Se sorprendió de su avanzado estado de gestación. En un momento, sin las vendas, el vientre de Hiroko se había vuelto enorme en comparación con su menuda figura. De repente a Reiko le inquietó que tuviera problemas en el parto, porque no se hallaban en el lugar idóneo para complicaciones médicas.

Entraron en su barracón en silencio e Hiroko fue a acostarse. Takeo las vio entrar. En ese momento había terminado un mueble del que estaba especialmente orgulloso y por la tarde iba a trabajar en el comedor. Pronto empezaría, además, a dar clases en la escuela. Cuando vio a Hiroko, se quedó boquiabierto, pero consiguió contenerse y no decir nada hasta que minutos después salió al exterior con Reiko.

—¿Me he perdido algo? ¿Me he vuelto completamente ciego? —Estaba perplejo—. La última vez que la vi, hace dos días, parecía normal, y ahora vuelve con aspecto de estar de seis o siete meses, si la memoria no me falla. ¿Qué hacéis exactamente en esa enfermería tuya? ¿Es un milagro o estoy soñando?

—No exactamente. —Reiko sonrió alegremente y aceptó un cigarrillo de su marido. Era tan maravilloso tenerlo de vuelta y compartirlo todo con él. Por desilusionado que estuviera, era el hombre que amaba, su mejor amigo, su compañero. Le entristecía que Hiroko no pudiera compartir el mismo tipo de relación con el padre de su bebé—. Nos lo ha ocultado a todos, Tak —explicó—. Llevaba unas vendas tan apretadas que casi se asfixia. Sólo Dios sabe qué efecto habrá tenido en el bebé. Estaba completamente inconsciente y no supimos qué le ocurría hasta que la desvestimos. Un poco más y deja de respirar.

—Pobre niña. Supongo que podemos adivinar quién es el padre, ¿o no? ¿Hay algo que yo no sepa? —Hiroko era tan discreta que tal vez se había estado viendo con otro hombre sin que nadie se diera cuenta.

—Tiene que ser de Peter —dijo Reiko—, pero no quiere decírmelo. Creo que tiene miedo. Tal vez crea que le harán algo a Peter o que se llevarán a su hijo. O tal vez quiere protegernos a nosotros. No lo sé.

—¿Crees que él lo sabe? —Takeo daba largas caladas. Fumar era uno de los pocos placeres que le quedaban.

—No tengo la menor idea, pero lo dudo. No creo que se haya

atrevido a ponérselo por escrito, aunque hubiera querido hacerlo. Sobre todo teniendo en cuenta que tenía miedo hasta de contárnoslo a nosotros. —De repente recordó algo que fue causa de una nueva preocupación—. ¿Qué crees que debemos decirles a los niños?

—No hay mucho que decir. Hiroko va a tener un bebé y la queremos y queremos al bebé. Eso es todo.

Reiko le sonrió, divertida por la simplicidad de sus palabras.

—Te lo recordaré si le ocurriera lo mismo a Sally.

—Eso es diferente. —Takeo rió y meneó la cabeza, mirando a su mujer con admiración y afecto. Reiko siempre veía la parte humorística de las cosas y le ayudaba a él a verla. Le gustaba por eso, y por muchas cosas más—. Si fuera Sally, la mataría. Hiroko no es mi hija. —Tras un instante de reflexión, continuó—. Pobrecilla. Ha tenido que sufrir mucho y ahora esto. Supongo que por eso estaba tan enferma del estómago en Tanforan, y yo no había sospechado nada.

—Ni yo —admitió Reiko y volvió a mirar a su marido—. ¿Crees que se casará con ella si el bebé es suyo?

—Lo habría hecho de todas formas, Rei —se apresuró a replicar Tak—. Está loco por ella, y seguro que es de Peter. Es curioso, pero ahora que lo pienso noté algo diferente en ellos en Tanforan. Solían dar largos paseos todas las tardes, pero nunca imaginé que se meterían en este lío. Estaban muy unidos, igual que las parejas casadas. Me sorprende que Peter no se casara con ella antes de irse.

—No creo que ella aceptara sin el consentimiento de su padre —dijo Reiko.

En ese momento Hiroko salió lentamente de la casa y se acercó a ellos.

—Lo siento mucho —dijo, con la cabeza inclinada, sufriendo por haber hecho recaer la vergüenza sobre ellos. Había tenido la infantil esperanza de ocultar su embarazo para siempre.

—Te queremos —dijo Reiko, rodeándola con un brazo, y sonrió al mirarle el vientre, recordando sus propios embarazos. Sólo lamentaba la certeza de que el parto no sería fácil para Hiroko y que sólo los tuviera a ellos en lugar de un marido.

—¿Cuándo nacerá? —preguntó Takeo.

Hiroko volvió a ruborizarse. Aún luchaba contra la vergüenza que sentía, pero al mismo tiempo se sentía orgullosa y feliz de llevar el hijo de Peter.

—En febrero —musitó—, quizá en marzo.

Takeo asintió y alzó la mirada al cielo pensando en muchas cosas: en su vida, su matrimonio, sus hijos... y en Peter. Y luego sonrió a su prima y también la rodeó con el brazo.

—Es un buen momento para tener un bebé. Será casi primavera... un nuevo principio... una nueva vida... Quizá un mundo nuevo para todos nosotros.

—Gracias, tío Tak —dijo Hiroko y le besó en la mejilla, cerrando los ojos y pensando en Peter, rezando para que siguiera con vida.

14

Las reacciones de los niños ante el embarazo de Hiroko fueron diversas. Tami estaba encantada, Ken se sorprendió, pero adoptó un aire protector, y Sally se mostró muy poco comprensiva. Le fastidiaba que de repente todos fueran tan solícitos con Hiroko, a pesar de lo que había hecho, y tuvo más de una discusión con su madre por ese motivo.

—Si hubiera sido yo, tú y papá me hubierais matado.

Reiko sonrió al recordar las palabras de Takeo.

—Seguramente, pero esto es diferente. Ella tiene diecinueve años, casi veinte, está en una situación distinta, y no es nuestra hija.

—De todas maneras es ridículo que todo el mundo actúe como si fuera la Virgen María esperando al Niño Jesús.

—Oh, por amor de Dios, Sally, no seas tan cruel. La pobre está sola y en una situación terrible.

—¿Sabe al menos quién es el padre? —preguntó Sally con aspereza, y su madre le lanzó una mirada de reproche.

—No estamos hablando de eso. Sólo te digo que tenemos que ser amables con ella y ayudarla a cuidar del bebé.

—Bueno, pues no contéis conmigo para hacer de niñera. Imagínate lo que dirán mis amigas. —Sally se sentía mortificada, pero no lo lamentaba por ella. A Hiroko le había ocurrido lo que a muchas otras mujeres en la vida, y no correspondía a Sally tirar la primera piedra.

—Dependerá mucho de cómo se lo expliques a ellas —replicó su madre.

—No es necesario, mamá, se le ve a la legua.

Ciertamente todos se dieron cuenta, pero pocas personas lo comentaron. De hecho, en las difíciles circunstancias en que se hallaban, apenas le prestaron atención. Algunos pensaron incluso que era un signo de esperanza y la consideraron afortunada. Unos cuantos quisieron saber cuándo nacería el bebé, pero nadie preguntó quién era el padre.

Reiko y Tak se lo preguntaron unas cuantas veces, pero ella se negó a confirmar sus sospechas. En diciembre Hiroko recibió varias cartas de Peter, que seguía en el norte de África. Sus cartas estaban llenas de declaraciones de amor. Hiroko le contestó dándole noticias de sus primos, hablando poco del campo de internamiento y sin mencionar que estaba encinta. Peter le pedía una foto, pero Hiroko no tenía ninguna salvo aquella en la que estaban juntos, y como no se permitía tener cámaras en el campo le resultó fácil negársela.

El luctuoso aniversario de Pearl Harbor fue un día tranquilo para todo el mundo, excepto en Manzanar, donde, según supieron más tarde, los ánimos se exaltaron y se produjeron graves disturbios en el comedor. Murieron dos internos y otros diez fueron heridos. En Tule Lake la noticia provocó un malestar general, y los guardianes del campo se volvieron más estrictos.

Después de aquello, todos concentraron sus esfuerzos en la Navidad. Takeo daba clases en el instituto, y en la enfermería aumentó el trabajo debido a los resfriados, gripes y alguna que otra apendicitis. Hiroko volvió al trabajo tras unos días de reposo, sintiéndose mucho mejor. Ella y Tak trabajaban secretamente de noche para construir una casa de muñecas a Tami. Tak había hecho ya la estructura y se dedicaba a los muebles, e Hiroko se encargaba de decorar las paredes, hacer las alfombras, cortinas y cuadros diminutos. Aunque no estaba hecha con materiales caros, en algunos aspectos era más artística que la otra, gracias a la creatividad de ambos.

Takeo trabajaba también en un juego de Monopoly para su hija con la ayuda de Reiko, y en un ajedrez para Ken. Reiko tejía un bonito suéter de angora rosa para Sally, con lana que había comprado del catálogo de Montgomery Ward con gran parte de su salario. También había tejido un jersey para su marido y se había gastado el resto del dinero en una chaqueta de abrigo para él. Ella y el club de tejedoras se habían dedicado a hacer la canastilla para el hijo de Hiroko, y Takeo le hacía una cuna en madera tallada.

El día de Navidad se sorprendieron unos a otros con los regalos. Tak había comprado a su mujer un bonito vestido del catálogo de Sears con su magro salario, e Hiroko les entregó un poema compuesto por ella y titulado «Tormentas de invierno, arco iris de verano», en el que expresaba el afecto que sentía por sus primos.

Pero, aunque a todos les gustaron los regalos, el único que hubieran deseado aquel año era la libertad. En todo caso, fue un día agradable. Los hombres jugaron al *go,* las mujeres charlaron mientras hacían punto, y se hicieron visitas en sus barracones con adornos caseros. Les habían arrebatado cuanto tenían para encarcelarlos allí, pero era imposible doblegar su espíritu, pues estaban resueltos a ser fuertes y seguir adelante. Hiroko pensó en ello cuando tocó con la orquesta en el concierto de Navidad.

En Nochevieja se celebró un baile en el centro social. Tocó una banda de jazz a la que Ken acababa de unirse. Hiroko acudió un rato y un joven quiso sacarla a bailar, pero ella se ruborizó y dijo que no podía. Su holgado abrigo disimulaba el embarazo y él no lo había notado.

En enero los alemanes se rindieron en Stalingrado, lo que constituyó una importante victoria para los aliados. En Tule Lake fue un mes tranquilo, salvo por una fuerte epidemia de gripe.

A finales de enero, recibieron con sorpresa la noticia de que los japoneses habían recuperado el «privilegio» de ofrecerse voluntarios para incorporarse a filas. Sin embargo, Ken no deseaba ya alistarse para servir a un país que lo había traicionado. Lo mismo opinaron muchos jóvenes, y seguían indignados cuando, durante la primera semana de febrero, los funcionarios del campo pidieron a todos que firmaran un juramento de lealtad. Para muchos internos no constituía problema alguno, pues todos eran leales a Estados Unidos, pero Ken y otros jóvenes se sintieron aún más traicionados por las preguntas que les hacían y las respuestas que exigían de ellos en el juramento. Había dos que les irritaban especialmente: si estaban dispuestos a servir en las fuerzas armadas de Estados Unidos en combate allá donde les ordenaran, y si renunciarían a cualquier tipo de alianza con Japón o el emperador. Ninguna de las dos debería haberse formulado, puesto que la mayoría eran norteamericanos o habían vivido toda su vida en Estados Unidos. Muchos se negaron, pues, a contestar afirmativamente a esas dos preguntas por una mera cuestión de principios, y como resultado los apodaron chicos No-No y los enviaron a la zona de seguridad para ser interrogados.

Dos días después de que le presentaran el juramento, Ken aún no lo había firmado, cuando el resto de la familia ya lo había hecho, y tuvo una fuerte discusión con su padre. Takeo comprendía cómo se sentía su hijo y le dolía que tanto a él como a los demás jóvenes les hubieran arrebatado todos sus derechos de ciudadanos americanos, pero una vez recuperado el derecho a servir a la patria tenían la oportunidad de salir de los campos y demostrar que eran leales, y no quería que Ken la desaprovechara. No firmar el juramento sería un desastre para él.

—Ya no me siento americano, papá —le dijo Ken con ira—. No me siento americano ni me siento japonés. No soy nada —añadió con tristeza, y su padre no supo qué decir.

—No tienes alternativa, hijo. Te comprendo. Respeto tus sentimientos, pero debes firmar el juramento. Si no lo haces, te meterán en prisión y te encontrarás en un buen lío. Tienes que hacerlo.

La controversia entre padre e hijo duró varios días y por fin Ken accedió a firmar para no causar problemas a su familia. Muchos de los que no lo hicieron renunciaron a la nacionalidad estadounidense para irse a Japón, como habían amenazado durante meses. Tak agradeció profundamente que su hijo hubiera entrado en razón por fin, aunque eso significara verlo partir a la guerra. Al menos su lealtad como norteamericano no volvería a ser puesta en duda.

Una vez hubo firmado, la familia se liberó de la tensión, e incluso Hiroko se sintió aliviada. Como extranjera, el juramento de lealtad le había proporcionado la ocasión de firmar su lealtad al país, aunque en su caso tuviera menos importancia, puesto que no podía servir en el ejército.

Una epidemia de sarampión los mantuvo ocupados durante dos semanas. Al final de la segunda Hiroko se quedó hasta tarde para ayudar a Reiko que, por una vez, parecía tan cansada como ella. Hiroko había trabajado infatigablemente, pues deseaba ayudar todo lo posible antes de que tuviera que dejar de trabajar por el bebé.

El club de tejedoras le había entregado ya la canastilla y todo estaba a punto para el nacimiento. La más excitada era Tami, y Sally se había suavizado un poco. Sin embargo, Hiroko tenía otras cosas en la cabeza aquella noche mientras cuidaba a dos hombres y a una mujer de edad aquejados de sarampión. Ella lo había tenido de niña y no temía el contagio, pero estaba preocupada porque la tos y la fiebre de los enfermos no remitía.

—¿Cómo están? —preguntó Reiko en voz baja, acercándose y contemplándola con admiración. Había intentado mandarla a casa, pero Hiroko insistía en quedarse en la enfermería pese a haber cumplido ya dos turnos seguidos.

—Más o menos igual —contestó Hiroko, volviendo a pasarles una esponja por la frente.

—¿Y cómo estás tú? —preguntó Reiko, aunque ya se lo imaginaba.

Más tarde la vio frotándose la espalda un par de veces. Volvió a comprobar cómo se encontraba hacia la medianoche y le dijo que debía irse a casa, pero Hiroko tenía los ojos brillantes y parecía llena de energía. Reiko le sonrió y se fue presurosa a ayudar a un médico con lo que parecía una úlcera perforada.

Eran las dos de la madrugada cuando volvió a ver a Hiroko y esta vez la encontró exhausta. Sus pacientes se habían dormido por fin, y ella estaba ayudando a otra enfermera a cambiar los vendajes a un niño que se había quemado al incendiarse su colchón de paja por haber estado jugando con cerillas. Hiroko le sujetaba y Reiko observó que hacía muecas por simpatía con el niño, que lloraba. También vio que, cuando por fin volvió a acostarlo y se incorporó, tuvo que sujetarse a la mesa para no caer. Supo entonces, antes incluso que Hiroko, que estaba de parto.

—¿Te encuentras bien? —preguntó.

Hiroko volvió a hacer una mueca de dolor e intentó sonreír.

—Estoy bien. Sólo tengo la espalda dolorida —dijo, pero parecía absorta.

Reiko le sonrió. Era 1 de marzo y había llegado el momento.

—¿Por qué no te sientas un rato? —sugirió Reiko, y el hecho de que su prima la obedeciera, delató que seguramente tenía dolores más fuertes de lo que estaba dispuesta a admitir.

Reiko le llevó una taza de té y ambas charlaron en voz baja bajo la luz mortecina de la improvisada sala de enfermería. Fuera hacía mucho frío y el viento soplaba entre los barracones, pero en aquel instante había un cálido sentimiento de unión entre las dos. Sin embargo, mientras hablaban y otras enfermeras iban y venían, el rostro de Hiroko se fue poniendo cada vez más tenso y su expresión cada vez más inquieta.

—¿Te duele mucho? —preguntó Reiko al fin.

Hiroko la miró con lágrimas en los ojos y asintió. Había estado trabajando durante horas con la esperanza de que desapareciera, de que aún no llegase el momento. De pronto estaba aterrorizada y no se sentía con ánimos para enfrentarse al parto, pero el dolor se hizo insoportable. Aferró la mano de Reiko y emitió un gemido ahogado. Nadie la había preparado para aquello, pero Reiko la rodeó con un brazo y la ayudó a ponerse en pie. Dos enfermeras acudieron y Reiko les explicó que Hiroko estaba de parto.

—Bueno, ésa es una buena noticia. —Sandra, la mayor de las enfermeras, sonrió. Era una *nisei* menuda, regordeta y sonriente con la que Reiko había trabajado muchos años en Standford—. Ya me convenía esta noche. —Estaba cansada de ancianos agonizantes con sarampión. Hiroko las miraba con los ojos muy abiertos y parecía una niña—. No pasa nada —le dijo Sandra con tono tranquilizador, comprendiendo sus miedos. Hiroko sólo tenía diecinueve años, su madre no podía acompañarla y era su primer hijo.

Dos enfermeras más se unieron a ellas y condujeron a Hiroko hasta la pequeña sección separada por mantas en la que se atendían los partos. Una de ellas fue en busca del médico.

Resultó el mismo médico que estaba de servicio el día que

Hiroko se desmayó, y sonrió al verla, pero ella ya no podía sonreír. Al preguntarle cuándo habían empezado las contracciones, Hiroko miró a Reiko tímidamente y admitió que las primeras punzadas las había sentido antes del amanecer, es decir, casi veinticuatro horas antes. Una nueva contracción le cortó el aliento, y las enfermeras la ayudaron a desvestirse y acostarse. Reiko se quedó a la cabecera de la cama, sujetándole una mano, mientras el médico la examinaba. Hiroko volvió la cabeza con pudor. Nadie la había examinado jamás de aquella manera, ni la había visto o tocado excepto Peter.

—Calma, todo irá bien —le aseguró Reiko, y Sandra le cogió la otra mano.

El médico se sorprendió de que hubiera podido permanecer en pie tanto tiempo. Prácticamente había dilatado del todo y se veía ya el pelo del bebé. Con una mirada de aliento, le aseguró que no tardaría mucho en nacer, pero al salir del cubículo hizo una seña a Reiko y ésta salió con él. Hiroko se retorcía a causa de una nueva contracción, pero se empeñaba en no hacer ruido para que no la oyeran los pacientes que dormían al otro lado de las mantas. Se hubiera sentido avergonzada de despertarlos.

—Creo que el bebé es grande —dijo el médico a Reiko—. No quiero tener que hacerle la cesárea aquí. Tendrá que hacer cuanto pueda para sacarlo. No me importa que tengan que sentarse encima de su barriga, Rei. No quiero tener que abrirla a menos que sea imprescindible. Sería demasiado peligroso para ella y para el bebé.

Reiko asintió. Si el padre era Peter, que era alto y corpulento, quizá el bebé sería demasiado grande para Hiroko, pero no lo comentó con el médico, que se fue a ver a otros pacientes.

La otra enfermera ayudaba a Hiroko a respirar e intentaba que mantuviera la calma cuando Reiko regresó a su lado. Las dos mujeres intercambiaron una mirada comprensiva cuando Hiroko volvió a aferrar sus manos y gritó, olvidando que los enfermos podían oírla.

—No pasa nada. Grita todo lo que quieras —la animó Sandra—. No te preocupes por eso. Si no les gusta, que se vayan a otro hospital.

Hiroko intentó no gritar, pero perdió la batalla cuando la atenazó la siguiente contracción.

—Tía Rei —dijo con voz ronca—, esto es terrible... ¿No hay medicinas, algo...? —La poca anestesia de que disponían estaba destinada a cirugía, no a los partos, y Reiko sabía que no podía darle nada a menos que lo ordenara el médico.

En las dos horas siguientes, el médico volvió varias veces, y a las cuatro y media indicó a Hiroko que empezara a empujar, pero el bebé era tan grande que no se movía ni un centímetro. Estaba atascado, incapaz de volver hacia atrás y poco dispuesto a seguir adelante.

—Pequeño obstinado —dijo el médico después de batallar con un par de fórceps que dejaron a Hiroko jadeando de dolor, mientras la sujetaban tres enfermeras.

Eran ya las seis de la mañana y no habían conseguido nada. El médico miraba a Reiko de reojo de vez en cuando y ésta recordaba su advertencia, pero nada podían hacer para ayudar a Hiroko a sacar el bebé.

—Inténtalo, Hiroko, vamos —la animó Sandra—. Empuja todo lo que puedas.

Hiroko empujaba con todas sus fuerzas, pero le ocurría lo mismo que a su madre con Yuji, y no había hospital al que acudir. El médico probó de nuevo los fórceps, y luego ordenó a Sandra que apretara con fuerza el estómago de Hiroko, justo por encima del bebé. Hiroko aulló con la sensación de que le rompían las costillas. El bebé se movió un poco y las tres enfermeras, incluyendo Reiko, profirieron exclamacions de alegría, pero Hiroko sufría demasiado y se debilitaba por momentos.

—¡Más! —gritó el médico, volviendo a probar los fórceps, mientras Sandra y la otra enfermera apretaban.

Hiroko chilló y lanzó a Reiko una mirada de desesperación, pero su prima nada podía hacer.

—No... no... no puedo... ¡No...! —gimió Hiroko sin resuello, debatiéndose. De repente, recordó a Peter y las promesas que se habían hecho el uno al otro. Súbitamente comprendió que si no hacía aquello por él, moriría, y también el bebé. Los dolores que padecían eran por Peter, y no podía rendirse hasta que hubiera dado a luz a su hijo y estar allí cuando él regresara. No podía defraudarle. Estos pensamientos le dieron una fuerza desconocida y luchó valientemente para sacar a su hijo al mundo, pero el bebé seguía negándose.

Al cabo de una hora más, los latidos de madre e hijo se debilitaban. El médico comprendió que no tenía más remedio que operar por grande que fuera el riesgo. Hiroko sangraba abundantemente, y dos mujeres habían muerto de hemorragia en sendos partos la semana anterior. Quería hacer cuanto pudiera mientras aún había tiempo y salvar al menos la vida del bebé, si no podía salvar a Hiroko.

—Llevadla a la sala de operaciones —ordenó a Sandra con tono de sombría resignación—. No puede seguir así.

Pero Hiroko le oyó y le agarró la mano.

—¡No! —gritó, mortalmente pálida y asustada. Sabía que Yuji había nacido con césarea y que madre e hijo habían estado a punto de morir. Su padre le había contado la historia para demostrarle lo peligrosas que eran las antiguas costumbres.

Con esta obsesión, luchó denodadamente contra las fuerzas de la naturaleza con renovado ímpetu. Luchó con la fuerza que le daba el terror a lo que ocurriría si no lograba sacar al bebé. El médico probó con los fórceps una vez más, actuando con mayor osadía de la debida, al notar que Hiroko luchaba por su vida. Las dos enfermeras presionaron también e Hiroko empujó otra vez, y otra vez pareció inútil, pero de pronto el bebé empezó a salir, moviéndose muy despacio al principio, y apresurándose luego hasta que Hiroko emitió un horrible chillido, luego un largo y agudo grito y por fin un breve jadeo de furia. El bebé tenía el rostro colorado y brillante, los cabellos castaños y los ojos almendrados. Salvo por un leve aire japonés, era exactamente igual a su padre. Hiroko se lo quedó mirando, completamente agotada e incapaz de creer que lo hubiera conseguido.

—Oh... —exclamó, demasiado débil para hablar, pero maravillada al ver a su hijo, que era precioso, perfecto y muy grande, como había intuido el médico.

—Exactamente cuatro kilos y medio —anunció el médico tras pesarlo, mirando al bebé que lo había desafiado durante horas, y sonriendo luego a la madre que se había negado a rendirse—. Hiroko, eres una heroína. Ha sido asombroso. —Si alguien se lo hubiera preguntado, habría jurado que sería imprescindible practicar una cesárea, pero se alegraba de no haberlo hecho, porque temía que ambos hubieran muerto.

Salía el sol cuando las enfermeras limpiaron a Hiroko mientras ella descansaba con su hijo en brazos. Todos se habían conmovido por lo que habían visto aquella noche.

—Siento que haya sido tan duro —le dijo Reiko en voz baja, pensando que su prima era una joven extraordinaria, muy valiente e increíblemente fuerte.

La orgullosa madre miró con aire arrobado a su bebé.

—Es igual a Peter, ¿verdad? —susurró. Al mirar a su hijo se dio cuenta de que todos sus sufrimientos habían valido la pena. Había sido como un tren expreso atravesando su alma, arrastrándola al abismo y levantándola luego, y justo cuando creía que iba a morir, había nacido. Deseó que Peter estuviera allí para verlo, y Reiko se dio cuenta de que Hiroko había admitido por fin quién era el padre.

—Tienes que decírselo —dijo, pero Hiroko negó con la cabeza.

—Sólo serviría para que se preocupara más. Se lo diré cuando vuelva. —Hacía tiempo que lo tenía decidido. ¿Y si Peter no deseaba volver con ella? Ella no pensaba obligarle. De este modo, era libre para regresar, y si lo hacía los hallaría esperándole. Miró a Reiko y decidió compartir su secreto con ella, después de haber sufrido tanto y de que su prima y las otras enfermeras hubieran sido tan buenas con ella—. Nos casó un sacerdote budista en Tanforan. Yo temía que se enteraran y que castigaran a Peter por ello, pero no lo supo nadie. —Alzó la mano y mostró el delgado anillo a Reiko, que lo miró, sorprendida.

—Eres muy buena guardando secretos... y teniendo bebés. —Besó a Hiroko y le dijo que durmiera.

Cuando madre e hijo se quedaron profundamente dormidos, Reiko volvió a casa y se lo contó todo a Takeo, que se estaba preparando para irse al instituto. Reiko se sorprendió al ver que eran las nueve de la mañana.

—Ya imaginaba que se trataría de eso al ver que anoche no volvíais ninguna de las dos, pero supuse que me enviarías recado si me necesitabas. ¿Está bien Hiroko?

—Ahora sí, pero nos ha tenido asustados durante un buen rato, incluso al médico —explicó Reiko—. El bebé ha pesado cuatro kilos y medio, y es precioso. —Sonrió con tristeza al pensar en el largo y arduo camino que Peter e Hiroko tenían por delante—. Es igual a Peter.

—Lo que yo pensaba. —Se alegraba de que Peter y él tuvieran un vínculo como aquél, y conociendo bien a Peter, sabía que también para él significaría mucho—. Debería decírselo. Espero que lo haga.

—No quiere. Dice que se preocuparía en exceso —dijo Reiko, sentándose con un suspiro de cansancio.

—Peter tiene derecho a saber que es padre. —Tak sonrió a su mujer al recordar lo que había sentido él cuando nació Ken, y también cuando nacieron las niñas. Le alegraba que hubiera nacido aquel niño, quizá como un presagio esperanzador.

—Me ha contado que los casó un sacerdote budista en Tanforan —comentó Reiko, quitándose los zapatos—. Al parecer ha llevado una alianzada desde mayo, y yo ni la había visto. La lleva al lado de otro anillo y se me había pasado por alto.

—A ti no se te pasan muchas cosas. —Tak la besó, pero se le hacía tarde—. Iré a verla esta tarde. —Se dirigió hacia la puerta, pero se detuvo y miró a su mujer con una sonrisa de felicidad. El bebé era una bendición para todos, sobre todo allí, en Tule Lake—. Felicidades —dijo.

—Te quiero —dijo ella.

Takeo se apresuró a salir. Hacía tiempo que no se sentía tan feliz. Su mujer lo contempló con una sonrisa, pensando en el bebé de Hiroko.

15

Hiroko permaneció en la enfermería una semana, y luego volvió con su familia, que la aguardaba impaciente y jubilosa.

Al bebé lo llamó Toyo. Incluso Ken pasaba horas jugando con él y acunándolo; sólo se negaba a cambiarle los pañales. Pero Takeo los superó a todos en atenciones. Le hacía feliz cuidarlo siempre que Hiroko necesitaba un descanso, y el bebé estaba muy a gusto con él. No lloraba nunca y se dormía beatíficamente en sus brazos, hasta que decidía que tenía hambre y necesitaba a su madre.

Hiroko volvió a la enfermería dos semanas después del parto, sintiendo remordimientos por quedarse en casa. Una de las ancianas del campo le hizo un *obuhimo*, que servía para llevar al bebé sujeto a la espalda, como los que había utilizado su madre. Toyo pareció muy contento de dormir sobre su madre mientras ésta realizaba sus ligeras actividades, puesto que aún no había recuperado las fuerzas. Además, se mantenía apartada de los casos más graves, puesto que llevaba al bebé encima todo el tiempo. Toyo era un bebé rollizo y afable con aspecto de pequeño Buda, y se parecía cada vez más a Peter y cualquiera notaba que su sangre estaba mezclada. Todos lo querían. Hiroko siguió escribiendo a Peter, pero, fiel a su palabra, no le dijo nada de Toyo.

El ejército había enviado oficiales reclutadores al campo y mucho jóvenes se alistaron, pese a que los chicos No-No llegaron incluso a amenazarles.

Ken les sorprendió con la noticia tres semanas después del

nacimiento de Toyo. Dos días antes había cumplido los dieciocho años y, sin siquiera comentárselo a sus padres, se había alistado.

—¿Que has hecho qué? —Su madre lo miró con incredulidad—. Creí que no te interesaba defender este país —dijo, deseando que hubiera mantenido sus opiniones. Ella amaba a su país, pero no quería sacrificar a su hijo.

—Me he alistado voluntario —repitió Ken, y sus padres lo miraron con consternación. Ken parecía haber resuelto sus conflictivas emociones y de repente estaba orgulloso de sí mismo. Iba a conseguir lo que quería, que era salir de aquel campo.

—¿Por qué no nos lo has dicho primero? —preguntó Tak. Tan locuaz que había sido para expresar su ira y sus protestas, y de repente se había alistado sin rechistar. Sencillamente Ken no aguantaba más en el campo. Los dos chicos que se habían alistado con él mantenían en aquel momento conversaciones similares con sus padres. No era que Tak no se sintiera orgulloso de su hijo, o incluso que no tuviera un sentimiento patriótico, pero había sido una sorpresa.

Muchos de los nuevos reclutas se marcharon ese mismo mes. La víspera de la partida fue dolorosa para todos.

Lo acompañaron al autobús al día siguiente, y Tak lloró con desconsuelo. No podía creer que Ken se marchara, pero en cierto sentido le aliviaba que al menos uno de ellos fuera libre.

—Cuídate mucho —pidió a su hijo con voz ahogada—. No olvides que tu madre y yo te queremos.

—¡Os quiero! —gritó Ken desde los peldaños del autobús.

Sally y Tami lloraron también, e Hiroko intentó contener las lágrimas. Eran ya demasiadas las despedidas que habían padecido en poco tiempo. Algunos volverían, otros no. Hiroko rezó por su primo cuando el autobús se puso en marcha. De regreso en el barracón, Takeo se echó a llorar de nuevo cuando colgó una estrella en la ventana para que todos la vieran. Otros tenían varias estrellas en la ventana. La familia se reunió en torno a él y pensaron en Kenji con tristeza y dolor.

Recibieron una carta de Ken poco después. Se hallaba en el campamento Shelby, en Misisipí, y se incorporaría al 442° Regimiento de Infantería. Se trataba de un batallón formado enteramente por *nisei*, la mayoría de ellos procedentes de Hawai. Era interesante notar que, pese a su cercanía con Japón, no había ningún campo de reubicación en Hawai. En sus cartas, Ken parecía feliz y excitado. En Honolulú los habían despedido con una gran ceremonia en los jardines del palacio Iolani. Por lo que decía en sus cartas, que la familia leía una y otra vez, estaba encantado de haber recuperado la libertad, pero también le entusiasmaba cumplir con su deber de patriota. Envió a sus padres una foto vestido de uniforme. Reiko la colocó amorosamente sobre una mesita que había fabricado Tak, y la mostró a todas sus amigas. Parecía un pequeño altar, y a veces Hiroko se ponía nerviosa al verlo de esa forma, pues deseaba que estuviera con ellos en lugar de haberse convertido en alguien de quien se hablaba. Pero comprendía el fervor de Ken por servir a su país.

Hiroko empezó a recibir noticias de Peter con mayor frecuencia. Éste seguía en el norte de África, igual que los alemanes, desgraciadamente. Por lo que Hiroko pudo deducir, pese a los esfuerzos del censor por ocultarles los hechos, la lucha parecía endiabladamente encarnizada.

En julio un grave brote de meningitis asoló el campo. Varios ancianos murieron y muchos niños pequeños cayeron enfermos. Las madres permanecían junto a ellos noche y día durante la cuarentena, pero muchos murieron y se sucedieron los funerales en los que se introducían pequeños ataúdes en estrechas tumbas. Era más de lo que Hiroko podía soportar, sobre todo teniendo a Toyo, que sólo contaba cuatro meses de edad. Sin embargo, no fue Toyo quien finalmente se puso enfermo una cálida noche de verano, sino Tami. La niña parecía tener fiebre cuando se acostó, y más tarde Hiroko la oyó llorar quedamente cuando se levantó para amamantar a Toyo. El bebé era tragón y con frecuencia hacía levantar a su madre dos y tres veces por la noche.

La pobre Tami ardía de fiebre. A la mañana siguiente tenía el cuello rígido y deliraba cuando su padre la llevó a la enfermería y la dejó en manos de Reiko.

La batalla por su vida duró varios días. Tami parecía no saber siquiera dónde se hallaba. Hiroko dejaba a Toyo al cuidado de Tak para turnarse con Reiko. Otras veces, Takeo pasaba la noche con su hija, le ponía paños fríos en la frente, le hablaba y le cantaba las canciones de cuna que le gustaban cuando era bebé, pero su aspecto empeoraba. Se sentía muy unido a su hija menor, y Reiko sabía que su pérdida mataría su corazón.

—No la dejes morir, por favor... Hiroko, por favor, no la dejes morir —suplicó Tak una noche entre sollozos, e Hiroko lo abrazó afectuosamente.

—Está en las manos de Dios, Tak. Él cuida de ella. Debes confiar en él.

Tak se volvió hacia ella y la sorprendió con la vehemencia de su ira.

—¿Igual que ha cuidado de nosotros, metiéndonos aquí? —dijo, pero se arrepintió al ver la expresión sobresaltada de Hiroko—. Lo siento. No sé lo que digo.

Las cosas empeoraron. Hiroko velaba a Tami para que sus padres descansaran. Sólo volvía a casa para amamantar a Toyo y luego regresaba para relevar a Tak o a Reiko y mandarlos a casa a descansar. Hiroko bañaba a la niña, la vigilaba y la obligaba a beber líquidos con la ayuda de un joven ayudante sanitario de nombre Tadashi. Éste había llegado al campo con su familia cuando se cerró Tanforan. Cojeaba y llevaba un aparato ortopédico. Hiroko sabía que había tenido la polio, y pronto se había ganado su simpatía por la amabilidad y celo con que cuidaba a los pacientes. Se había licenciado en Berkeley el año anterior y había firmado el juramento de lealtad inmediatamente, pero el ejército lo había rechazado por su cojera. Era uno de los pocos jóvenes que quedaban en el campo, excepto los chicos No-No y los revoltosos, que se habían acostumbrado a marchar cada mañana al estilo militar en camiseta, con su emblema y cortes de pelo al cero como símbolos de desafío. Tadashi trabajaba en la enfermería y también era un músico con talento. Hiroko había tocado con él en la orquesta y le gustaba, porque era inteligente, simpático y buen compañero en el trabajo, y además le recordaba a Yuji.

Él se mostró particularmente solícito durante la enfermedad de Tami, e hizo cuanto pudo por ayudarles. Era alto y delgado y tenía una sonrisa cordial. Hiroko había oído decir que en Japón su familia era muy distinguida. Era un *kibei*, nacido en Estados

Unidos, pero había estudiado en Japón antes de ingresar en Berkeley.

—¿Cómo está Tami? —preguntó en la octava noche de su enfermedad. Otros niños habían muerto o se habían recuperado en menos tiempo. Tami deliraba cuando Tak se había marchado con Reiko.

—No lo sé —contestó Hiroko con un suspiro, no queriendo admitir que la estaban perdiendo poco a poco.

Tadashi se sentó a su lado en silencio y le tendió una taza de té. Hiroko parecía exhausta.

—Gracias —dijo ella, y le sonrió. Sus facciones eran agradables, pero a Hiroko le parecía joven, aunque tenía cuatro años más que ella. Tener a Toyo la había hecho madurar y en ocasiones se sentía incluso vieja.

—¿Y cómo está tu hijo?

—Bien, gracias a Dios —dijo Hiroko, pensando en Toyo, aunque le horrorizaba la idea de que Tami pudiera morir.

Incluso Sally fue a visitarla varias veces, pese a que las diferencias entre ella e Hiroko habían aumentado. Daba la impresión de que sencillamente no se soportaban desde el nacimiento de Toyo. Sally pasaba la mayor parte del tiempo con los chicos No-No, por lo que Hiroko la regañaba repetidamente. Sally replicaba que ella no era su madre y que no era asunto suyo. Tenía dieciséis años y era un auténtico quebradero de cabeza para Reiko. El campo de internamiento no había sido bueno para ella, sus estudios se habían resentido y se había juntado con algunos chicos a los que hubiera sido mejor que no conociera. No le interesaban las chicas, que tenían clubes femeninos o corales. Cuando Hiroko intentó explicarle que era demasiado joven para salir con chicos, ella contestó que al menos no había sido tan idiota para tener un hijo ilegítimo. Desde ese enfrentamiento, un mes antes, apenas se habían hablado, pero Hiroko sentía lástima por ella, porque sabía que en el fondo era desdichada y le preocupaba su futuro. También estaba asustada porque veía que su padre no tenía buen aspecto, y la enfermedad de Tami le había minado a ojos vista. Su hermano, además, se había marchado a la guerra, y Sally tenía la impresión de que no tenía nadie con quien hablar o en quien confiar salvo unos pocos amigos, como los más jóvenes chicos No-No, que fueron a visitar a Tami con ella en una ocasión.

—Tu prima Sally parece bastante problemática —comentó Tadashi, que la había visto en su última visita.

Hiroko le sonrió por encima de su taza de té.

—Mi tía dice que está en la edad. Debe de ser eso —dijo Hiroko con tono comprensivo. No dejaba de vigilar a Tami, que no se había movido siquiera en la última hora—. Creo que yo soy afortunada por tener un hijo pequeño.

Tadashi se preguntó si era en verdad afortunada. Todos en el campo sabían que no estaba casada, y no tener un marido que cuidara de ella no parecía el mejor modo de iniciar una nueva vida cuando salieran de allí. Sin embargo, jamás se hubiera atrevido a preguntarle sobre el padre de su hijo ni lo que le había ocurrido. Había visto al niño unas cuantas veces y sabía que el padre debía de ser hombre blanco, pero Hiroko no recibía visitas ni parecía tener planes de matrimonio.

Mientras charlaban en voz baja sobre sus familias respectivas en Japón, Tami se removió y empezó a llorar. Al cabo de un rato, estaba tan mal que decidieron avisar a sus padres. Tadashi se ofreció para ir a buscarlos.

Tak y Reiko llegaron corriendo a la enfermería y permanecieron junto a Tami durante horas, viendo cómo su hija se les escapaba de las manos. Sin embargo, por la mañana Tami durmió profundamente y la fiebre le bajó de manera inesperada. Era un milagro, no había otra explicación. Tami había estado enferma más tiempo que ningún otro, pero había sobrevivido. Su padre sollozó a su lado mientras la contemplaba y le besaba la mano. Estaba deshecho, e Hiroko tuvo que llevarlo a casa mientras Reiko se quedaba junto a Tami. Pero tan pronto como ayudó a Tak a acostarse y fue a ocuparse de su bebé, que se había quedado con Sally, se dio cuenta de que a Toyo le ocurría algo malo. Estaba caliente al tacto y lloraba con nerviosismo, y cuando intentó amamantarlo, en lugar de tragar ávidamente como solía, se negó a chupar. Cada vez que lo movía, lloraba como si le doliera algo.

—¿Cuánto tiempo hace que está así? —preguntó a Sally, pero la adolescente se limitó a encogerse de hombros y dijo que creía que estaba bien la noche anterior—. ¿Estás segura? —insistió Hiroko.

Sally admitió que no lo estaba, que había creído que dormía y ni siquiera había ido a mirarlo. Hiroko tuvo que contenerse para no abofetearla. Cogió al niño y lo llevó rápidamente a la enfermería. Toyo tenía cuatro meses y seguramente era demasiado pequeño para sobrevivir a la meningitis, si se había contagiado.

Tan pronto como lo vio el médico, confirmó el diagnóstico. Hiroko sintió que el corazón le daba un vuelco al oír las fatídicas palabras. Lo aislaron, igual que antes a Tami, e Hiroko se quedó con él. La fiebre aumentó y Toyo lloraba sin cesar. Al tocarlo se dio cuenta de que tenía el cuello rígido y de que le dolían los miembros. A Hiroko le dolían los pechos, pero el bebé se negaba a comer, y ella se sentaba con él en brazos, llorando y rezando, preguntándose por enésima vez si debería haberle hablado de él a Peter. ¿Y si moría sin que Peter hubiera llegado a verlo o saber siquiera de su existencia? Aquella idea le resultaba insoportable.

Reiko la acompañaba noche tras noche. Tami se encontraba ya mucho mejor, comía, charlaba y jugaba, y pronto podría volver a casa, pero el pobre Toyo empeoró y su madre lloraba y lo abrazaba sin dejar que nadie lo tocara y sin separarse de él. Cuando ya no podía soportarlo más, se tumbaba en el suelo junto a la cuna y dormía sobre un tatami.

—No puedes seguir así, Hiroko, tienes que ir a casa y descansar un poco —insistía Reiko en vano.

Sandra, la enfermera que había asistido al parto, fue a verlos varias veces e intentó también convencer a Hiroko de que se fuera, pero nadie logró persuadirla de que abandonara a su hijo. El médico lo visitaba varias veces al día, pero nadie podía cambiar el curso del destino ni detener la enfermedad. Tan sólo les quedaba aguardar el desenlace.

También Tadashi iba a verlos. Llevaba té a Hiroko, o agua, o a veces alguna fruta, y en una ocasión le llevó una flor, pero Hiroko apenas se daba cuenta, pues estaba destrozada por la pena y sabía que no sobreviviría a su hijo si éste moría. Rezaba por él sin cesar y hablaba con Peter en silencio.

—¿Cómo está? —susurró Tadashi una tarde cuando fue a verla.

Como de costumbre, fuera hacía calor y el polvo impregnaba el aire. El descontento había aumentado en el campo, que acababa de ser designado como centro de «segregación». Seis mil «leales» serían trasladados a otros campos en los dos meses siguientes, y nueve mil «desleales», o personas consideradas de alto riesgo, serían internados en Tule Lake, lo que significaba que estaría más abarrotado que antes. Se establecerían medidas de seguridad más rígidas. De hecho, ya se habían apostado varios tanques alrededor del perímetro del campo y habían llegado más soldados. Los internos contemplaban con disgusto cómo instalaban verjas más altas y más alambradas. La sensación de encarcelamiento iba creciendo, pero Hiroko no sabía nada de todo aquello mientras cuidaba a su hijo.

—Creo que está peor —contestó con angustia, y miró a Tadashi, rechazando la manzana que éste le ofrecía. No comía más que lo imprescindible para poder amamantar a su hijo, que de vez en cuando aceptaba comer.

—Se pondrá bien —le aseguró él, con la mano suavemente posada sobre su hombro, y luego se fue.

Por la noche, Hiroko sollozó en el cubículo donde permanecía con su hijo, convencida de que se estaba muriendo. Tadashi volvió y se quedó mirándola, temiendo entrometerse, pero no deseando dejarla sola. Tad tenía una hermana casada de la edad de Hiroko que había muerto por un aborto, y la echaba de menos. En cierto sentido, aquella desgracia personal le hacía sentirse más unido a Hiroko.

Finalmente se sentó en silencio junto a ella. Mientras ambos contemplaban al pequeño Toyo, la respiración del bebé se volvió más jadeante, boqueaba buscando aire, pero allí no disponían de oxígeno. No podían hacer nada. Hiroko lo cogió en brazos y lo arrulló, llorando e intentando mantenerlo erguido, y Tadashi le pasó una esponja empapada en agua fría por la cara. Toyo había perdido peso y ya no parecía un pequeño Buda.

De repente, dejó de respirar. Al principio puso cara de sorpresa, como si se hubiera atragantado con algo, e instantes después se quedó inerte en brazos de su madre, que emitió un gemido ahogado y lo miró presa del pánico. Antes de que Hiroko pudiera decir nada, Tadashi le arrebató el bebé, que estaba morado, lo colocó sobre el tatami y empezó a practicarle un masaje cardíaco y luego la respiración artificial, introduciendo aire en sus pulmones metódicamente, mientras Hiroko sollozaba de rodillas junto a él. Al cabo de un rato, Toyo emitió un débil quejido, luego gorjeó y soltó un berrido. Su color mejoró un poco. Tad fue entonces en busca de una pequeña bañera con agua fría y ayudó a Hiroko a bañarlo. A la mañana siguiente, por fin, la fiebre había remitido. Hiroko tenía el rostro ceniciento; sabía que había estado a punto de perder a su hijo, y que Tadashi lo había salvado.

—¿Cómo podré agradecértelo? —le dijo en japonés, con los ojos llenos de lágrimas—. Has salvado a mi hijo.

—Dios lo ha salvado, Hiroko. Yo sólo he ayudado, igual que tú. Eso es todo lo que podemos hacer aquí, ayudar. Ahora deberías ir a dormir un rato, yo lo cuidaré hasta que vuelvas.

Como de costumbre, Hiroko se negó a abandonar a su hijo. El joven se fue a descansar y volvió para el turno de las cinco con Reiko, que se había enterado de lo ocurrido la noche anterior por unas enfermeras y le dio las gracias. Tadashi fue a ver a Hiroko y al bebé, sobre el que tenía cierto sentimiento de propiedad. Le alegró comprobar que Toyo tenía un color más sonrosado y que sonreía a su madre.

—Has hecho un milagro —le dijo Hiroko, que estaba despeinada y sudorosa. Hacía calor en el pequeño cubículo y ella no dejaba de abanicarse.

Mientras hablaba con ella, Tadashi vio que tenía los ojos muy brillantes y que parecía muy nerviosa.

—Necesitas descansar —le dijo con tono profesional—. Vas a caer enferma si no te cuidas.

A Hiroko le conmovía y divertía que se pusiera serio con ella. Se habían hecho amigos durante la enfermedad de Tami y de Toyo. A Tami no la veía desde que Toyo contrajera la meningitis.

Cuando Tadashi volvió por la noche, Hiroko tenía peor aspecto y parecía muy inquieta, de modo que decidió hablar con Reiko.

—Creo que está extenuada. Debería obligarla a irse a casa antes de que sufra un colapso.

—¿Alguna sugerencia? ¿La golpeo en la cabeza con el palo de una escoba? —dijo Reiko con una sonrisa cansada. Tenían muchos niños enfermos que cuidar, y esa mañana habían ingresado a uno con polio. Una epidemia de poliomelitis sería devastadora para el campo, por lo que habían aislado al niño en otro edificio—. No va a querer dejar al bebé.

—Usted es su prima. Dígale que tiene que hacerlo —insistió Tadashi.

—No conoces a Hiroko —replicó Reiko meneando la cabeza—. Es muy testaruda.

—Lo sé. También lo era mi hermana —dijo él con tristeza. Hiroko y ella se parecían mucho, a veces incluso físicamente.

—Hablaré con ella —dijo Reiko para tranquilizarlo, y ambos se dirigieron al cubículo de Toyo.

Encontraron a Hiroko con la blusa medio desabrochada como si estuviera abrasándose de calor, abanicándose sin parar y diciendo incongruencias. Reiko comprendió inmediatamente que hablaba con Peter. Hiroko los miró y se dirigió a ellos en japonés. Pensaba que eran sus padres y empezó a hablarles de Yuji. Aquello bastó para que su prima fuera rápidamente en busca del médico. Tadashi se quedó hablándole con calma en japonés. Ella se levantó y echó a andar hacia él. Estaba increíblemente hermosa, pero parecía confusa y le dijo en inglés que lamentaba no haberle dicho antes lo del bebé. Justo cuando llegaba a la altura de Tad, desfalleció lentamente y él tuvo que sostenerla; había perdido el conocimiento. El médico la encontró tendida en el suelo con la cabeza en el regazo de Tadashi. La examinó y confirmó que había contraído la meningitis.

El milagro fue más difícil en su caso. Toyo tuvo que ser destetado y no le gustó en absoluto, pero siguió recuperándose mientras su madre empeoraba cada día, hasta pasar de la inconsciencia a un estado cercano al coma. Le dieron cuantos medicamentos tenían a su disposición, pero la fiebre persistía y no recuperaba el conocimiento. Al cabo de una semana, su caso parecía desesperado. Se mantuvo así una semana más y todos la daban ya por muerta. De hecho, cada vez que la examinaba, el médico se sorprendía de que siguiera viva. Tadashi estaba absolutamente abatido, e incluso Sally lloró, arrepentida de todas las cosas horribles que le había dicho y de haberse peleado con ella. Tami quedó tan trastornada al saberlo que no quiso comer nada desde entonces, y su madre temió que sufriera una recaída.

Hiroko perdió tanto peso que parecía transparente. Tadashi trabajó turnos dobles durante aquellas dos semanas con la esperanza de ayudarla.

—Por favor, Hiroko —musitaba, contemplándola a veces por la noche, cuando no había nadie más—. Por favor, vive por Toyo. —No se atrevía a decir «por mí».

Por fin, una de esas noches, Hiroko se agitó y empezó a murmurar en sueños otra vez. Llamó a Peter y luego se echó a llorar y hablar del bebé.

—Fue tan difícil..., No podía... Lo siento... No sé dónde está ahora.

Tad comprendió a qué se refería, le cogió la mano y se la apretó suavemente.

—El bebé está bien, Hiroko. Te necesita. Todos te necesitamos. —Se había enamorado de una mujer a la que apenas conocía, al principio porque se parecía a su hermana, las dos solitarias, cansadas y confusas. Él estaba harto de facciones en disputa. Detestaba no poder alistarse, y también estaba harto de las quejas de los chicos No-No y de que los otros se quejaran de ellos. Sobre todo, estaba harto de vivir tras una alambrada en el país que amaba. Tampoco Hiroko merecía estar allí. Ella era un rayo de esperanza, pura, vital y generosa—. Hiroko —susurró, pero ella no volvió a hablar esa noche.

Cuando Tadashi volvió por la mañana, estaba peor. El joven comprendió que los médicos tenían razón, que estaba agonizando.

Reiko y Tak estaban con ella cuando el joven volvió por la noche al trabajo, acompañados de un sacerdote budista que sacudía la cabeza y expresaba sus condolencias. Al verlo, Tadashi creyó que Hiroko había muerto y sus ojos se anegaron en lágrimas.

—Aún no —le dijo en voz baja Sandra.

Los otros se fueron después de un rato, y más tarde él volvió a su cubículo para verla. Quería despedirse de ella a solas. Deseó haber podido salvarla, igual que a su bebé.

—Siento que te ocurra esto —dijo con tristeza, arrodillado junto a su catre. Los ojos de Hiroko eran como dos profundas simas en su rostro; no emitía sonido alguno ni se movía—. Ojalá te quedaras... necesitamos un poco de sol por aquí... —Sonrió. Necesitaban tantas cosas.

Se sentó un rato junto a ella, echándola ya de menos, cuando poco después, Hiroko abrió los ojos, lo miró sin reconocerlo y preguntó por Peter.

—No está aquí, Hiroko... —Ella volvió a cerrar los ojos y él quiso impedírselo. ¿Y si era la última vez que los abría? ¿Y si se moría en ese momento?—. ¡Hiroko! No te vayas... Vuelve.

Hiroko abrió los ojos de nuevo y lo miró.

—¿Dónde está Peter? —Su voz sonó más fuerte.

—No lo sé. Pero nosotros estamos aquí y queremos que te quedes.

Hiroko asintió y volvió a cerrar los ojos, pero enseguida volvió a mirar a Tadashi con aire confundido, como si de repente recordara quién era y la estuviera interrumpiendo en un momento importante.

—¿Dónde está Toyo? —preguntó en voz baja.

—Está aquí. ¿Quieres verlo?

Ella asintió, y Tad corrió a buscar al pequeño. Una de las enfermeras quiso saber qué pasaba y él se lo explicó. A la enfermera le pareció una locura, pero no les haría daño, dado que tanto la madre como el hijo tenían meningitis.

Hiroko dormía otra vez cuando regresó con el niño en brazos, pero él la sacudió suavemente. Ella abrió los ojos y de nuevo pareció confundida. Tadashi depositó al niño a su lado con cuidado, para que su rostro quedara junto al de su madre. El bebé la reconoció inmediatamente y emitió unos gorjeos de alegría. Él lo sostenía para que no cayera. Hiroko abrió los ojos y vio a su bebé.

—Toyo —dijo con lágrimas en los ojos, y luego miró a Tadashi—. ¿Está bien? —susurró.

Tad asintió.

—Él está bien, y ahora te has de poner bien tú. Todos te necesitamos.

Hiroko sonrió como si él hubiera dicho una tontería, y acarició los dedos de su hijo. Luego se dio un poco la vuelta y le dio un beso.

—Te quiero —dijo, y Tadashi deseó que se lo hubiera dicho a él, pero de momento todo lo que pedía a Dios era que se salvara.

Cuando una de las enfermeras fue a buscar al bebé, Hiroko seguía despierta. Tadashi se quedó con ella toda la noche, charlando sobre la familia, sobre Japón, sobre sus primos, California y St. Andrew's, pero sin mencionar a Peter. Por la mañana le había bajado la fiebre, y Tadashi la dejó con la impresión de que se restablecería.

—Vas a ganarte fama de curandero si no te andas con cuidado, Tadashi Watanabe —bromeó Sandra cuando él abandonaba la enfermería.

Reiko fue en su busca más tarde para darle las gracias.

Se habían producido tres milagros en la familia. Los tres habían sobrevivido a la temible enfermedad que había causado tantas muertes en el campo. Sin embargo, una semana más tarde, cuando Hiroko estaba sentada en la enfermería con su hijo en el regazo, Takeo fue a verla para darle una noticia, después de consultarlo con Reiko. Lo que tenía que decirle había ocurrido dos meses antes, así que, ¿por qué no esperar un poco más? No obstante, a Takeo no le pareció bien ocultárselo por más tiempo, y las circunstancias en las que le había llegado la noticia eran tan poco usuales que en cierto sentido parecía obligado a decírselo.

Takeo había recibido una carta de un diplomático español que había dado clases con él unos años antes en Standford, mientras se tomaba un año sabático de la Universidad de Madrid. Aquel español había conocido al padre de Hiroko, en Kioto. De alguna manera, Masao había conseguido hacerle llegar la noticia de que Yuji había caído en combate en mayo en Nueva Guinea, y había pedido a don Alfonso, que así se llamaba el diplomático, que se lo comunicara a su hija y sus primos, si podía ponerse en contacto con ellos.

Hiroko sufrió una terrible conmoción al enterarse. Una de las enfermeras se hizo cargo de su hijo mientras ella lloraba en brazos de su primo Tak. Yuji y ella habían estado tan unidos que en cierto modo se sentía como si hubiera perdido a Toyo. Pero no. Al menos, le recordó Tak, le quedaba su hijo.

Esa noche Hiroko lloró desconsoladamente. Tadashi la vio y recordó cómo se sentía él cuando perdió a su hermana. Era todo tan absurdo.

—No puedo creer que él no esté cuando vuelva a casa —dijo Hiroko, y se echó a llorar otra vez, mientras Toyo dormía a su lado.

—Yo sentía lo mismo por Mary. —La hermana de Tadashi tenía también un nombre japonés, pero nunca lo usaba—. Su marido se alistó poco después. Creo que estaba loco de pena por haberla perdido a ella y al bebé. Se habían casado justo antes de la evacuación. —Todos habían tenido que padecer muchas cosas, y Peter y Ken seguían luchando por su país. Ya era difícil sobrevivir en el campo a causa de las penurias y las epidemias, pero aún era peor tener que combatir. Hiroko se sintió aún más asustada al pensar en ello—. Lo peor aquí —dijo él, expresando lo que pensaban todos los internos— es que no tenemos demasiadas opciones.

Hiroko se dio cuenta entonces de que ella tenía una opción en la que no había pensado. Muerto su hermano, sus padres no tenían a nadie que les cuidara, y su deber de hija era ayudarles. Por primera vez pensó seriamente en la posibilidad de volver a Japón, y así se lo dijo a Tadashi, pero éste pareció escandalizarse. Él no se hubiera ido jamás en medio de una guerra, pero Japón no era su país.

—Pero sí es el mío —adujo Hiroko—. Se lo debo. No puedo dejarlos allí solos.

—¿Y tus primos?

—Aquí no puedo hacer nada por ayudarles.

—No estoy seguro de que dejar que te maten en un bombardeo en Japón ayude a tus padres o a tu hijo —dijo él esperando disuadirla.

—Tendré que pensarlo —repuso Hiroko.

Tadashi volvió al trabajo, rezando para que ella no se fuera. Eran demasiadas las cosas por las que había que rezar, y resultaba difícil recordar lo que era la vida cuando no estaba llena de dolor y miedo.

16

Durante el verano, los chicos que se habían negado a firmar el juramento de lealtad en febrero causaron graves problemas en el campo. Intimidaban a los que habían firmado el juramento y aún los seguían por el campo, sobre todo a los chicos que habían alcanzado la edad para ser reclutados, tildándolos de *inu*, perros, que no merecían vivir. Los No-No aparecían en mitad de la noche por las esquinas, amenazando e insultando a la gente. Organizaban mítines siempre que podían e incitaban a los jóvenes descontentos a provocar disturbios. Los que se sentían traicionados y maltratados por el país donde habían nacido eran presa fácil para aquellos No-No, que pegaban palizas a los que en su opinión colaboraban demasiado con la administración del campo y celebraban ruidosos desfiles para demostrar lo duros que eran, lo que sólo servía para aumentar la tensión. Su comportamiento enfurecía a los «leales», porque contribuía a alimentar la idea de que era justo que estuvieran todos en los campos de internamiento, ya que los periódicos aprovechaban cualquier alboroto para meterlos a todos en el mismo saco. La ira entre unos y otros fue en aumento hasta alcanzar su punto álgido en septiembre, cuando enviaron a Tule Lake a nueve mil disidentes de otros campos. Para darles cabida tuvieron que trasladar a seis mil pacíficas familias que habían sobrevivido a Tanforan y luego a Tule Lake, lo que causó un indescriptible dolor a personas que se vieron obligadas a dejar amigos e incluso hermanos. Algunos llegaron a negarse, lo que causó aún mayores problemas en el campo por culpa del hacinamiento.

Los Tanaka temían que también los trasladaran, porque Takeo y Reiko no estaban seguros de que la familia pudiera soportar un nuevo trastorno. Estaban acostumbrados al sitio, habían hecho amistades y tenían trabajos en el instituto y la enfermería, por lo que querían quedarse a pesar de los alborotadores. Al final, de pura casualidad, no fueron enviados a ninguna parte.

Cuando llegaron los nuevos «desleales», el campo pasó a ser el Centro de Segregación de Tule Lake. El gobierno quería que todas las personas de origen japonés que supusieran un alto riesgo estuvieran concentradas en un mismo lugar para controlarlas mejor. Los otros internos estaban prevenidos, pero fue peor de lo que habían imaginado. Había tres mil personas más de la capacidad inicial del campo y las condiciones de vida empeoraron notablemente. Las colas eran más largas, no había suficientes alimentos ni medicinas e, inevitablemente, los ánimos se exaltaron.

A Hiroko le costaba creer que hubieran pasado un año en Tule Lake. Era un aniversario que nadie quería celebrar, sobre todo porque no se veía el final. Mientras tanto, seguían llegando noticias de la guerra. Mussolini fue depuesto en julio e Italia se rindió incondicionalmente después del día del Trabajo,[1] pero los alemanes seguían luchando. Peter se hallaba en Italia, donde los Aliados avanzaban lentamente hacia el norte, intentando hacer retroceder a los alemanes.

En agosto, los norteamericanos derribaron el avión del almirante Yamamoto, el cerebro del ataque a Pearl Harbor, lo que supuso una gran pérdida para los japoneses. Se publicó en el periódico del campo y todos lanzaron vítores cuando leyeron la noticia, pero ni siquiera eso convenció a las autoridades del campo de que no eran simpatizantes de Japón. Los únicos funcionarios de alto rango que manifestaron oficialmente al presidente de la nación que los campos de internamiento eran un escándalo fueron el secretario de Interior, Harold Ickes, y el fiscal general, Francis Biddle, pero nadie hizo nada por liberarlos.

Los problemas del campo empeoraron a medida que pasaba el

---

1. En Estados Unidos este día se celebra el primer lunes de septiembre. (*N. de la T.*)

tiempo. Los internos estaban irritables, las condiciones de vida eran indignas y los desleales hacían cuanto podían por exacerbar los ánimos.

En octubre empezaron problemas más serios. Los chicos No-No hicieron todo lo posible para convencer a todos de que no debían trabajar ni cooperar en modo alguno con la administración. Muchos internos no querían verse involucrados, pero al final resultó demasiado peligroso desafiar a los No-No y, al cabo de unas semanas, el campo entero se había paralizado.

En noviembre, el ejército consiguió por fin dominar la situación, utilizando más tropas para obligar a trabajar a los internos. Antes de que llegaran, cinco mil internos se habían manifestado y había disturbios constantes. Unos cuantos administradores se negaron a permitir que sus áreas quedaran completamente paradas, entre ellos el jefe de la enfermería. Necesitaba personal para cuidar a los enfermos y agonizantes y se negó a dejarlos marchar, pero cuando los manifestantes advirtieron su resistencia, irrumpieron en la enfermería y lo apalearon casi hasta morir. Los miembros de su personal, todos japoneses, intentaron protegerle, y varios de ellos también resultaron heridos. Fue un incidente infame. Finalmente, el 13 de noviembre se declaró la ley marcial en el campo. Las actividades cesaron, también los clubes y los bailes, y no había niños jugando. El campo se sumió en el silencio.

Se estableció un toque de queda y se apostaron soldados para arrestar a quienes incumplieran las normas o tuvieran aspecto sospechoso. Muchos ancianos temían salir de sus barracones. Los desleales, como se les seguía llamando oficialmente, eran numerosos, pero el resto de los internos los odiaba. Los leales habían firmado el juramento y habían enviado a sus hijos a combatir. Había estrellas en muchas ventanas, y algunos jóvenes habían muerto ya en el frente. Aquellos jóvenes a los que la indignación por el internamiento había llevado a negar su lealtad no tenían derecho a convertir el campo en un infierno.

Los ánimos estaban alicaídos cuando llegó el día de Acción de Gracias. No había nada para comer en el campo, excepto *baloney*. Por fin, los leales decidieron que aquello no podía continuar así y amenazaron a su vez a los No-No. La violencia había llegado demasiado lejos y el campo parecía al borde de la revuelta.

Sin embargo, al llegar diciembre, las cosas fueron calmándose y todos los internos empezaron a animarse. Seguía habiendo gran número de víctimas de peleas y manifestaciones en la enfermería. Tadashi, Hiroko y los demás miembros del personal estaban aún conmocionados por lo ocurrido al jefe de la enfermería. Esa noche, Tadashi había salvado a Hiroko y a dos enfermeras de resultar heridas, metiéndolas en un armario y protegiendo la puerta con su cuerpo. Tardó horas en dejarlas salir y luego ellas bromearon y se rieron de él, pero Tadashi hubiera estado dispuesto a matar por Hiroko. De hecho, se había enfrentado a uno de los amigos de Sally, un chico llamado Jiro, al que toda la familia desaprobaba.

Era un joven de dieciocho años, inteligente y apuesto, y de familia respetable, pero desde su llegada al campo había adquirido las maneras de un gamberro callejero. Era uno de los líderes No-No, y le gustaba hacer marchar su tropa por delante de la casa de Sally para demostrar lo duros que eran, para indignación de Takeo, que había prohibido a su hija relacionarse con él, por mucho que les gustaran sus padres, que, por otra parte, reconocían ser incapaces de controlar a Jiro. Pero él y Sally se habían conocido a través de unos amigos comunes y de vez en cuando charlaban. Ella se sentía impresionada por su inteligencia y por el sentido común de sus palabras cuando no marchaba o insultaba a los leales, o se enzarzaba en peleas.

—Es inteligente, y quizá tenga razón —le había dicho Sally a su madre en una ocasión con tono desafiante.

Reiko le había dado una bofetada, cosa que rara vez hacía.

—¡Que no te vuelva a oír decir eso nunca más! —había advertido a su hija, temblando de furia—. Tu hermano lucha por ti y por él. ¡Somos americanos! Ese chico y sus amigos no son más que traidores.

Pese a aquellas firmes palabras, Sally siguió viéndole a escondidas. No estaba enamorada de él pero le gustaba, y en cierto sentido le excitaba desafiar a sus padres.

Jiro había tomado parte en el asalto a la enfermería. Había

abordado a Tadashi, llamándole *inu,* y luego, como por deferencia a la relación que tenían los Tanaka con Tadashi, se contentó con volcar carritos con instrumental y orinales de cama. A Hiroko le enfureció su actitud y el daño que había causado, pero Sally se negó a escucharla cuando se lo contó.

—Él no hace cosas así, es demasiado inteligente —dijo, saliendo en su defensa, lo que indignó aún más a Hiroko.

Sally parecía más rebelde cada día que pasaba, y la mayoría de sus amigos eran revoltosos. Era algo que preocupaba a toda la familia, sobre todo a Reiko, que no sabía qué hacer con su hija. Aunque los No-No más peligrosos estaban más controlados, o incluso en prisión, muchos seguían rondando por el campo y relacionándose con chicas como Sally. Era difícil no dejarse influir por ellos, ya que sus quejas sobre el trato que les había dado el país eran muy persuasivas.

Reiko lo comentó con su marido, pero poco podían hacer en medio de tantos problemas. Muchos internos hallaban consuelo en sus familias y amigos, o incluso en sus trabajos. El trabajo en la enfermería evitaba a Hiroko pasarse el día pensando en Peter y, aunque lo llevaba siempre en el corazón, sus días y noches lo ocupaban Toyo y las personas a las que ayudaba.

Hiroko volvió a realizar turnos dobles mucho antes del día de Acción de Gracias. Toyo tenía nueve meses. Ya daba sus primeros pasos y era un niño travieso y adorable.

Tadashi iba a visitarlos a menudo para jugar con el niño y llevarle los pequeños juguetes que le hacía. Siempre era cortés con todos y especialmente afectuoso con los niños. De pequeño solían atormentarlo en el colegio a causa de su pierna, sobre todo en Japón, lo que le había enseñado a ser compasivo con las penas de los demás. También tenía un gran sentido del humor. Hiroko bromeaba con él a menudo, recordando lo tontas que parecían ella y las otras enfermeras cuando las empujó al interior del armario.

—Supongo que debería haberlo cerrado de verdad —dijo pensativamente en una ocasión, levantando a Toyo en vilo para jugar. A pesar de la polio, era joven, fuerte y sano y, según Reiko, muy atractivo.

—Eso da igual —decía Hiroko, insistiendo en que sólo eran amigos.

Ella era totalmente fiel a Peter y a su boda budista, pero Tak y Reiko opinaban que Tadashi era un joven muy agradable y un buen partido. Al fin y al cabo, era un *kibei* y, por lo tanto, aunque de nacionalidad estadounidense, conocía la lengua y la cultura japonesas, y eran de la misma raza, lo que podía evitarles problemas después de la guerra. Los matrimonios mixtos no sólo eran ilegales en California, le dijo Takeo, sino muy peligrosos para los hijos.

—¿Lo crees realmente? —preguntó ella mirando a su primo con tristeza—. ¿Es eso lo que creéis que le pasará a Toyo cuando su padre vuelva? ¿Que nuestro amor será peligroso para él? —añadió, horrorizada por lo que oía.

—Vuestro amor no —dijo Tak—, sino las actitudes de quienes os rodeen, las mismas que nos han traído hasta aquí. Fíjate en esto. Fíjate dónde estamos. Los que creen que somos diferentes, que somos desleales y peligrosos, no se detendrán ante nada, y un día harán daño a tu hijo. Estarías mejor con un hombre de tu propia raza, Hiroko, con uno que te acepte como eres, y también a Toyo.

Aquellas palabras escandalizaron a Hiroko, no sólo porque el dolor y los prejuicios parecían haber derrotado a Tak, sino porque no parecía creer que debiera esperar a Peter. A Tadashi lo tenía al lado. ¿Por qué no casarse con él? El problema era que no lo amaba, que jamás podría amar a nadie más que a Peter.

Tadashi le había preguntado varias veces de manera casual por sus planes para «después». Hiroko sabía a qué se refería y siempre contestaba con prudencia. No quería hablar con nadie de sus proyectos, pero le hizo saber que estaba «comprometida».

Hiroko había abandonado la idea de volver a Japón para ayudar a sus padres tras la muerte de Yuji, dado que en aquellos momentos era prácticamente imposible, y también porque tanto ella como Toyo estarían más seguros en Estados Unidos. Podría volver a Japón cuando acabara la guerra, con la esperanza de que sus padres se encontraran bien.

El nuevo aniversario de Pearl Harbor pasó sombríamente por

el campo, pero esta vez no hubo violencia. Cuando llegó la Navidad, las autoridades intentaron fomentar una atmósfera más distendida, pese a la ley marcial. Se suprimió el toque de queda ciertas noches para permitir a los internos que celebraran bailes y reuniones en los clubes sociales.

Se representó incluso una obra kabuki a la que Hiroko llevó a Tami, y un espectáculo de marionetas *bunraku* al que Tadashi llevó a Hiroko y Toyo. Hiroko y Tadashi salieron a cantar villancicos. Ella intentó convencer a Sally de que los acompañara.

—No. ¿Qué me importa a mí la Navidad? —le había espetado Sally, sin levantarse de la cama—. ¿Y para qué te lo llevas a él? Si tan loco está por ti, ¿por qué no te casas con él?

—No creo que eso sea asunto tuyo —replicó Hiroko. Estaba harta de ella. Sally se mostraba grosera con todo el mundo. Se peleaba continuamente con su hermana pequeña y discutía con su madre hasta ponerlos nerviosos a todos, y cualquier cosa que dijera Hiroko la sacaba de sus casillas. El único ser humano con el que era amable y cariñosa era su padre, al que seguía idolatrando, y él la adoraba.

—Déjala —aconsejó Reiko a su prima.

Así pues, Hiroko se llevó a Tami, y con Tad pasaron una velada muy agradable cantando *Noche de paz* y sus villancicos favoritos al aire frío de las montañas. En Tule Lake el calor era bochornoso en verano, pero hacía un frío de mil demonios en invierno.

Al regresar Tadashi entró a charlar un momento con la familia. Sally estaba sentada en una silla con cara de pocos amigos, observándolo mientras hablaba con sus padres y con Hiroko. Luego se escabulló al dormitorio, pero nadie pareció darse cuenta. Tad e Hiroko estaban riendo y hablando del baile al que había ido todo el grupo de la enfermería la noche anterior. La banda había tocado *Don't Fence Me In*, y los soldados encargados de la vigilancia no parecían haber captado el chiste.[1] También tocaron

---

1. *To fence in* significa cercar (tierras), encerrar (animales) o arrinconar, por lo tanto el título de la canción, «No me arrincones», alude al hecho de que están encerrados. (*N. de la T.*)

otras canciones, como *Harvest Moon, String of Pearls* y *In the Mood,* y muchos de los arreglos orquestales de Glen Miller.

Tadashi e Hiroko habían bailado una sola vez, porque a él le resultaba difícil con su pierna, pero Hiroko había bailado también con Tak y con un médico. No había demasiados jóvenes que fueran un buen partido en el campo, pero a Hiroko no le importaba, y los que la conocían se daban cuenta de que no estaba interesada en salir con ningún hombre.

Cuando Tadashi se despidió tras la noche de los villancicos, Hiroko le acompañó fuera y se sentaron unos minutos en los escalones de entrada, charlando sobre la Navidad y los recuerdos de la infancia. Tadashi había talado un árbol para la familia y lo habían llenado de adornos caseros, pero no era lo mismo que tener un árbol «auténtico» con adornos comprados.

—Algún día —dijo él con una sonrisa, antes de marcharse—. Volveremos a tener todo eso algún día. —Y parecía creerlo.

Sin embargo, la Navidad era más triste aquel año. Hacía casi tres años que Hiroko no veía a su familia, su hermano había muerto, Ken se había ido a la guerra, y no tenía noticias de Peter desde finales de noviembre. El silencio de Peter siempre la asustaba, porque no conocía su significado: si lo habían trasladado, si estaba herido o algo peor. Sabía que si ocurría lo peor, la noticia tardaría en llegarle. Peter había puesto el nombre de Tak en la lista de personas a las que debía notificarse en caso de muerte, pero aun así podían pasar uno o dos meses antes de que se enteraran.

—Buenas noches —se despidió Tadashi, mirándola—. Feliz Navidad. —Al día siguiente era Nochebuena y ambos tenían que trabajar—. Nos veremos mañana.

Cuando se encontraron en la enfermería a la noche siguiente, Tadashi le tendió un pequeño paquete. Era un guardapelo que había tallado él mismo en madera, con las iniciales de Hiroko, y una cadena de oro que su madre había conseguido conservar.

—Oh, es precioso —dijo Hiroko, tendiéndole la bufanda que había tejido para él, envuelta en papel rojo.

Él abrió el paquete y se colocó la bufanda con una sonrisa de oreja a oreja, asegurándole que le encantaba. Era roja y le sentaba bien, y fingió no ver los defectos que tenía.

—No gané ningún premio en el club de tejedoras —se disculpó ella, y volvió a darle las gracias por el guardapelo.

Después del trabajo, Tadashi la acompañó a casa. Hiroko entró en su dormitorio con aire pensativo y besó al dormido Toyo. Tadashi era un hombre agradable y le caía bien, pero no quería que se hiciera ilusiones. Finalmente se dijo que él lo comprendía y se olvidó del asunto. Soñó con que Peter volvía a casa, y también Ken, y a lo lejos, en la distancia, creyó ver a Yuji.

—¿De dónde has sacado eso? —le preguntó Sally al día siguiente. Hiroko se miró para ver a qué se refería y recordó el guardapelo.

—Me lo ha regalado Tadashi. —Sonrió cariñosamente a Sally. Le había tejido un jersey y le había comprado unos guantes del catálogo de Sears, pero Sally estaba de mal humor y comentó algo sobre las chicas que iban de un hombre a otro.

—¿Qué significa eso? —preguntó Hiroko, dolida por las implicaciones del comentario.

—Ya lo sabes —replicó Sally.

—Quizá sí —admitió Hiroko—, pero no me gusta. Yo no voy de un hombre a otro. No he ido a ninguna parte con Tadashi.

—Seguro que no —dijo Sally sarcásticamente, y abandonó la habitación. Hiroko intentó contener la ira.

Sally se mostró muy poco educada con Tadashi cuando éste volvió más tarde para desear feliz Navidad a la familia y les llevó una acuarela que había pintado su madre y en la que se veía una puesta de sol en las montañas.

—Sally está de muy buen humor, por lo que veo —bromeó él con Hiroko.

—He estado a punto de darle una bofetada esta mañana —admitió ella.

—Quizá deberías habérsela dado. Desde luego la sorprenderías.

Hiroko rió.

Después se fueron a dar un largo paseo y Reiko enarcó una ceja cuando salieron.

—Esos paseos suyos me suenan —bromeó con Tak—. ¿Crees que debemos preocuparnos?

Él sonrió.

—Creo que tiene edad más que suficiente para cuidar de sí misma, ¿no te parece? —Y añadió—: Es un joven muy agradable. Se lo decía a Hiroko el otro día, pero ella no quiere saber nada. Sin embargo, Tad es un partido mucho más razonable para ella.

—¿Por qué lo dices? —quiso saber Reiko, sorprendida, y él le dijo lo mismo que a Hiroko—. Puede que tengas razón, pero ella sigue amando a Peter. —Hiroko se lo había dicho repetidas veces a su prima.

—Tal vez pueda amar también a Tad —dijo él con tono pragmático—. Es muy bueno con Toyo. —Hiroko tenía veintiún años de edad y un hijo. En muchos aspectos era mejor que se casara con Tadashi. No había oposición por parte de nadie. Reiko había hablado incluso con la madre del chico, a quien Hiroko le gustaba mucho.

Sally entró en aquel momento y al oír el tema de conversación, se encerró en el dormitorio dando un portazo.

—¿Qué le pasa? —preguntó Takeo.

Esperaba que su hija no hubiera vuelto a ver a Jiro. Siempre parecía comportarse peor después de haber estado con él. Entonces recordó que a Jiro lo habían aislado la semana anterior y que, según Sally, tenía novia. En realidad Sally había estado de malhumor toda la semana y parecía tener un encono especial contra Hiroko.

—Su peor problema es que tiene diecisiete años —respondió Reiko.

Los adolescentes como Sally se veían privados en el campo de muchas cosas. No tenían clases de instituto, ni vestidos bonitos, ni podían ir al cine. Estaban en una prisión, tenían frío, llevaban ropas raídas, vivían tras unas alambradas, no disponían prácticamente de medicinas y no se alimentaban adecuadamente.

—Tendremos que enviarla a un campamento el próximo verano —comentó Tak.

Las vacaciones le habían animado, e incluso llevó a Reiko al baile de Nochevieja.

Hiroko decidió trabajar esa noche para permitir a otros que lo celebraran, puesto que a ella no le importaba, y Tadashi se quedó con ella.

A medianoche estaban ocupados en atender a un niño que tenía fuerte gripe. Tadashi sonrió a Hiroko y articuló las palabras «feliz Año Nuevo» sin pronunciarlas. Después, cuando acabaron de atender al niño y éste dormía de nuevo, bromearon sobre el modo en que habían pasado la Nochevieja.

—Lo recordaremos toda la vida —dijo él, riendo—. Cuando nuestros hijos nos pregunten cómo pasamos nuestra primera Nochevieja juntos, podrás contarles la historia. —Estaban sentados con sendas tazas de café que había preparado Tad.

A Hiroko no le divirtió aquel comentario.

—No digas eso, Tad.

—¿Por qué no? —Por una vez se sentía valiente con ella. Casi siempre temía meter la pata, pero por una vez se decidió a hablar—. Todos necesitamos un rayo de esperanza en nuestras vidas para seguir adelante —dijo—. Tú eres el mío, Hiroko. —Era lo más sincero que le había dicho jamás a otra persona, y no se arrepentía.

—No quiero serlo —replicó ella con igual franqueza—. Eres un amigo maravilloso, Tad, pero no puedo darte más que amistad. Mi corazón pertenece a otra persona.

—¿Tanto le amas aún? —Ambos sabían de quién hablaban.

—Sí —respondió ella, y rezó en silencio para que Peter siguiera vivo, porque hacía seis semanas que no recibía carta suya.

—¿Y si ha cambiado cuando regrese? ¿Y si has cambiado tú? Esas cosas ocurren, sobre todo a nuestra edad. —No sabía qué edad tenía Peter, pero suponía que veintitantos.

—No creo que eso ocurra.

—Apenas tienes veintiún años, Hiroko, y has debido de pasar por mucho para llegar aquí. Viniste a este país y cinco meses más tarde se declaró la guerra, tuviste que dejar los estudios, tus primos lo perdieron todo y tú acabaste aquí, y encima con un hijo. Tu vida ha sido un auténtico torbellino. ¿Cómo puedes estar segura de lo que harás cuando salgas de aquí? —Entonces añadió algo que hirió a Hiroko—. Si hubieras estado tan segura de él, te habrías casado con él antes de tener a Toyo, ¿o me equivoco?

243

—No te equivocas —contestó ella, preguntándose cómo podía explicárselo. Porque le debía una explicación al hombre que había salvado su vida y la de su hijo, y por el que sentía una auténtica amistad—. En aquel momento me pareció un error, algo demasiado complicado. Primero quería volver a Japón y pedirle permiso a mi padre. Entonces estalló la guerra y todo se complicó. Pero... las cosas ocurrieron de todas formas. —Y agregó algo que sorprendió a Tadashi—: Él no sabe lo de Toyo.

—¿Hablas en serio? ¿No se lo has dicho? Pero...

—No me pareció justo. No quería que se sintiese obligado a volver si no lo deseaba.

—¿Ni siquiera estás segura de eso? —preguntó él, sorprendido de nuevo. La situación era mejor de lo que esperaba en algunos aspectos, y peor en otros.

—Lo único de lo que estoy segura —contestó ella en voz baja—, es de lo mucho que le amo.

—Es un hombre afortunado —dijo Tadashi, mirándola y deseando ser el padre de Toyo. Qué suerte tenía aquel tipo sin siquiera saberlo—. Quizá no lo merezca —aventuró.

—Sí, lo merece —dijo ella con absoluta convicción.

Él le cogió la mano y la miró a los ojos. No habría otro momento ni otro modo de decirlo.

—Te amo. Estoy enamorado de ti desde el primer día que te vi.

—Lo siento. —Hiroko meneó la cabeza con pesar—. No puedo... Yo también te quiero, pero no de esa manera... No puedo...

—¿Y si él no existiera? —No había querido decir «volviera», pero los dos sabían a qué se refería.

Hiroko se quedó mirándolo, incapaz de responder.

—No lo sé —dijo al fin. Quería a Tadashi, pero sólo como amigo, o como hermano incluso.

—Puedo esperar. Tenemos toda la vida por delante... y es de suponer que no la pasaremos aquí. —Sonrió, anhelando besarla, pero hubiera sido una equivocación intentarlo.

—Eso no es justo para ti. No tengo derecho a retenerte, Tad. No soy libre.

—No te pido nada. Me contento con las cosas tal como están.

Podemos tocar juntos en la orquesta. —Hiroko se echó a reír. Todo aquello sonaba ridículamente anticuado en la extraña vida que llevaban allí.

—Eres un buen chico —dijo ella, usando una de sus expresiones americanas favoritas.

—Tú eres hermosa, y te quiero mucho —replicó él.

Hiroko se ruborizó, pero Tadashi se sintió feliz al ver que llevaba su guardapelo.

Cuando la acompañó a casa, parecían sentirse cómodos el uno con el otro. Habían llegado a un entendimiento. Él la amaba y ella le quería como amigo. Así esperarían el desarrollo de los acontecimientos. Dejar de verse hubiera sido embarazoso para los dos y les hubiera privado de su amistad. Al llegar al barracón de Hiroko, y aunque se había prometido a sí mismo que no lo haría, se inclinó y le dio un leve beso en los labios, apartándose antes de que ella puediera rechazarle. Pero ella lo abrazó y permanecieron así, preguntándose adónde les conduciría la vida. Después Hiroko se despidió y entró en casa. Por el momento, no podía ofrecerle más.

Al levantarse a la mañana siguiente, vio a Tak hablando con un soldado frente al barracón y se preguntó si habría problemas. El soldado tenía expresión grave y Tak no dejaba de asentir. Cuando el soldado se fue, Tak se quedó en la puerta. Reiko lo había visto también y acabó por dirigirse hacia su marido.

—¿Qué te decía ese soldado? —preguntó. Tak parecía absorto y la miraba fijamente como si no supiera quién era o qué le había preguntado—. ¿Tak? ¿Te encuentras bien, cariño? —Reiko bajó los dos peldaños hasta él.

—Ken ha muerto en Italia —dijo, asintiendo y mirándola con expresión vaga—. Al principio lo dieron por desaparecido en combate, pero luego encontraron su cadáver —explicó, como si le hablara de un paquete recuperado—. Está muerto —repitió, mirando inexpresivamente a su mujer, que lo miraba con horror—. Ken. Me refiero a Ken. Ken está muerto. —Repetía el nombre de Ken como si no lo comprendiera.

Hiroko comprendió que ocurría algo terrible. Bajó rápidamente los peldaños para ayudar a su prima. Takeo se volvía hacia un lado y hacia el otro, repitiendo el nombre de su hijo mientras otros internos lo contemplaban desde sus barracones. Reiko no podía permitirse el lujo de llorar; estaba demasiado asustada por su marido.

—Volvamos dentro, Tak, hace frío aquí fuera —dijo cariñosamente, pero él no se movió—. Tak... por favor... —Reiko tenía lágrimas en los ojos, pero no podía reaccionar hasta que se ocupara de su marido—. Querido, entremos.

Ella e Hiroko lo rodearon cada una con un brazo, lo condujeron lentamente al interior de su pequeña sala de estar y lo sentaron en una silla.

—Ken está muerto —volvió a decir él. Era el día de Año Nuevo de 1944.

Sally acababa de entrar y lo había oído.

—¿Qué? —chilló Sally.

Tami entró corriendo con Toyo a horcajadas. Era una pesadilla. Sally se puso histérica, pero Hiroko se ocupó de ella mientras Reiko atendía a Takeo. Tami se echó a llorar y, al verlos llorando a todos sin saber qué significaba, también Toyo estalló en sollozos.

Hiroko consiguió llevar a los niños al dormitorio, dejando a Reiko a solas con Takeo. Sally lloró con desconsuelo acunada por Hiroko. Tami se sentó en el otro lado de la cama, abrazándola con fuerza. Hiroko había sentido lo mismo al perder a su hermano, y ahora Ken... La guerra se estaba cobrando un alto precio, la sangre de los jóvenes, y a veces el corazón de los adultos. Había muchos hombres como Tak, conmocionados, amargados, sumidos en una vergüenza que creían propia cuando en realidad era ajena. Tak se había trastornado con la noticia, pero cuando Hiroko volvió a la sala de estar para ver cómo se encontraba, había recuperado la lucidez y sollozaba en los brazos de su mujer como un niño. Su primogénito había muerto. La pequeña mesita donde tenían su foto de uniforme parecía un altar, el altar de un mártir.

Hiroko se quedó con ellos todo el día cuidando de las chicas. Reiko y Tak fueron al templo budista para pedir un funeral. No les devolverían el cuerpo. No tendrían nada que abrazar, o tocar o besar por última vez. Sólo les quedarían los recuerdos y la seguridad de que Ken había servido al país que todos amaban y que los había traicionado.

Tak parecía haber envejecido cuando regresaron del templo, e Hiroko se dio cuenta, igual que Reiko, de que volvía a respirar con dificultad. Nadie hubiera creído que tenía cincuenta y dos años. Parecía y se sentía un hombre de noventa.

El funeral por Kenji Jirohei Tanaka se celebró al día siguiente. Sólo tenía dieciocho años y había perdido su juventud y una promesa de futuro. Tadashi acudió al templo y se sentó entre Hiroko y Sally. Por una vez, Sally no estaba furiosa con nadie, sino sencillamente desesperada. Después del servicio, se aferró a su padre y lloró, lamentándose por su hermano, pero Takeo no tenía ya fuerzas. Apenas podía caminar y Tadashi tuvo que ayudar a Reiko a sostenerlo, e incluso le ayudó a acostarlo, compadeciéndose de ellos. A Hiroko le destrozó el corazón ver el estado en que se encontraba su primo.

Lo único que animó a Hiroko al día siguiente fue una carta de Peter.

Estaba en Arezzo y se encontraba bien, pero Hiroko decidió no comentárselo a Tak. Su primo estaba demasiado trastornado por la muerte de Ken para admitir que otro hubiera sobrevivido. Tadashi volvió a visitarlos por la tarde y charló en voz baja con Hiroko en el exterior para no molestar a nadie. Hiroko le contó que Tak había pasado todo el día en la cama llorando, con Reiko a su lado. La muerte de Ken parecía la gota que colmaba el vaso; sencillamente, Takeo no podía soportarlo más.

También Reiko estaba deshecha por la muerte de su hijo, pero no podía derrumbarse mientras tuviera que atender a Takeo. No fue a trabajar en toda la semana y todos lo comprendieron. Hiroko hizo algunos de sus turnos. Dos semanas más tarde, Tak se encontraba un poco mejor pero el pelo se le había vuelto completamente blanco.

La ley marcial se levantó a mediados de enero y se formó un comité de moderados para controlar a los No-No. El comité se autodenominó Sociedad Patriótica Nipona, y los disturbios concluyeron poco después de su fundación.

Parecía que volvía la tranquilidad al campo, pero no para los

Tanaka. Sally se comportaba cada vez peor, al ver cómo se iba hundiendo su padre. Tami lloraba sin cesar, y Toyo hizo pasar a su madre tres noches en vela por los dientes que le estaban saliendo. Era un bebé muy despierto de diez meses y medio, pero ni siquiera él animaba a Tak.

Una tarde, Hiroko decidió dejarlo a su cuidado para irse a trabajar. Por lo general Sally volvía a tiempo para ocuparse del niño, pero aquel día no apareció. Tak no había vuelto aún a dar clases, pese a que en el instituto lo necesitaban, pero habían decidido que pasara un mes en casa para recobrarse. Tak acudía al templo todos los días desde la muerte de Ken, y encendía velas en la mesita, ante la foto.

—Sally volverá pronto, Tak —le recordó, y se apresuró a enfilar el largo camino yermo hasta la enfermería.

Hiroko pensó que cuidar a Toyo un rato le distraería de sus penas. Vio a Sally, que volvía de la escuela y le dijo que su padre la esperaba con Toyo.

—Me daré prisa —dijo ella, sin reprocharle nada a Hiroko, para variar. Estaba dispuesta a hacer cualquier cosa por su padre.

Cuando Hiroko llegó al trabajo, encontró a Reiko rellenando unos papeles.

—¿Cómo está Tak? —preguntó.

Hiroko dijo que un poco mejor. Al menos había accedido a cuidar a Toyo.

—He dejado a Toyo con él. Sally iba camino de casa y le dije que su padre la estaba esperando.

Sally había ido directamente a casa, en efecto. Al entrar, vio a su padre sentado en la silla con Toyo en los brazos. El niño jugaba con un juguete que le había hecho él mismo, mordiéndolo alegremente mientras Tak parecía dormido. Sally sonrió y cogió al bebé. Luego se inclinó para besar a su padre en la frente, pero al hacerlo la cabeza de Tak cayó hacia atrás, y aunque tenía los ojos cerrados Sally lo comprendió al instante. Salió corriendo con el niño en brazos y no paró hasta llegar a la enfermería.

—Es papá... —dijo resollando. Hiroko cogió al niño y se lo entregó a Tadashi—. Está muy enfermo... —añadió Sally, pero sabía que estaba muerto aunque no quisiera aceptarlo.

Reiko e Hiroko corrieron hacia el barracón seguidas de Sally y Tadashi, que corría lo más deprisa posible con el bebé en brazos. Le había puesto su abrigo por encima para que no cogiera frío. Cuando llegó Tadashi, Reiko intentaba reanimar a su marido, pero era demasiado tarde. Su corazón no había podido resistir más, y casi inadvertidamente, sin un sonido ni una despedida, los había abandonado.

—¡Oh, Tak! —exclamó Reiko, cayendo de rodillas junto a él—. ¡Tak, por favor... no me dejes! —Aquello era demasiado injusto, iba a sentirse tan sola sin él, y justo cuando acababan de perder a Ken. ¿Para qué vivir sin ellos? Pero ella ya conocía la respuesta, tenía que seguir adelante por Tami y por Sally. A los cuarenta años, viuda, no era su destino rendirse ni morir. Permaneció arrodillada largo rato con el rostro entre las manos, llorando por el marido al que tanto amaba.

Hiroko la rodeó con los brazos y la ayudó a levantarse. Sally las contemplaba, llorando desconsoladamente.

—Papá... —balbuceó entre sollozos.

Tad entregó el bebé a su madre y la abrazó suavemente, dejándola llorar sobre su pecho. Hiroko abrigó a Toyo y salió fuera a esperar a Tami, que volvería del colegio en cualquier momento. Hiroko cerró la puerta del barracón cuando llegó y la llevó a dar un paseo para contárselo con el mayor tacto posible.

—¿Así, tan de repente...? —Tami miró a su prima boquiabierta—. Pero si no era viejo... —dijo, intentando comprenderlo.

Al final las dos se echaron a llorar. Cuando volvieron, los demás los esperaban fuera, Tadashi junto a Sally. Al verlos, Hiroko comprendió algo de lo que no se había dado cuenta antes, algo que lo explicaba todo, y asintió.

Reiko se fue a pasear con sus hijas, mientras Tad e Hiroko iban a la enfermería a buscar una camilla y dos hombres que la transportaran. No quería que sus hijas vieran cómo lo sacaban, aunque ya habían visto antes a otros. Una hora después lo habían llevado al depósito de cadáveres y Tadashi había vuelto. Aquella noche se sentaron todos en la pequeña sala de estar, haciendo esporádicos comentarios sobre Takeo, pero la mayor parte del tiempo guardaron silencio.

Más tarde, Hiroko y Tadashi volvieron al trabajo, caminando lentamente y hablando de lo sucedido. Tak no era tan viejo, pero se había hundido completamente, como tantos hombres. Pese a ser más débiles físicamente, las mujeres parecían más fuertes y más capacitadas para soportar las desgracias.

—Pobre Reiko —dijo Tad, sintiendo compasión por ella. Su padre había muerto cuando él era muy joven y para su madre había sido muy difícil. Entonces Hiroko le dijo algo extraño en aquellas circunstancias, pero se sentía con él como con un hermano.

—Mi prima está enamorada de ti.

—Tad la miró horrorizado.

—¿Reiko?

—No, idiota. —Hiroko se avergonzó de reírse, pero no pudo evitarlo, y sirvió para aliviar la tensión—. Me refiero a Sally. Esta tarde la he visto junto a ti, y por fin me he dado cuenta. Quizá por eso ha estado tan enfadada conmigo. Tiene celos.

—Creo que te equivocas —dijo él con expresión turbada, pero también se había dado cuenta. Sally le gustaba, aunque nunca había imaginado que ella se enamorara de él o que él pudiera cortejarla. Se sentía demasiado atraído por Hiroko. De todas formas, Sally era muy joven. No parecía una pareja adecuada, y Tadashi estaba seguro de que a Reiko tampoco se lo parecería.

—He creído que debías saberlo —dijo Hiroko, y él asintió.

No volvieron a mencionarlo, pero Hiroko quería que lo supiera. Desde la muerte de Ken y de Takeo se había dado cuenta de lo valiosa que era la vida y cada momento de ella, y también había comprendido que nunca dejaría de amar a Peter, pasara lo que pasara. Le parecía cruel que Tadashi esperara por algo que nunca iba a ocurrir. Había llegado el momento de que empezara a pensar en otra, y la chica indicada era Sally.

Cuando volvió a casa por la noche, Hiroko estuvo largo rato sentada con Reiko, consolándola y escuchándola hablar de sus recuerdos y de su marido. Después escribió una larga carta a Peter. Él y Tak habían sido tan buenos amigos que sufriría una gran emoción al enterarse, pero tenía que decírselo.

Pasó mucho tiempo hasta que volvió a recibir carta de Peter, que se mostraba desolado por la noticia. Para entonces, Tak descansaba ya en el cementerio del campo, atestado de tumbas innecesarias, personas que se habrían salvado con mejores medicamentos, con anestesia, o unas mejores condiciones de vida. Quizá también un poco de esperanza los hubiera salvado. Eso recordó a Hiroko lo que le había dicho Tak: que tenía que sobrevivir, y ella pensaba hacerlo.

Seis semanas más tarde celebraron el primer cumpleaños de Toyo. Una de las enfermeras preparó un pastel en la cocina de la enfermería. Se lo entregaron al niño por la noche, después del trabajo, y éste se abalanzó sobre él alegremente, poniéndose perdido ante la divertida mirada de las mujeres de su familia. Hiroko hubiera deseado hacerle fotos, pero no tenían cámara. Tadashi le regaló un bonito pato de madera con un huevo en el lomo que había tallado él mismo. A Toyo le encantó.

Tadashi parecía haber seguido el consejo de Hiroko, pues había llevado a Sally a pasear varias veces, pero la chica no estaba de humor para pensar en una aventura romántica después de la muerte de su padre. Sin embargo, le gustaba charlar con Tadashi y se mostraba más cordial con Hiroko.

En algunos aspectos, la muerte de Tak los había unido más a todos, y aquella unión duró y fue consolidándose durante el largo y caluroso verano. Al otro lado de las alambradas, el mundo estaba cambiando. Los aliados ganaban la guerra. Británicos y norteamericanos estaban bombardeando Alemania implacablemente, los norteamericanos habían desembarcado en Anzio y los rusos habían entrado en Polonia. Por su parte, MacArthur conducía sus fuerzas por las islas del Pacífico. En abril, los aliados bombardearon Berlín por primera vez, causando grandes daños. En junio, no sólo entraron en Roma, sino que también desembarcaron en Normandía. Peter se hallaba allí, e Hiroko recibió noticias suyas con regularidad hasta agosto. Había estado en una población llamada Lessay a las órdenes del general Hodges, y avanzaban hacia París. En su última carta, se hallaba ya en la capital de Francia y afirmaba que era la ciudad más bonita del mundo, y que deseaba que ella pudiera estar allí. Después, silencio.

En otoño volvió a crecer la tensión en el campo de internamiento. La Sociedad Patriótica Nipona parecía haber perdido el control sobre los chicos No-No, y los actos vandálicos resurgieron. En octubre eran motivo de titulares de prensa a causa de las manifestaciones, los enfrentamientos y las represalias. Los jóvenes se mostraron más airados y violentos, era una fuente constante de inquietud y exasperación para numerosas familias como los Tanaka. Durante los enfrentamientos y manifestaciones se producían siempre heridos y, no habiendo ya hombres en la familia que las protegieran, Reiko estaba nerviosa. Cada vez agradecía más el tiempo que Tadashi Watanabe pasaba con la familia y sobre todo con Sally. Hiroko sonreía cuando los veía juntos. Se habían convertido en inseparables desde el verano y estaban radiantes.

—Supongo que tenía razón, ¿eh? —bromeó Hiroko un día con Tadashi en la enfermería.

Él fingió que no sabía a qué se refería.

—No sé qué quieres decir —dijo él, intentando no sonreír.

—Desde luego que lo sabes, Tadashi-san. —Le encantaba bromear con él—. Me refiero a Sally.

—Ya. No eres muy sutil que digamos.

Hacía tiempo que había comprendido que Hiroko estaba totalmente enamorada de Peter y le agradecía que hubiera sido sincera con él, y aún más que le hubiera hablado de Sally. Ésta se mostraba demasiado inmadura a veces, pero bajo la superficie había una mujer dulce y buena que deseaba para sí misma una pareja como la de sus padres. En los meses posteriores a la muerte de su padre, ella y Tadashi se habían enamorado profundamente. Era demasiado pronto para que se casaran, dada la edad de Sally, pero la influencia de él había sido beneficiosa. Ella había dejado de salir con chicos No-No y había vuelto a ser tal como su madre la recordaba.

Ese año Tadashi iba a pasar el día de Acción de Gracias con ellas. Iba a ser un día muy doloroso sin Ken y sin Takeo, e Hiroko estaba muy nerviosa por la falta de noticias de Peter.

—A lo mejor se ha ido con una preciosa francesita —bromeó Tadashi, pero Hiroko no estaba para bromas.

Tres meses era mucho tiempo y en Europa morían muchos

soldados. Tampoco la guerra con Japón había acabado. Mac-Arthur había vuelto a Filipinas en octubre.

El día transcurrió sin noticias. Se limitaron a seguir existiendo como les ocurría a menudo, suspendidos en la aislada realidad del campo de internamiento. Ese año pudieron comer pavo y todos rieron al recordar el *baloney* del año anterior y las terribles huelgas y manifestaciones. Sin embargo, no tenían mucho de que reír. La situación se prolongaba indefinidamente. Franklin Roosevelt acababa de ser reelegido y en apariencia no había hecho caso de la opinión de Ickes y Biddle, o eso pareció hasta que llegó el mes de diciembre.

Hiroko paseaba por el camino desde su barracón llevando a Toyo de la mano, cuando dos hombres mayores pasaron corriendo junto a ella, gritando en japonés:

—¡Se ha terminado! ¡Se ha terminado! ¡Somos libres!

—¿La guerra? —exclamó Hiroko.

—No —repuso uno de ellos por encima del hombro—. ¡Este maldito campo!

Los hombres se alejaron e Hiroko fue en busca de alguien a quien preguntar. Por todas partes había grupos de personas que hablaban. Los guardianes del campo seguían en las torres de vigilancia; para Hiroko había sido muy difícil acostumbrarse a ver las armas con que los apuntaban, pero al final ni siquiera reparaba en ellas.

Un soldado estaba explicando que el presidente Roosevelt había firmado un decreto y que el comandante general Pratt, que había reemplazado a De Witt, había restaurado los derechos de los internos a regresar a sus casas y a vivir donde quisieran. A partir del 2 de enero, además, no existirían ya limitaciones y podrían tener todas las cámaras fotográficas, joyas y objetos que quisieran. Los campos se cerrarían a finales de 1945 y las autoridades instaban a todos a que regresaran a sus casas, lo que en muchos casos era más complicado de lo previsto. En cuanto a Hiroko, también era libre de marcharse, puesto que había firmado el juramento de lealtad.

—¿Ahora? —preguntó al soldado con incredulidad—. ¿Ahora mismo? ¿Podría salir tranquilamente si quisiera?

—Eso es, si firmó el juramento —contestó él. Luego la miró con una ceja enarcada y le hizo una pregunta que ella no podía responder—. ¿Adónde irá? —El soldado la admiraba desde hacía tiempo. Le parecía una mujer encantadora.

—No lo sé —replicó ella. ¿Adónde iría? La guerra seguía su curso y no podía regresar a Japón, y Peter aún no había vuelto. Intentó no pensar en los más de tres meses de silencio.

Por la noche, ella y Reiko hablaron sobre su futuro. Tenían muy poco dinero ahorrado y no podían disponer del que Peter les guardaba en su cuenta corriente. Los Tanaka no tenían parientes en California. Reiko tenía una prima en Nueva York y otra en Nueva Jersey, y eso era todo. No había hogar al que volver.

Después de tanto tiempo deseando salir, no sabían a dónde ir. Los demás internos tenían el mismo problema; sus parientes estaban en Japón, o bien con ellos en el campo. Unos pocos tenían parientes en el Este y las autoridades estaban aún dispuestas a encontrarles trabajo en fábricas, pero ninguno de ellos quería irse al Este sin saber qué encontrarían allí.

—¿Qué vamos a hacer? —preguntó Reiko. Nada les quedaba en Palo Alto.

—¿Por qué no escribes a tus primas de Nueva York y Nueva Jersey? —sugirió Hiroko.

Reiko así lo hizo. Sus primas le contestaron que estarían encantadas de recibirlas. La de Nueva Jersey era también enfermera y estaba segura de que podría encontrarle trabajo. Parecía todo tan fácil que Reiko se preguntó por qué no se habían ido allí desde un principio. Pero tres años antes, la «reubicación voluntaria» les había parecido inútil.

El 18 de diciembre, el Tribunal Supremo dictó sentencia en el caso *Endo*, declarando que era ilegal retener a ciudadanos leales contra su voluntad, precisamente lo que el gobierno había hecho. Era imposible dar marcha atrás, limitándose a decir que lo sentían. La mayoría de internos no sabían cómo rehacer sus vidas y no tenían nada con que marcharse, salvo los veinte dólares que las autoridades les entregaban para el transporte.

Una semana antes de Navidad, Reiko y sus hijas decidieron ir a Nueva Jersey y, naturalmente, pidieron a Hiroko que las acompañara. Todos tenían que tomar decisiones y enfrentarse con nuevas despedidas. El horror y la pena los había unido a todos, y tendrían que separarse con tristeza. Al menos ella tenía a Toyo, la mayor alegría de su vida.

Finalmente, tras meditarlo durante dos días, Hiroko comunicó a Reiko que pensaba quedarse en la costa Oeste y buscar trabajo allí, cosa que no estaba segura de conseguir, pues carecía de titulación académica y, aunque había trabajado como ayudante de enfermera durante dos años, ningún hospital la contrataría sin estudios oficiales. Tendría que buscar algo más sencillo.

—Pero ¿por qué no te vienes con nosotras? —preguntó Reiko, sorprendida por la decisión de Hiroko.

—Quiero quedarme aquí —respondió ella—, por si Peter vuelve. Pero también porque tengo que volver a Japón en cuanto termine la guerra. —Hacía cuatro meses que no sabía nada de Peter y temía que algo le hubiese ocurrido. Pensaba en él noche y día y rezaba para que estuviera a salvo. Tenía que seguir creyéndolo, por su bien y por el de Toyo.

—Si algo sale mal, si no encuentras trabajo o... —Reiko no quería pronunciar la frase «si matan a Peter», pero lo pensó—, lo que sea, quiero que vengas a Nueva Jersey. Mi prima te recibirá con los brazos abiertos, y espero que cuando yo encuentre trabajo podamos mudarnos a un pequeño apartamento.

—Gracias, tía Rei —dijo Hiroko, y las dos mujeres se abrazaron llorando. Habían pasado muchas experiencias juntas. Hiroko había llegado para estudiar un año en Estados Unidos y aprender más del mundo y de la vida. Jamás hubiera imaginado que pasarían tres años y medio y que tendría que aprender aquellas duras lecciones. Mirando hacia atrás, le parecía toda una vida.

Las hijas de Reiko se sintieron desoladas al enterarse de que Hiroko no las acompañaría a Nueva Jersey, y pasaron la Navidad intentando convencerla. No se marcharían hasta enero. Algunos internos se habían ido ya, pero muchos ancianos se negaban a abandonar el campo, ya que no tenían adónde ir ni parientes que los acogieran. Poco a poco llegaron a sus oídos dramáticas historias sobre personas que se habían ido, sobre pertenencias que no les habían guardado, automóviles que habían desaparecido de donde estaban en custodia y almacenes federales que habían sido saqueados. La mayoría de internos lo había perdido todo. Hiroko pensó en la casa de muñecas de Tami. La niña tenía doce años y quizá ya no jugara con ella, pero hubiera sido un bonito recuerdo de su infancia. Reiko se echó a llorar pensando en todas sus fotografías y recuerdos, que tanto significaban ahora. Había perdido las fotografías de su boda, y de su hijo sólo le quedaba la foto en uniforme que tenían sobre la mesita.

La noche de Navidad, Tadashi entregó a Sally un anillo hecho por él mismo con un aro de oro y una diminuta turquesa que había encontrado en los alrededores, y tuvo una seria charla con ella. Quería saber qué pensaba hacer con su futuro.

—¿Qué significa esto? —preguntó ella con aire inocente.

Tadashi sonrió. Salían juntos desde hacía un año, y de no ser porque él tenía veinticinco años, hubiera afirmado que la relación iba en serio.

—¿Te refieres a los estudios? —preguntó ella, turbada y triste por tener que separarse de él. Sus pensamientos eran un auténtico embrollo en las últimas semanas. Le alegraba poder irse del campo, pero no quería perder a Tadashi.

—Me refiero a nosotros, no a los estudios. —Sonrió y le cogió la mano. Sally estaba a punto de cumplir los dieciocho y casi había terminado el instituto. Era estudiante de último curso en el instituto del campo y se graduaría en Nueva Jersey—. ¿Qué quieres hacer, Sally? ¿Ir a la universidad en Nueva Jersey?

—No lo sé. No estoy segura de que quiera seguir estudiando —contestó ella. Siempre era franca con él. Tadashi era el tipo de persona en que se podía confiar y ella lo amaba—. Sé que a mi padre le hubiera gustado, y seguramente mi madre querrá que siga cuando salgamos de aquí. Yo no lo sé... Sólo quiero... —Sus ojos se llenaron de lágrimas al mirar a Tadashi, y las semanas de miedo y tristeza pudieron más que ella. ¿Por qué había de perder a todos los hombres de su vida?— Sólo quiero estar contigo —dijo, echándose a llorar. Él pareció inmensamente aliviado al oírlo.

—También yo —repuso. Sally era joven, pero tenía edad suficiente para casarse—. ¿Qué crees que diría tu madre si le pidiera que me dejara ir con vosotras? —Tad tragó saliva para dar aquel gran paso, que dejó a Sally boquiabierta—. Podríamos casarnos al llegar allí.

—¿Lo dices... en serio? —Sally parecía un niño abriendo regalos de Navidad. Se lanzó en brazos de Tad. Se había comportado como una persona razonable y madura desde que estaba con él, y creía que su madre lo consentiría. Si no lo hacía, tal vez Tad podría reunirse con ellas más adelante.

—Me gustaría que nos casáramos enseguida —prosiguió él—, pero quiero que termines el instituto. —Sally soltó una risita—. Después podremos hablar de lo que quieres hacer. —Para entonces, Tad esperaba que Sally estuviera embarazada. Habían perdido tantas cosas buenas de la vida en los tres últimos años que Tad lo quería todo de golpe: una esposa, hijos, comidas decentes y ropa de abrigo, y un apartamento con calefacción—. Creo que yo también podré encontrar trabajo en Nueva Jersey. Al menos eso espero. Hablaré con tu madre.

Tadashi habló con Reiko al día siguiente. Ella se sorprendió al principio. Creía que Sally era aún demasiado joven, pero reconocía que todo se había acelerado en aquel campo, los jóvenes maduraban deprisa y la gente moría joven, como Tak. Además, sentía un gran cariño por Tadashi y creía que sería un buen marido para su hija, de modo que accedió a que las acompañara.

Tad explicó que su madre pensaba irse a Ohio a vivir con su hermana y que no ponía objeciones a que su hijo fuera a Nueva Jersey y se casara con la hija mayor de los Tanaka. Su madre creyó en principio que se refería a Hiroko y frunció el entrecejo, porque no aprobaba lo de Toyo, pero se sintió feliz al saber que hablaba de Sally.

La única que no les acompañaría, pues, era Hiroko.

—Siempre puedo ir más adelante —prometió ella.

Sin embargo, todo en el campo estaba impregnado de una dulce tristeza, de una sensación agridulce: las personas a las que veía, los lugares a donde iba. Cada vez que Hiroko miraba algo o a alguien, recordaba que pronto no lo volvería a ver y se echaba a llorar, aferrándose a Toyo. Pronto su hijo sería el único rostro familiar, la única persona a la que quería y que la quería, y Toyo no recordaría el lugar donde había nacido ni las cosas que allí había aprendido.

El día de Año Nuevo acudieron al templo por el aniversario de la muerte de Tak, y después visitaron su tumba. Reiko detestaba tener que dejarlo allí, pero no podía llevárselo más que en el corazón y la memoria. Estuvieron allí largo rato y finalmente dejaron sola a Reiko para que se despidiera de su marido. La tierra estaba helada, igual que cuando lo enterraron.

Les llevó dos días hacer el equipaje. Desecharon la mayoría de cosas, que serían inservibles fuera del campo. Alguien encontró un viejo baúl y Reiko metió en él sus pertenencias. Luego ella e Hiroko embalaron con cuidado la segunda casa de muñecas de Tami, que le serviría de recuerdo, si es que algún día se molestaba en desembalarla.

Las cosas de Hiroko y Toyo cupieron en una única bolsa, la misma que llevaba ella a su llegada. Reiko le entregó doscientos dólares para los primeros tiempos, hasta que encontrara trabajo. Los primos de Nueva Jersey habían enviado quinientos dólares para el viaje, y enviarían más si era necesario, pero sólo les quedaba comprar los billetes del tren, que cogerían en Sacramento.

Se marchaban todos al día siguiente. Por la mañana llegó Tad con sus cosas y les ayudó a terminar con el equipaje. Reiko regaló su pequeño *hibachi*[1] a la familia del barracón contiguo; se lo había comprado a una pareja que se había ido a Japón al principio de su estancia en Tule Lake. Unos cuantos juguetes se los dio a otra familia vecina. Llevaba la fotografía de Ken en el bolso y los recuerdos de su hijo y su marido en el corazón.

Por fin, contemplaron las dos pequeñas habitaciones donde habían vivido. Habían sacado los colchones de paja, los somieres estaban desnudos, los tatami que había hecho Hiroko ya no estaban, y los utensilios de cocina se habían regalado o tirado. Su baúl y sus bolsas estaban en el exterior, delante del barracón.

—Es extraño —dijo Sally a su madre—. Ahora que por fin nos vamos, me siento triste. Nunca pensé que me ocurriría.

---

1. Brasero portátil de carbón con una parrilla, usado a menudo para cocinar. (*N. de la T.*)

—Es difícil abandonar el hogar... y éste ha sido el nuestro durante un tiempo...

Todos se sentían igual. Hiroko había llorado al despedirse de las enfermeras, sobre todo de Sandra. Su hijo había nacido en la enfermería, y a pesar de los años de dolor, también habían vivido momentos especiales. No habían olvidado el buen humor y los amigos, ni la música y las risas tras las alambradas bajo la mirada de los guardianes.

—¿Listas para partir? —preguntó Tad. Él ya se había despedido de su madre, que había partido hacia Ohio el día anterior. Fue una triste despedida, pero Tad sabía que su madre quería estar con su hermana.

Las autoridades les habían dado billetes de tren gratis hasta Sacramento y cincuenta dólares por familia para gastos. Después dependerían de sí mismos. Hiroko iría en autobús a San Francisco. Reiko estaba nerviosa, sabiendo que se quedaría sola, pero Hiroko insistió en que estaría bien y prometió una y otra vez que iría hacia Nueva Jersey antes de quedarse sin dinero, si no encontraba trabajo. Tenía ya su dirección y su número de teléfono.

Todos recogieron el equipaje. Tad y Sally llevaron el baúl entre los dos. Estaba lleno de recuerdos y Reiko sospechaba que quizá no volvería a abrirlo, pero quería llevárselo consigo.

El autobús los esperaba junto a la verja, donde había otros internos congregados. Los centinelas estaban allí, como siempre, pero sólo para imponer orden, no para impedir la salida a nadie. Los soldados ayudaron a Hiroko a subir su bolsa al autobús, luego estrecharon las manos a todo el mundo y les desearon suerte. Por extraño que parezca, guardianes e internos no se guardaban rencor. Bueno o malo, necesario o no, todo aquello había terminado. Corría enero de 1945, y pronto Tule Lake, Manzanar y todos los demás campos pasarían a ser meros recuerdos.

Cuando el autobús se puso en marcha, Hiroko contempló el campo desde su asiento, grabando en su memoria los barracones, el polvo, el frío, los rostros de las personas a las que había querido, de los niños que había cuidado, de los que habían muerto y de los que se habían separado para no volver a verse, cosas que no olvidaría jamás.

Toyo iba sentado en su regazo, jugueteando con el pelo de su madre. Hiroko lo abrazó y lo besó. Un día le contaría dónde había nacido y cómo era aquel lugar, pero él no lo comprendería, no lo sabría como ella. Al mirar los rostros de los demás viajeros, vio en ellos el mismo amor, el mismo sufrimiento desvaneciéndose lentamente. Una voz a su espalda se elevó en el silencio:

—Ahora somos libres.

Y el autobús dejó el campo atrás, con destino a Sacramento.

17

Para Hiroko, dejar a Tadashi y sus primas en el tren fue una de las experiencias más dolorosas de su vida. Todos lloraron desahogando las emociones que habían contenido al salir del campo. Incluso Tadashi lloró al decirle adiós, y estuvieron a punto de perder el tren. Hiroko siguió sollozando cuando arrancó y ella se quedó en el andén agitando la mano con Toyo.

Cuando se alejaron, Hiroko pensó que no se había sentido tan vacía en toda su vida. Recorrió a pie las diez manzanas que la separaban de la terminal de autobuses, llevando a Toyo y la maleta. Unas cuantas personas la miraron de reojo, pero nadie parecía sorprenderse de ver a una japonesa andando libremente por la calle. No le gritaron *japo* ni groserías, pero la guerra aún no había terminado. Se preguntó qué había ocurrido mientras estaban internados, si la gente los había olvidado o había perdido el interés por el asunto.

Eran las cinco de la tarde. Hiroko compró un sándwich antes de subir al autobús, que partió a las cinco y media con destino a San Francisco.

Fue un viaje sin incidentes, y Toyo lo hizo dormido en su mayor parte. Cuando apareció el famoso puente, Hiroko se incorporó para contemplarlo. Parecía como si hubieran derramado diamantes sobre la bahía. Todo estaba limpio y perfecto. No se veían alambradas ni armas, nadie corría para llegar a su barracón con periódicos bajo el abrigo para protegerse del frío, para dormir sobre un colchón de paja que le escocería toda la noche. No recordaba ya cómo era una cama auténtica, o un cómodo futón. Sonrió al darse cuenta de que se había vuelto muy norteamericana en los tres años y medio transcurridos desde que abandonara Kioto.

Aquella noche durmió en un pequeño hotel del centro, pensando en los que se habían ido en el tren, y sonrió al recordar a Tadashi y Sally. Los echaría de menos, pero seguía creyendo que había tomado la decisión correcta.

Al día siguiente, tras desayunar, buscó una cabina telefónica. Sujetando al niño con una mano, pasó las hojas de la guía telefónica, y cuando vio el nombre que buscaba empezó a temblar. Tal vez se equivocaba, tal vez sería mejor recurrir a una agencia. No tenía por qué hacer aquello, pero algo le decía que lo hiciera.

Hiroko marcó el número, preguntó por ella y oyó su voz a los pocos segundos. No había dado su nombre, sólo dijo que era «una amiga de la facultad».

—¿Sí? —inquirió la voz con tono agradable.

—¿Anne? —dijo Hiroko, y el auricular le tembló en las manos. A su lado, Toyo empezaba a impacientarse. Aún no había cumplido los dos años de edad y no comprendía dónde estaban ni adónde habían ido los demás. Para él todo aquello no era más que una aventura incomprensible. No dejaba de preguntar por Tami; Hiroko le había explicado que estaba en un tren, pero él no sabía qué era eso.

—Sí, soy Anne —replicó Anne Spencer, tan aristocrática como siempre. Volvía a la facultad al día siguiente después de las vacaciones de Navidad, y se licenciaría en junio, pero para Hiroko St. Andrew's no era más que un recuerdo lejano—. ¿Quién habla?

—Hiroko —contestó ella—. Hiroko Takashimaya. —Quizá Anne la había olvidado, pero no lo creía.

Oyó un leve suspiro y luego hubo una breve pausa.

—Tu cesta nos mantuvo en pie durante días —dijo Hiroko.

—¿Dónde estás? —preguntó Anne. Era difícil saber si se alegraba o simplemente estaba sorprendida.

—Salí del campo ayer. Mis primas se han ido a Nueva Jersey.

—¿Y tú, Hiroko? —preguntó con tono amable—. ¿Dónde estás?

—En San Francisco. —Hiroko vaciló, luego miró a Toyo para darse valor—. Mira, es que necesito trabajo... —Sonaba tan patética que lamentó haber llamado, pero ya era demasiado tarde—. He pensado que quizá conozcas a alguien... o incluso tus padres, o amigos... Si necesitáis criada o alguien para limpiar la casa... cualquier cosa, de verdad... He trabajado en la enfermería durante dos años. Podría cuidar a un niño o a una persona mayor.

—¿Tienes mi dirección? —repuso Anne bruscamente.

Hiroko asintió, sorprendida.

—Está en la guía. Sí, la tengo.

—Ven ahora mismo. Coge un taxi, yo lo pagaré. —Anne se preguntaba si Hiroko tenía ropa decente, hambre o dinero.

Hiroko salió de la cabina y paró un taxi, pero lo pagó de su bolsillo. Le sorprendió encontrar a Anne esperándola fuera. Más sorprendida aún se quedó Anne al ver a Toyo.

—¿Es tuyo? —preguntó atónita.

Hiroko sonrió, asintiendo. Mientras Anne jugaba a tenis, aprendía francés y veraneaba en el lago Tahoe, Hiroko había tenido un hijo.

—Sí —contestó, mirando a su hijo con orgullo—. Se llama Toyo.

Anne no preguntó su apellido ni si Hiroko estaba casada. Mirándola, intuyó que no era así. También observó que llevaba un vestido horroroso y demasiado grande, raído y viejo.

—He hablado con mi madre —dijo—. Te dará trabajo. Me temo que no será nada del otro mundo. Necesitan a alguien para ayudar en la cocina. —Miró a Toyo, pero comprendió que el niño no suponía ningún obstáculo—. Puede quedarse contigo abajo mientras trabajas —dijo, abriendo la puerta. Luego se volvió y le preguntó si tenía hambre.

Hiroko sonrió y le dijo que ya habían desayunado.

Anne la llevó abajo para mostrarle su habitación. Era pequeña, sin adornos de ningún tipo, pero limpia y mucho mejor que cuanto había visto en casi tres años. Hiroko estaba muy agradecida, y así lo expresó mientras contemplaba su habitación.

—No sé cómo agradecerte esto, Anne... Tú no me debías nada.

—Creo que lo que os han hecho estaba mal. Hubiera sido mejor que te enviaran a tu país si no confiaban en ti. A fin de cuentas, tú eres japonesa. Pero los otros, los norteamericanos, no tenían por qué estar allí, y en realidad tampoco tú. ¿Qué daño podías hacer? No eras ninguna espía. —La niñera de Anne había muerto el año anterior en Manzanar durante una operación de urgencia. Anne le tenía mucho cariño y jamás perdonaría a los que se la habían llevado al campo y la habían dejado morir allí. Ayudaba a Hiroko por esa razón, a modo de compensación por lo que habían sufrido.

Luego le explicó que tendría que llevar un vestido negro, delantal blanco de encaje, cofia blanca, cuello y puños a juego, y zapatos y medias negras. Pero eso no preocupaba a Hiroko.

—¿Qué harás después? —preguntó Anne. Ni por un momento creyó que aquél fuera el futuro de Hiroko, pero la guerra continuaba, sus primos se habían ido y ella no podía volver aún a Japón.

—Me gustaría quedarme aquí, si es posible, hasta que pueda volver a mi casa. Mi hermano murió en combate y debo reunirme con mis padres. —No le dijo que también habían muerto sus dos primos, ni tampoco que no tenía noticias de Peter, pero Anne miró a Toyo con curiosidad.

—¿Volverá su padre? —preguntó. Era evidente que el padre de Toyo era un hombre blanco.

Hiroko se limitó a mirarla con inquietud; quería pedirle otro favor.

—Necesito saber si le ha ocurrido algo. No tengo noticias de él desde agosto. Está en Francia, con el ejército, pero no he sabido nada de él desde que liberaron París. He pensado que tal vez alguien a quien conozcas... tal vez pueda llamar a alguien y averiguar si saben...

Anne comprendió y asintió.

—Se lo diré a mi padre.

Se miraron. Era una situación extraña entre dos personas que no habían sido amigas, porque Anne acababa de ayudar a Hiroko más de lo que hubiera hecho cualquiera.

Hiroko fue a recoger sus cosas al hotel y volvió de nuevo en taxi.

La casa era un hermoso e imponente edificio de obra vista, en Broadway. Nada más llegar fue a su habitación, se puso el uniforme y apareció en la cocina llevando a Toyo de la mano. Todo el mundo se mostró muy amable con ella, le indicaron cuáles eran sus tareas y dos criadas prometieron ayudarla a cuidar de Toyo. La cocinera se quedó prendada del niño y le ofreció un gran plato de sopa y pastel de chocolate. Para un niño que había nacido tan grande, Toyo estaba muy delgado a causa de la pobre y escasa comida del campo, e Hiroko se alegró de verlo comer con avidez.

Anne bajó a la cocina por la tarde para presentarle a su madre. Margaret Spencer era una señora de unos cincuenta años, hermosa y distinguida. Vestía un bonito conjunto de lana gris con un collar de perlas y pendientes a juego. Anne era la menor de tres hijas y un hijo. No se mostró cordial, pero sí cortés. Anne le había explicado las circunstancias de Hiroko, y la señora Spencer sentía tanta lástima de ella como su hija. Le había dicho al personal doméstico que la trataran con amabilidad y que los alimentaran bien a ambos. Le ofreció, además, trescientos dólares al mes, lo que, pensó Hiroko, era más caridad que salario, pero no le importaba. Se lo había ganado a pulso y necesitaría hasta el último centavo si quería ahorrar para volver a Japón cuando acabara la guerra. Por otro lado, no había noticias de Peter, y tenía que cuidar de Toyo.

Cuando Anne y su madre se fueron, Hiroko se sintió un poco como la Cenicienta. Los demás sirvientes sabían que había ido a St. Andrew's con Anne y por qué lo había dejado, y también dónde había estado en los tres años anteriores, pero nadie le hizo pregunta alguna. Le enseñaron cómo hacer su trabajo y la dejaron realizarlo en paz, y cuidaban a Toyo cuando ella estaba muy ocupada. Por su parte, Hiroko se mostraba cortés con todo el mundo, trabajaba mucho y no malgastaba palabras. En sus días libres llevaba a su hijo al parque. También fue al salón de té japonés del Golden Gate Park, que recordaba haber visitado con los Tanaka a su llegada a Estados Unidos. Los dueños habían cambiado; eran una familia china y lo habían llamado Salón de Té Oriental.

Al cabo de poco tiempo recibió noticias de sus primas. Reiko trabajaba en un hospital, las chicas estudiaban y, el día de San

Valentín, Sally y Tadashi se habían casado. El día después de recibir el telegrama anunciándole la boda, el señor Spencer tuvo por fin noticias que darle de un amigo de Washington. Se había tardado más de un mes en conseguir la información, y no era buena. Hiroko temblaba al escucharla.

Después de París, las tropas habían avanzado hacia Alemania. Peter había sido dado por desaparecido en una escaramuza cerca de Amberes. Nadie lo había visto morir ni se había hallado su cadáver, pero tampoco había aparecido vivo. Era imposible saber qué le había ocurrido. Tal vez hallaran rastro de él cuando acabara la guerra, o descubrieran que los alemanes lo habían hecho prisionero, pero por el momento nada más se sabía. Hiroko se sintió peor que antes.

Dio las gracias al padre de Anne y volvió a la cocina para ocuparse de Toyo.

—Lo siento por ella —comentó Charles Spencer a su mujer. Uno de los jardineros de la familia había estado también en los campos de internamiento, y él había tenido que remover cielo y tierra para sacarlo de allí y enviarlo con unos parientes de Wisconsin—. ¿Está casada con el padre del niño?

—No estoy segura —contestó su mujer—. No lo creo. Anne dice que era una estudiante excelente, una de las más destacadas. —Pese a sus prejuicios, la señora Spencer había acabado comprendiendo por qué su hija quería ayudar a Hiroko, y también a ella le gustaba.

—No creo que quiera volver a estudiar —dijo Charles Spencer con aire pensativo.

—Anne dice que quiere regresar a Japón para ver a sus padres.

—Bueno, haz lo que puedas por ella mientras esté aquí. Para serte sincero, por lo que me dijeron de su amigo, creo que está muerto. —En realidad era algo que no se sabría con seguridad hasta después de la guerra. En cualquier caso, lo temible era que había desaparecido y que el niño no tenía padre, lo que hizo que Charles Spencer se compadeciera aún más de ella.

Sin embargo, Hiroko era feliz en casa de los Spencer. Llevaba a Peter continuamente en el pensamiento, y pese a lo que le había dicho el padre de Anne, se negaba a creer que hubiera muerto.

La guerra prosiguió. En febrero, los aliados arrasaron Dresde, y en marzo, Manila cayó en manos de los norteamericanos. Tokio era bombardeado sin cesar, al igual que otras ciudades japonesas. Los muertos ascendían a ochenta mil y más de un millón de personas se habían quedado sin hogar. Hiroko sentía una preocupación constante por sus padres. Habló de ello con sus primas por teléfono y éstas se mostraron comprensivas, pero la vida de Hiroko había acabado siendo algo muy lejano para ellas. Hiroko escuchaba con frecuencia las noticias de la radio y esperaba averiguar algo sobre Peter y sus padres.

En abril falleció Roosevelt y Hitler se suicidó. Al mes siguiente se liberaron los campos de concentración y se descubrieron sus horrores al mundo. Tule Lake parecía el paraíso en comparación, e Hiroko se sintió avergonzada de haberse quejado por las pequeñas desventuras que había padecido.

En mayo, por fin, Alemania se rindió. Sin embargo, Japón seguía luchando, y en junio se produjo la cruenta batalla de Okinawa. Parecía que la guerra con Japón no acabaría nunca y que ella no podría volver a casa. No le quedaba más remedio que seguir esperando; aún seguía sin noticias de Peter, pese a que hacía un mes que la guerra en Europa había acabado.

Charles Spencer tuvo la amabilidad de volver a indagar por ella, pero Peter seguía figurando como desaparecido en combate. Aun así, Hiroko se negaba a admitir que lo había perdido para siempre.

A finales de junio, los Spencer fueron al lago Tahoe a pasar el verano. Al principio pensaron dejar a Hiroko en la ciudad, pero luego le pidieron que los acompañara, y a ella le pareció que sería maravilloso para Toyo.

Anne se licenció en St. Andrew's justo antes de la partida. Esa mañana Hiroko se sonrió al pensar en ella. Apenas la había visto en los últimos meses, porque Anne volvía muy pocos fines de semana a su casa, pues se iba a algún otro sitio o se quedaba en St. Andrew's para asistir a algún baile, y durante las vacaciones iba a Santa Bárbara o a Palm Springs, o a Nueva York para ver a su hermana, que había tenido otro hijo. De todas formas, en las escasas ocasiones en que volvía, se mostraba siempre muy amable con Hiroko. No era amistad; sin embargo, ambas reconocían que existía un vínculo afectivo entre ellas.

En el lago Tahoe, Anne estaba siempre rodeada de amigos que iban a visitarla, sobre todo el fin de semana. Se quedaban allí para practicar esquí acuático, jugar a tenis o navegar en una de las lanchas motoras. Habían tenido que renunciar a las otras, ya que necesitaban los cupones de gasolina para el viaje de ida y vuelta al lago Tahoe.

Hiroko recordó los días pasados con los Tanaka a lo largo de los cuatro años anteriores, unos años de guerra y sufrimiento para el mundo. Sin embargo, allí la gente seguía divirtiéndose. Producía una extraña sensación contemplarlos, aunque era consciente de que la guerra no hubiera acabado sólo porque ellos renunciaran a aquellas distracciones.

A Toyo le encantaron las vacaciones. También allí los criados se mostraron muy amables con él. En Tahoe, Hiroko servía la cena con frecuencia, en particular cuando tenían invitados. Una noche, uno de ellos preguntó a los Spencer cómo habían conseguido retenerla.

—Todos los nuestros fueron a Topaz. Una auténtica pena. Eran los mejores criados que hemos tenido. ¿Qué hiciste tú, Charles? ¿Esconderla? —bromeó, pero a Charles Spencer no pareció divertirle.

—Creo que estuvo en Tule Lake —replicó con tono severo—. Entró a nuestro servicio en enero de este año. Según tengo entendido, pasó grandes privaciones. —Sus palabras y su expresión redujeron a su invitado al silencio.

Sin embargo, otros no tuvieron reparo en mirarla fijamente y hacer comentarios desagradables.

—No sé cómo puedes comer teniéndola a la espalda —dijo una de las amigas de Margaret un día, durante la comida—. Cuando pienso en lo que esa gente está haciendo a nuestros chicos, pierdo el apetito. Debes de tener un estómago muy fuerte, Margaret.

La señora Spencer no replicó, pero sus ojos se encontraron con los de Hiroko, que bajó rápidamente la cabeza. Lo había oído todo y comprendía que había cumplido una penitencia para complacer a personas como aquella mujer. En ciertos aspectos, los Spencer eran diferentes de sus amigos. A ellos les había horrorizado y entristecido que enviaran a sus empleados a los campos de internamiento.

Durante una cena, un amigo de Charles abandonó la mesa porque había perdido a un hijo en Okinawa y se negaba a ser servido por una japonesa. Hiroko se fue a su habitación sin decir nada y los Spencer no intervinieron por su propio bien. También ella había perdido a muchos seres queridos.

En agosto, mientras los aliados se repartían el Reich, los americanos ajustaron por fin las cuentas a los japoneses en Hiroshima. Cualquiera que odiara a los japoneses se sintió vengado, y de nuevo ocurrió con Nagasaki. Por fin la guerra había terminado. Cuatro semanas después, durante el fin de semana del día del Trabajo, los japoneses se rendían.

Era el último fin de semana de los Spencer en el lago Tahoe antes de volver a la ciudad.

—¿Qué vas a hacer ahora? —preguntó Anne a Hiroko. Estaban solas en el comedor a la mañana siguiente de la rendición.

—Me gustaría volver a casa lo antes posible.

—Creo que la situación allí tardará un tiempo en normalizarse —dijo Anne.

Hiroko parecía muy preocupada por la suerte de sus padres. Le parecía imposible que alguien hubiera sobrevivido a los bombardeos, pero rezaba para que sus padres se contaran entre los supervivientes. Y seguía sin saber nada de Peter, pero no podía ir a dos sitios a la vez, y tampoco habría sabido cómo buscarlo en Europa.

—Tu familia ha sido muy buena conmigo —dijo Hiroko antes de abandonar el comedor para no molestar a Anne durante su desayuno.

—Tú también has sido buena con nosotros. —Sonrió—. ¿Cómo está Toyo?

—Engordando en la cocina —dijo Hiroko con una sonrisa. Toyo estaba recuperando el tiempo perdido en Tule Lake y era el favorito del servicio.

Anne no preguntó si sabía algo más de Peter. Su padre le había dicho que sin duda había muerto, y que lo sentía.

Hiroko volvió a la ciudad con ellos, aguardó otro mes y luego decidió marcharse. Anne pensaba irse a vivir un año a Nueva York para estar cerca de su hermana y para conocer a gente nueva. Por su parte, Hiroko pensaba comprar un billete en el *General W. P. Richardson*, que partía con rumbo a Kobe a mediados de octubre.

Ni siquiera ella se hacía ya ilusiones. No había sabido nada de Peter en catorce meses, y hacía cinco que había concluido la guerra en Europa. De estar vivo ya lo hubieran encontrado. Así lo admitió Hiroko al hablar con Reiko por teléfono para decirle que se iba a Japón.

—Resulta difícil creer que los hemos perdido a los tres, ¿verdad? A Ken, a Tak... y a Peter.

Hiroko también había perdido a su hermano. Era injusto que ellos hubieran perdido tanto y otros tan poco. Sin poderlo evitar, pensaba en los Spencer, pese a la amabilidad que le habían demostrado. A ellos la guerra apenas les había afectado, salvo en el hecho de que había mejorado algunas de sus inversiones. El hijo había prestado su servicio sin salir del país, así como el yerno, destinado en Washington durante toda la guerra, y ninguna de las hijas había perdido al marido o al novio. Anne había sido presentada en sociedad cuando la guerra aún no había terminado y se había licenciado en junio, justo después de la rendición alemana. Para ellos todo era agradable, claro y sencillo. Tal vez era así como la vida funcionaba a veces. Unos pagaban y otros no. Pese a todo, Hiroko tenía que admitir que le gustaban.

A Reiko le preocupaba que se fuera a Japón con Toyo.

—No te preocupes, tía Rei. Los americanos están allí. Ya lo habrán controlado todo antes de que yo llegue.

—Quizá no tanto como crees. ¿Por qué no vienes aquí y esperas a tener noticias de tus padres?

Pero Hiroko ya había intentado ponerse en contacto con ellos por telegrama. Era imposible. Todo el mundo le decía que no había modo de comunicar con nadie. Además, había llegado el momento de volver a casa, quería que sus padres conocieran a Toyo, aunque al principio supusiera una conmoción para ellos. Al fin y al cabo era su nieto, y tal vez les consolara de la pérdida de Yuji.

Sally se puso luego al teléfono para decirle que ella y Tad estaban esperando un hijo.

—No habéis perdido el tiempo —comentó Hiroko, y Sally rió. Su voz sonaba joven y feliz.

—Tampoco tú lo perdiste —bromeó Sally desde cinco mil kilómetros de distancia, aunque su madre le había advertido que no preguntara por Peter. Pero Hiroko rió con buen humor.

—Supongo que tienes razón.

También habló con Tad y le felicitó por el bebé que nacería en abril.

Hiroko volvió a llamarles la víspera de su partida y habló largamente con Reiko. A su prima le preocupaba lo que podía ocurrirle en Japón si las cosas salían mal y no tenía a nadie que la ayudara.

—En ese caso pediré ayuda a los americanos, te lo prometo, tía Rei. No te preocupes.

—¿Y si no quieren ayudarte? Eres japonesa, no americana. —Hiroko parecía estar siempre en el lado equivocado. Ella lo encontraba irónico, pero a Reiko le aterraba.

—Algo se me ocurrirá.

—Eres demasiado joven para estar allí sola —insistió Reiko.

—Tía Rei, es mi hogar. Tengo que volver y ver a mis padres.

Reiko no se atrevía a sugerir que tal vez hubieran muerto, pero Hiroko era muy consciente de que existía esa posibilidad. No obstante, en Japón tenía parientes y amigos a los que preguntar, lo que no ocurría en el caso de Peter.

—Quiero que te pongas en contacto conmigo en cuanto te sea posible —pidió Reiko.

—Lo haré. Pero aquello debe de ser un auténtico caos.

—Sin duda que lo es. —Las historias que se contaban sobre Hiroshima eran espeluznantes, pero Hiroko no iba allí, de lo contrario Reiko hubiera opuesto aún mayor resistencia.

Por fin, se despidieron con afecto y pesar. Por la noche, Hiroko hizo el equipaje en su pequeña habitación, no sin tristeza. Le dolía abandonar a los Spencer.

Por la mañana, el padre de Anne le entregó mil dólares en efectivo además de su salario. Para Hiroko era toda una fortuna.

—Lo necesitará para el chico —explicó él, y ella lo aceptó con agradecimiento.

—Han hecho mucho por nosotros —dijo, dando de nuevo las gracias a él y su esposa.

Anne se ofreció a llevarla al muelle con el coche y el chófer.

—Puedo llamar un taxi, Anne —repuso Hiroko, sonriente—. No tienes por qué hacerlo.

—Quiero hacerlo —dijo—. Quizá si entonces hubiera sido más inteligente o un poco más madura, habríamos sido amigas.

—Has hecho mucho por mí —repitió Hiroko, incapaz de imaginar qué más hubiera hecho de haber existido esa amistad. En todo caso, no lamentaba haber trabajado como criada para ellos. Le había proporcionado manutención para ella y para Toyo.

El resto del servicio salió a la calle para despedirse de ellos, y los padres de Anne lo hicieron agitando la mano desde una ventana del piso superior. Toyo los contempló con tristeza mientras se alejaban en el Lincoln.

—Vamos a Japón a buscar a tus abuelos —le había explicado su madre, pero él no sabía qué eran abuelos.

Anne miró a Hiroko con inquietud en el trayecto hacia el puerto.

—¿Estarás bien allí?

—No será peor que los sitios en que he estado en estos cuatro años.

—¿Qué harás si no los encuentras? —Era una pregunta cruel, pero se sentía obligada a hacerla.

—No estoy segura. —Hiroko no lo imaginaba siquiera. En realidad ni siquiera había admitido que Peter podría haber muerto. Decía que sí a los que le preguntaban para no discutir con ellos, pero lo cierto es que no lo creía—. No concibo que no estén allí —dijo—. Cuando pienso en Japón, pienso en mis padres. Los veo —añadió cerrando los ojos. En aquel momento llegaron al muelle y el coche se detuvo—. Los encontraré —prometió.

—Vuelve si es necesario —dijo Anne, pero ambas sabían que

no lo haría. Lo más probable era que, si volvía a Estados Unidos, se reuniera con sus primas en Nueva Jersey.

Ambas se miraron durante largo rato, con el barco a sus espaldas. Toyo aguardaba de la mano de su madre, y el chófer se ocupaba del equipaje.

—Siempre estás presente cuando me marcho —dijo Hiroko, buscando palabras de agradecimiento que no encontró.

—Ojalá hubiera sido así desde el principio —dijo Anne en voz baja, y la abrazó.

—Gracias —dijo Hiroko con lágrimas en los ojos. Cuando se separaron, vio que Anne también estaba llorando.

—Espero que los encuentres —le deseó Anne con voz ronca, y luego se volvió hacia Toyo—. Sé bueno, jovencito, y cuida de tu madre. —Se agachó para darle un beso y luego miró a Hiroko—. Llámame si me necesitas... escríbeme... envía un telegrama... lo que sea.

—Lo haré —sonrió—. Cuídate, Anne.

—Tú también, Hiroko. Allí encontrarás muchos peligros. —Hiroko sabía que era así. Muchos japoneses hubieran dado cualquier cosa por salir de su país y en cambio ella volvía.

—Gracias —repitió Hiroko, estrechándole la mano.

El chófer encontró un mozo de cuerda y se dirigieron hacia el barco. Hiroko y Toyo subieron por la pasarela, agitando la mano en señal de despedida. Poco después entraban en su camarote, pequeño y con una única portilla. Al menos por allí entraría aire durante las dos semanas de travesía. Volvieron a cubierta para que Toyo viera cómo zarpaba el barco y el bullicio que los rodeaba. Había música, globos y una atmósfera festiva, aunque su destino no sería un lugar muy agradable, pero era el primer barco que salía en dirección a Japón desde el ataque de Pearl Harbor.

Hiroko miró hacia el muelle y la vio allí de pie, tan altiva y hermosa como el primer día, cuando descendió de su limusina en St. Andrew's. En aquel entonces había creído que serían amigas, pero habían sido necesarios varios años para que lo fueran. Hiroko agitó la mano y señaló a Anne para que Toyo la viera. El niño agitó también la mano y le lanzó un beso. Las dos mujeres rieron y agitaron la mano con mayor entusiasmo.

—¡Adiós! —gritó Anne cuando el barco se separó del muelle lentamente—. ¡Buena suerte!

—¡Gracias! —gritó Hiroko.

Ya no se oían, pero Hiroko la veía aún, despidiéndose con la mano, mientras el barco viraba y avanzaba lentamente hacia mar abierto.

—¿Adónde vamos, mamá? —preguntó Toyo por enésima vez ɔe día cuando Hiroko lo sentó en el catre del camarote.

—A casa —respondió ella.

18

El *General W. P. Richardson* tardó dos semanas y un día en cruzar el océano Pacífico, y atracó por la mañana en el puerto de Kobe. A Hiroko le había parecido un viaje interminable, pero no le importaba porque Toyo había disfrutado mucho. Era el único niño a bordo, y se había convertido en la mascota del barco.

Sin embargo, cuando llegaron a Kobe, Hiroko estaba extrañamente callada. Se sentía rara al pensar en el miedo y las emociones contradictorias que la habían embargado al salir de su país años atrás. No quería dejar a sus padres, pero se había ido para no defraudarles. Sólo un año, pedía ella; sólo uno, prometía su padre. Pero habían pasado casi cuatro años y medio, y una infinidad de experiencias de todo signo.

Contempló la actividad en el puerto mientras atracaban, escuchando a los estibadores, los pájaros y la gente que se llamaba a gritos. Había cierta confusión y se veían los vestigios de la guerra, pero también había soldados norteamericanos por todas partes, lo que incluso en su propio país halló extrañamente tranquilizador. Ya no estaba segura de quiénes eran los enemigos y quiénes los amigos.

Hiroko sujetó con fuerza a su hijo al bajar del barco; llevaba ella misma su equipaje. Pidió a uno de los muchos taxistas del puerto que los llevara a la estación de trenes. El taxista le preguntó adónde se dirigía, y al responder ella que a Kioto, se ofreció a llevarles por cincuenta dólares. Hiroko aceptó.

—¿Cuánto tiempo ha estado fuera? —quiso saber el taxista

mientras circulaba por carreteras que, o bien Hiroko no había visto nunca antes, o no recordaba ya, todas en pésimas condiciones.

—Más de cuatro años.

—Ha tenido suerte. Aquí la guerra ha sido muy dura. En Estados Unidos no ha debido de ser tan duro. —Hiroko prefirió no hablarle de los campos de internamiento; además, seguramente el hombre tenía razón y allí lo habían pasado mucho peor.

—¿Cómo está la situación ahora? —preguntó, sujetando a su hijo. Hablaban en japonés. Toyo había oído hablar japonés en el campo de internamiento, pero lo había olvidado casi por completo en el último año. Además, Hiroko le hablaba siempre en inglés.

—Mal en algunos sitios, terrible en otros. En Kioto, regular. Ha habido daños, pero no en los templos. Hay yanquis por todas partes. Tenga cuidado con ellos. Creen que todas las mujeres japonesas son *geishas*.

Hiroko se echó a reír.

—Tenga cuidado —repitió el taxista.

Tardaron dos horas en llegar a Kioto. Normalmente habría sido un trayecto más corto, pero la carretera estaba llena de baches, y había un denso tráfico.

Hiroko contuvo la respiración al ver la casa familiar. Nada parecía haber cambiado. Era todo tan igual a como lo recordaba que le pareció estar en un sueño. Dio las gracias al taxista y le pagó con parte del dinero que le había dado Charles Spencer. Luego, con Toyo de una mano y la maleta en la otra, contempló su hogar.

—¿Quiere que espere? —preguntó el taxista.

Ella sacudió la cabeza, hipnotizada por la casa que tanto había echado de menos.

—No, gracias, estamos bien.

El taxista emprendió el camino de vuelta a Kobe y ella permaneció largo rato parada frente a la casa, mientras Toyo la miraba.

Luego abrió la verja con cuidado. Chirriaba igual que antes, y la hierba del jardín estaba demasiado crecida, pero no había indicios de daños. Hizo sonar las campanillas al echar a andar hacia la casa, pero nadie respondió. Dio unos golpecitos en las pantallas de *shoji*, pero no acudió nadie. Hiroko se preguntó si habrían salido.

Corrió las pantallas de *shoji* con cautela y lo que vio le cortó la respiración. Ni un solo objeto había cambiado en su casa. El pergamino seguía en el *tokonoma*, exactamente donde estaba cuando era niña y su abuela le enseñaba a hacer arreglos florales para colocarlos allí, y también había flores, pero completamente secas. Era evidente que sus padres se habían ido a algún lugar más seguro.

—¿Quién vive aquí, mamá?

—Mis padres —explicó Hiroko, y él pareció sorprenderse de que su madre tuviera padres.

Hiroko recorrió lentamente la casa con Toyo. Encontró la ropa de su madre, los muebles y utensilios de cocina en su sitio. Había varias fotos de ella misma y de Yuji, y se las quedó mirando, deseando poder abrazar de nuevo a su hermano. Se detuvo ante el pequeño altar y se inclinó, sintiéndose extraña. Hacía mucho tiempo que no se inclinaba de aquella manera.

—¿Qué estás haciendo, mamá?

—Inclinarme ante nuestro altar para honrar a tus abuelos.

—Toyo había visto a los ancianos del campo de internamiento hacer reverencias, pero era demasiado pequeño para recordarlo.

—¿Dónde están tu mamá y tu papá? —preguntó.

—Creo que se han marchado —contestó ella.

Luego fueron caminando despacio hasta la casa de los vecinos, que se sorprendieron mucho al verla, y más aún al ver a Toyo. Ella les hizo una reverencia formal y ellos le contaron que sus padres se habían ido a las montañas antes del verano en busca de mayor seguridad. Suponían que estaban en su viejo *buraku*, cerca de Ayabe.

Hiroko pensó que era muy posible, puesto que de allí procedía su madre, Hidemi. Seguramente sus padres habían temido que bombardearan Kioto y arrasaran la ciudad como represalia ejemplarizante, igual que Dresde. Sin embargo, si ya era difícil llegar hasta allí en circunstancias normales, en aquellos momentos sería casi imposible. Preguntó a los vecinos si tenían coche y podían prestárselo. No tenían, pero sugirieron que tomara el tren, lo que era una solución razonable. Poco después, Hiroko y Toyo caminaban hacia la estación. Hiroko llevaba la maleta y compró unas manzanas para Toyo.

Pero una vez en la estación les dijeron que no había tren hasta la mañana siguiente. Hiroko compró más comida para Toyo y volvieron a casa de sus padres. Se instalaron en el dormitorio donde había nacido ella. Hiroko sonrió al recordar la historia y le contó a Toyo que había nacido allí, lo que dejó al niño muy intrigado. Por la noche, mientras Toyo dormía, ella deambuló por la casa, sintiéndose cerca de sus padres.

Soldados norteamericanos patrullaban su calle, pero no les molestaron. A las siete de la mañana siguiente volvieron a la estación. Tardaron catorce horas en llegar a Ayabe a causa de retrasos y de los escombros en la vía que habían de ser retirados. Eran las nueve de la noche cuando llegaron, y no tenían la menor idea de cómo ir a la casa. Así pues, se acurrucaron bajo una pequeña manta en la estación. Toyo dijo que no le gustaba.

—A mí tampoco, cariño, pero no podemos encontrar la casa de noche.

Al amanecer, Hiroko se despertó, compró algo de comida a un vendedor ambulante y luego pagó a un hombre para que les llevara en coche a la casa de sus abuelos en el campo. Hacía mucho tiempo que sus abuelos habían muerto, pero su madre conservaba la casa para ir a pasar el verano.

El coche dio mil vueltas para llegar hasta allí. Les llevó más de una hora y, cuando llegaron, Hiroko comprendió el porqué. La casa, y muchas otras con ella, habían sido arrasadas.

—¿Qué ocurrió? —preguntó horrorizada, temiendo también que Toyo se asustara. Daba la impresión de que toda la ladera montañosa había ardido, y así era, en agosto.

—Una bomba —respondió el hombre con tristeza—. Cayeron muchas por aquí justo antes de lo de Hiroshima. —No había vecinos a los que preguntar, de modo que el hombre los llevó finalmente a un pequeño templo sinto al que Hiroko recordaba haber ido en una ocasión con su abuela.

Allí encontró un sacerdote que la miró como a un fantasma cuando Hiroko le dijo quién era, y sacudió la cabeza. Sí, conocía a sus padres.

¿Sabía adónde habían ido? El sacerdote vaciló antes de contestar.

—Al cielo, con sus antepasados —dijo, pareciendo disculparse, pero con expresión piadosa.

Sus padres habían muerto bajo las bombas junto con varios amigos y parientes y todos sus vecinos tres meses antes, mientras ella estaba en el lago Tahoe.

—Lo siento —dijo el sacerdote.

Hiroko le dio algún dinero y salió con Toyo sintiéndose vacía. Todos habían muerto. No le quedaba nadie... Yuji, sus padres, Ken, Takeo... incluso el pobre Peter. No era justo. Todos eran buenas personas.

—¿Adónde quiere ir ahora? —le preguntó el hombre del coche.

Hiroko no tenía adónde ir salvo a Kioto, pero después de lo sucedido ya no estaba segura de nada.

Volvieron a subir al coche y regresaron lentamente a la estación, pero no había tren en los dos días siguientes, y en Ayabe no había lugar donde alojarse, aunque Hiroko tampoco lo deseaba. Lo único que quería era volver a casa. Al notar su inquietud, Toyo se echó a llorar, y el taxista los miró con compasión.

Al final Hiroko le ofreció cincuenta dólares por llevarles de vuelta a Kioto. El hombre aceptó agradecido, pero el viaje fue una pesadilla. En el camino encontraron obstáculos, zonas bombardeadas, desvíos y animales muertos. Había controles militares y mucha gente en todas partes. Algunos no tenían dónde ir, y otros se habían desquiciado tras sufrir terribles experiencias. Tardaron casi dos días en llegar. Una vez en casa, Hiroko le entregó veinte dólares de propina, además de invitarle a pasar y ofrecerle comida y agua. Luego el hombre se fue y ellos se quedaron solos. Hiroko no hacía más que pensar en que habían realizado un viaje tan largo para nada.

—¿Dónde están, mamá? —preguntaba Toyo con insistencia—. Aún no han venido. —El niño parecía desilusionado.

Hiroko tuvo que contener las lágrimas para contestar.

—No volverán, Toyo —explicó con pesar.

—¿Es que no quieren vernos? —preguntó él.

—Sí quieren, y mucho —dijo con lágrimas en los ojos—, pero tuvieron que ir al cielo con todas las personas que queremos.

—Aunque lo intentó, no pudo decir «con tu papá», pero aun así Toyo se echó a llorar. No le gustaba ver desgraciada a su madre.

Hiroko se sentó en el suelo y abrazó a Toyo, mientras ambos lloraban.

Oyó llamar a la verja y se preguntó quién sería. Vaciló, pero al final salió y vio a un policía militar. El soldado le dijo que era el nuevo guardia de la calle y quería saber si necesitaban ayuda. Le habían dicho que la casa estaba vacía, pero los había visto entrar. Hiroko contestó que no necesitaban nada y que era la casa de sus padres.

El soldado era un hombre simpático, de ojos bondadosos. Ofreció una chocolatina a Toyo, que la comió con deleite, pero Hiroko se mostró muy fría con él. Recordaba las advertencias del taxista sobre los soldados.

—¿Está sola? —preguntó él. Era un chico atractivo, con acento sureño.

Hiroko no supo qué responder.

—Sí... no... mi marido vendrá pronto.

El soldado miró a Toyo de reojo. Era fácil imaginar la situación, y en Japón las implicaciones eran peores aún que en San Francisco. Aquella mujer se había acostado con soldados enemigos.

—Si podemos hacer algo por usted, háganoslo saber, señora —dijo al fin.

Durante los días que siguieron, Hiroko y Toyo no salieron de la casa. Comunicó su vuelta a los vecinos para que no se asustaran si veían actividad en la casa, y les contó lo ocurrido a sus padres. Ellos le expresaron sus condolencias y los invitaron a cenar. Esa noche el soldado los vio de nuevo y fue a charlar con Toyo. Le dio otra chocolatina, e Hiroko se lo agradeció con frialdad.

—Habla usted muy bien inglés. ¿Dónde lo ha aprendido? —preguntó él. Hiroko era una de las mujeres más hermosas que había visto y sin embargo el marido no aparecía. De hecho, dudaba que lo hubiera.

—En California —contestó ella escuetamente.

—¿Ha estado allí recientemente? —preguntó él, sorprendido.

—Acabo de regresar de allí —dijo Hiroko, aunque no le agradaba iniciar una conversación con él. No sabía qué hacer, si quedarse en Japón o volver a Estados Unidos. Aunque quisiera regresar a América, no podía marcharse sin más. Primero tenía que decidir qué hacer con la casa de sus padres. No era buen momento para venderla. Lo mejor sería quedarse allí un mes o dos y volver luego a Estados Unidos, o quizá no. Quizá le convenía quedarse para siempre en su país. Estaba confundida, pero tener soldados a su puerta no iba a facilitarle las cosas. Ella hubiera preferido evitar aquella complicación, pero el soldado parecía entusiasmado con Toyo.

—¿Estuvo allí durante la guerra? —preguntó.

—Sí —respondió Hiroko, y le dio de nuevo las gracias por la chocolatina. Luego se apresuró a entrar en el jardín con Toyo y cerró la verja, lamentando que no tuviera cerradura. Se inclinó apresuradamente ante el altar y entró en la casa con su hijo.

El soldado se dejó caer por allí un par de veces más en los días siguientes, pero Hiroko no salió de la casa.

Días después, fueron a Tokio en busca de unos parientes de su padre, pero Hiroko se enteró de que todos sus parientes habían muerto, y la ciudad estaba devastada. Los bombardeos la habían arrasado y allí había aún más soldados, la mayoría borrachos y en busca de mujeres. Hiroko deseó volver a la seguridad de su casa de Kioto, lo que hicieron rápidamente.

Llevaban dos semanas en Japón y empezaba a parecerle que sería demasiado complicado quedarse allí. Hiroko se había convertido en una mujer independiente, pero también era lo bastante sensata para comprender que correría peligro si permanecía allí, sola con su hijo. Consiguió información sobre barcos con destino a Estados Unidos. Zarpaba uno el día de Navidad y empezó a pensar en comprar los pasajes.

Cuando regresó a la casa de sus padres después de su breve viaje a Tokio, los vecinos le dijeron que un soldado había preguntado por ella varias veces. Hiroko les pidió que, si volvía, le dijeran que había regresado a Estados Unidos, o lo que les pareciera. Estaba asustada. Si era el mismo soldado que se interesaba por ella, su insistencia no presagiaba nada bueno y confirmaba que debía marcharse tan pronto fuera posible.

Esa noche, cuando Toyo dormía ya en el futón de su dormitorio, Hiroko oyó las campanillas de la verja y no fue a abrirla.

Pero al día siguiente Toyo estaba jugando en el jardín y las oyó antes que ella. Estaba tan seguro como su madre de que era el soldado de las chocolatinas. Hiroko salió corriendo de la casa con la intención de detener a Toyo antes de que abriera la verja, pero era demasiado tarde, el niño estaba hablando ya con el soldado. Sin embargo, al acercarse Hiroko comprobó que no era el mismo, y llamó a Toyo a su lado, pero él no le hizo caso. Hiroko vio entonces que el soldado se había acuclillado para hablarle.

—¡Toyo! —insistió, pero él no se movía. Tendría que ir en su busca. Detestaba aquellos inquietantes roces con los americanos. Había visto la mirada del guardia y de otros soldados, como los de Tokio, y sentía un gran temor—. ¡Toyo! —volvió a llamar.

Ambos la miraron, el mismo rostro repetido, cogidos de la mano hombre y niño. Hiroko se quedó paralizada. Era Peter. ¡Peter estaba vivo! Se echó a llorar y Peter se acercó rápidamente, llevando a Toyo de la mano.

Hiroko temblaba cuando Peter la besó. Lo miró, incapaz de dar crédito a sus ojos.

—Oh, Peter... ¿dónde has estado? —preguntó, como una niña perdida que por fin encuentra a sus padres.

—Estuve en un hospital en Alemania durante un tiempo... y antes estuve escondido en las ruinas de una casa... —Sonrió y recuperó el aire juvenil que Hiroko recordaba. Luego miró a Toyo y frunció el entrecejo—. ¿Por qué no me lo dijiste?

Hiroko rió entre lágrimas.

—No quería que te sintieras obligado a volver si no querías. —Ahora aquel momento sonaba estúpido, pero en aquel instante había parecido lo más correcto. Confusa, alzó la mirada hacia Peter—. ¿Cómo has llegado hasta aquí?

—Igual que tú, cariño. Hace semanas que te sigo el rastro —dijo con expresión emocionada, atrayéndola hacia sí con un brazo mientras sujetaba a Toyo con la otra mano. No tenía intención de volver a perderlos—. Fui a mi banco y encontré el mensaje que me dejaste. —También había dejado uno en Standford—. Llegué a casa de los Spencer el día después de tu partida. Cogí el siguiente barco después de hablar con Reiko. Me costó mucho encontrarla, pero afortunadamente los Spencer tenían su número. —Peter había actuado como un excelente detective—. Ella me dio tu dirección de aquí, pero no te encontraba cuando venía.

—Fuimos a Ayabe nada más llegar —explicó ella con expresión triste—. Mis padres murieron durante un ataque aéreo.

Peter meneó la cabeza, pensando en todo lo que habían tenido que sufrir.

—Volví varias veces pero no estabas, y no dejé de preguntar a los vecinos. —Hiroko comprendió que Peter era el soldado a quien habían mencionado los vecinos.

—Pensé que eras el soldado de guardia, que venía por mí... Creo que van buscando *geishas*. —Sonrió.

—No era eso lo que yo tenía en mente —dijo él, con los ojos encendidos, recordando los paseos en Tanforan, igual que ella—. O quizá sí —añadió. Toyo le tiró de la mano justo cuando iba a besarla.

—¿Tienes chocolatinas? —preguntó.

—No, no tengo. Lo siento, Toyo.

—El otro sí tenía —dijo él con expresión de fastidio. Peter volvió a mirar a Hiroko, olvidando a su hijo por un momento.

—Lo siento... —le dijo—. Por todo... por todo lo que has tenido que sufrir... por no haber estado allí contigo... —Miró a Toyo—. Por tus padres. Hiroko, lo siento mucho... —Su mirada rezumaba amor hacia Hiroko. Había olvidado sus propios sufrimientos por completo.

—*Shikata ga nai* —dijo ella, y le hizo una profunda reverencia, recordándole una frase que ya pronunciara mucho tiempo atrás, en casa de Takeo. «No podía evitarse.» Quizá no, pero había sido muy duro para todos y habían pagado un alto precio.

—Te quiero —dijo Peter, tomándola en sus brazos para besarla con toda la pasión que había acumulado en aquellos tres años y medio. Costaba creer que hubieran estado separados tanto tiempo. Hiroko recordó las horas que habían pasado juntos en Tanforan, charlando tumbados en la hierba alta, ocultos a las miradas de los demás... También recordó al sacerdote budista que los había «casado» en aquella breve ceremonia. Por fin los días de vergüenza y dolor habían terminado.

Peter sonrió y miró a su hijo, comprobando lo mucho que se parecían. Luego hizo una profunda reverencia a la madre, igual que el padre de Hiroko había hecho a Hidemi largo tiempo atrás, y ella se la devolvió y sonrió. Peter recordó entonces el día en que la había visto por primera vez vestida con quimono.

—¿Qué haces, mamá? —susurró Toyo.

—Estoy honrando a tu padre —respondió ella con tono solemne.

Peter la cogió de la mano y también a Toyo, y se dirigieron lentamente hacia la casa. Hiroko supo entonces que sus padres y Ken y Tak y Yuji los contemplaban.

—*Arigato* —susurró, dando las gracias a Peter y a todos ellos, y cerró las pantallas de *shoji* suavemente.

*Este libro se terminó de imprimir en el
mes de junio de 1997 en los talleres de
Mundo Color Gráfico S.A. de C.V.
Calle B No. 8 Fracc. Ind. Pue. 2000, Puebla, Pue.
Tels. (9122) 82-64-88, Fax 82-63-56*

*Se tiraron 15000 ejemplares
más sobrantes para reposición.*